Os Meus Hóspedes
Amores Eternos

Fernando Ventura Morgado

ISBN: 9798386250737
Amazon Publicação Independente

Revisão: Suzete Fraga

Capa: Manuel Amaro Mendonça

Imagem da capa: Fernanda Morgado

Produções Debaixo dos Céus
geral@debaixodosceus.pt
https://www.debaixodosceus.pt

OS MEUS HÓSPEDES

Amores Eternos

Fernando Ventura Morgado

Produções

debaixo
dos céus

ÍNDICE

Do Autor e do Livro

"Onde está ou tenha estado um homem é preciso que esteja ou tenha estado toda a humanidade."

Miguel Torga

Dedicatória

Nunca dediquei um livro aos meus pais ou aos meus filhos, hóspedes eternos da minha vida. Neste bouquet de flores, destaco a mais bela de todas – o meu filho Rui, a quem dedico este livro. Com ele, tudo faz sentido. O Rui é uma âncora firme que me segura. Um beijo, **Rui**.

É imensurável todo o apoio que a **Fernanda**, minha mulher, dá à minha escrita. Com ela, arrojei-me a publicar. Ela é a página em branco onde escrevo os meus romances e os meus poemas. A primeira leitora. A primeira crítica. O farol dos meus passos. Obrigado. Um beijo, meu amor.

Prefácio

Pela Doutora Helena Costa Padrão

Da escrita e do amor

Fernando Ventura Morgado. Simples, despojado, autêntico, vai, pelos seus próprios meios, escalando os degraus da celebridade, para se ir alicerçando no lugar que lhe pertence por direito: o lugar de escritor. Sei que estas palavras chegarão aos seus leitores e ainda bem, porque o que elas pretendem é, tão só, afirmar o valor deste escritor e desta nova obra Os Meus Hóspedes / Amores eternos.

Hans Robert Iauss (1993) considera que na relação entre a obra e o leitor há sempre implicações históricas e estéticas, sendo que estas últimas consistem no facto de a receção da obra de arte conter já uma avaliação do seu valor estético, em comparação com outras. Já quanto às implicações históricas, considera que a interpretação dos primeiros leitores se pode ir enriquecendo, de geração em geração, sendo esta evolução que irá decidir sobre a importância histórica da obra.

I

A literatura, enquanto gnose, traduz a experiência humana e constitui um meio privilegiado de exploração e de conhecimento do eu e do mundo; é um campo de conhecimento que permite a revelação das infinitas potencialidades da alma humana e das infinitas possibilidades de virtualização do real. Nesse sentido, a obra literária permite um vasto conhecimento de realidades não vividas no concreto da vida, mas edificadas num espaço e tempo diegéticos.

Fernando Ventura Morgado, recorre, nesta obra, ao aforismo, saber universal e incontestável, que surge como recurso à voz de uma autoridade arquitextual, dando relevo ao conhecimento ancestral, que foi passando de geração em geração e que permite uma recodificação, uma vez que se trata de uma outra forma de conhecimento do mundo, acrescentando outras leituras, novas possibilidades de compreensão do real.

Capítulo 1

O primeiro parágrafo da obra remete para um trágico acidente "E tudo mudou naquele dia". Fala-se de morte. A morte dos pais de Blamy.

De imediato o narrador coloca-nos a bordo do navio HMS Bristol, numa situação de "alerta máximo". Fala-se de morte também, "... várias centenas de mortos... a soberania britânica das ilhas reposta com muito sangue e pouco tempo de guerra." É a voz do narrador sobre a Guerra das Malvinas que durou precisamente dois meses e doze dias.

É pela memória de Blamy, acompanhado do seu *note book* e da sua garrafa de vinho do Porto ruby da Niepoort que o leitor vai conhecer a história de vida deste inglês triste, com "uma tristeza de dentro"

Capítulo 2

O primeiro parágrafo da enunciação também marcado pela morte. "Um acidente que ninguém viu" e do qual resultou "o corpo carbonizado de alguém", nos socalcos do Douro, perto de Casal de Loivos.

É a partir daqui que o leitor vai acompanhar a história de vida de Joana, a "Loivinha", a geóloga, agora com 30 anos, a quem a vida reservara "uma relação absurda" que viera mudar o rumo dos acontecimentos e que a deixara "menos alegre e mais recatada nas suas ambições".

A região duriense é o palco onde se desenvolve a ação central, onde, por acaso ou por algum desígnio insondável, se vão cruzar duas vidas improváveis. O leitor vai lendo os indícios; vai construindo as perspetivas narrativas, mas cabe ao autor essa hábil e bem conseguida arte de o conduzir ao desfecho. O autor coloca ao leitor vários percursos de leitura, não apenas os que anuncia na introdução, mas os que decorrem da trama narrativa.

O espaço domina a narrativa. Através de um discurso onde abundam descrições sinestésicas e imagéticas o leitor embrenha-se na cidade do Porto, na sordidez das ruas mais escusas, nas suas misérias e grandezas, encanta-se na visão de obras de arte, de pintura, azulejaria ou arquitetura; ou percorre o Douro e as suas margens, conhece as relações humanas tensas e densas de uma sociedade ainda arredada da novidade, entra em Casal de Loivos, espaço mítico e simbólico, é surpreendido pela onda transformadora dos espaços rurais, pela atividade turística, pelos interesses económicos e pelas novas culturas e costumes.

Disse do espaço físico. Mas é também dominante nesta narrativa, o espaço social e o espaço psicológico. As personagens secundárias são tipificadas: o lord inglês e a sua mulher diáfana representada uma elite inglesa; "os forinhas" representando os jovens, filhos de pais ricos e bem situados na sociedade portuguesa, e que se dão ao luxo de excentricidades inconsequentes; o empreendedor; e outros que o leitor terá o gosto de conhecer. As personagens centrais, Blamy e Joana, são inteiras e de grande densidade psicológica, traduzindo sentimentos, emoções, atitudes e valores.

É no tecido narrativo que se afirma a atualidade desta obra, pela estrutura, como que em espelho que acompanha a história de vida de duas personagens, pelo discurso narrativo, pelos termos veiculados, pelo vastíssimo conhecimento que contém. O leitor vai, pela mão sábia do narrador, viver o universo ficcional, facilitador de vivências de espaços, ambientes, interioridades e sensibilidades.

É sem dúvida uma obra que permanece na memória leitora convocando à recriação desse universo, quer pela beleza poética da linguagem, quer pela trama narrativa, quer pela construção das personagens, quer ainda pelo que esta obra representa, a imagem de um tecido social português.

Helena Costa Padrão

Março 2023

Introdução

Um homem do Porto é sempre um homem do Douro. Sem certezas quanto à origem mais preponderante na nomeação, ou seja, sem afirmar que foi o Porto que pronunciou o Douro ou se foi o Douro que catapultou a cidade, eu, homem do Porto e do Douro, me confesso cidadão do rio. Do rio Douro que une toda a região, bichos de todas as almas, cabazes que a natureza dá, pipas de suor e de esperança, o rio que atravessa o país vindo de Trás-os-Montes em direção ao mar, que traz águas de muitas nascentes e de muitos lugares, que me fez odiá-lo em dias de cheia, mas que também me ensinou a amá-lo em generosas margens que mais não são do que verdadeiros jardins com diferentes texturas e vaidades. Gritos escondidos na força da água, na garganta granítica das suas encostas, nos destroços dados pelo Cachão da Valeira e outras manhas, vivos e mortos a caminho do mar, mas um rio que não me atraiçoou quando nele aprendi a nadar, merece o meu respeito e eterno carinho.

Este rio em oferta dos montes e dos horizontes que a minha imaginação sempre amou, é o mesmo que atravessa toda a história deste romance, que, sendo escrito por mim e dedicado ao Douro, só pode ser um ditado de amor, tal como o rio, também ele um compêndio de amor, um amor de vida e de morte, um amor que venceu a filoxera, mas que levou com ele o Barão de Forrester, notável regente do reino e desenhador perfecionista, autor do mapeamento mais rigoroso do vale do Rio Douro. Obra-prima.

OS MEUS HÓSPEDES é um enredo centrado numa aldeia maravilhosa, Casal de Loivos, no seu Concelho de Alijó, sítios pelos quais tenho vindo a apaixonar-me. A natureza faz desta aldeia uma das mais fabulosas varandas do Douro, títulos e louvores transpostos para os livros, para as crónicas, para os roteiros, mas, é preciso dizê-lo, esta terra alijoense é muito mais do que o seu afamado miradouro. Terra de conquistas e reconquistas, migrações nómadas, os romanos e os povos da Judeia e da Arábia, gente que deixou sementes nos costumes, na paisagem, na gastronomia, nas fragas e nos socalcos, ainda hoje presentes e lembrados. Quem diria que onde há vinha já houve sumagre! E entre o sumagre antigo e as vinhas infestantes de hoje já houve leiras, veigas e cômoros onde vicejavam raízes, troncos e folhas e todos os legumes para consumo caseiro. Talvez porque eu tenha nascido e vivido num dos bairros mais pobres da cidade tripeira – Miragaia -, habituado aos mirones e às kodaks apontadas à nossa desgraça em dias de rio transbordado, em dias e noites de cheia; talvez porque sempre me apetecesse dizer aos curiosos e aos amantes de venezas à moda do Porto que nas casas e nas ruas inundadas pelas águas terrosas vivia gente e havia sofrimento. Talvez por isso. Escrevo o que não vem nas fotografias. Mas também.

Quem olha para o Douro e, particularmente, para Casal de Loivos, regista uma imagem imediata da sua grande beleza, da maravilhosa crista de um monte, Serra de Vilarelho, que desagua no Pinhão, outra beleza cinematográfica, mas deve ter em conta, claro, que naquelas terras há outras contas, de trabalho e de tradições, de emigração, rosários e fadários, de emigração, amores, traições, e desgraças, lendas, maldições e bruxarias, de emigração, gente feliz com lágrimas, mas também sem elas, vinhedos e folguedos em rimas já tardadas, terras de abundância e de abandono. De emigração. Gente. Amor e dor. Paixão.

Este é o meu terceiro livro, todos eles romances com amor, com uma visão humana das épocas, dos locais e das pessoas. Romances de amor às pessoas, mais que a este e aquele, entre este e esta e os dois e o seu contrário, sim, porque hoje os romances estão cercados por proibições. Preconceitos. Eu sei!

Durante a escrita deste livro, e sem despir o meu tripeirismo, senti-me um cidadão de Alijó, um duriense de montante e de jusante, um peregrino em busca de rostos e de vozes, toda a paisagem tem rosto e o silêncio exclama as suas vozes, um explorador de saberes, um reconstrutor de vidas, um acólito de muitas rezas, um súbdito desta gente. Deus deu-me dois ouvidos e uma boca.

Deste jeito, humano e humilde, deste modo ouvinte e aprendiz, me sinto feliz por ter escrito **Os meus hóspedes**, agraciado pelo conhecimento adquirido, recompensado por maior cidadania, dimensionado por novos horizontes, mesmo aqueles que não vi. Em muitos momentos do processo de escrita senti a companhia de Miguel Torga, de Agustina, de Jorge Laiginhas, de António Cabral, de Francisco Moita Flores, com eles apoiei-me com mais confiança e beleza nas fragas deste romance, nos segredos e nas intrigas destes montes em circulatura cardial.

E o amor!

Os Meus Hóspedes

Os poetas e os romancistas são gente que gosta de andar nas nuvens, como se vivessem na Lua. Este livro é capaz de vos fazer isso. É tão bom viver na Lua! E o amor!

Os Meus Hóspedes

Amores Eternos

Um

Acordou para mais um dia triste, uma tristeza de dentro, como todas as tristezas, embora soubesse que ultrapassaria a solidão num momento próximo. Esperou ansiosamente que o avião chegasse a horas e com boa aterragem. Desesperou por notícias que não sabia, os pais em regresso de férias, vinham naquele avião. O céu caiu em terra. E tudo mudou naquele dia.

O bambolear do navio anuncia mudança de vento, já antecipado pelas nuvens negras que esconderam o dia precocemente. No convés, sente-se uma falsa acalmia, como se o contratorpedeiro *HMS Bristol* navegasse à bolina, sem comando ou bússola. Os marinheiros de turno ocupam os seus postos e mantêm a vigilância em alerta máximo. Têm sido dias de grande tensão, suspensos de decisões alheias, prontos para o que não planearam. Para trás, ficam várias centenas de mortos, três civis inocentes, uma invasão falhada, e a soberania britânica das ilhas reposta com muito sangue em pouco tempo de guerra. Dois meses bastaram para matar muitos jovens, muitos sonhos, só porque um ditador, mais um, Leopoldo Galtieri, resolveu criar um conflito para distrair a opressão no seu país, uma Argentina enjaulada em ditaduras, um país sempre saudoso de *Evita*. O presidente Galtieri desapareceu da cena política pouco depois deste conflito, um morto ainda vivo, e deu, assim, uma oportunidade à liberdade. Já não chove em Buenos Aires!

Há uma aparente acalmia no barco, ouve-se o assobio sibilo dos albatrozes, planando à deriva tal como o navio - assim parece. Sons criptográficos intrometem-se na quietude instante como um despertador, um avisador. A noite igual a todas as noites que só os marinheiros conhecem; horizonte encoberto na escuridão, o marulhar constante do mar contra o casco do *monstro* intruso. Por aquelas paragens é ainda outono, quase inverno, mas o frio é constante, embora isso não surpreenda os ingleses, já habituados a essas temperaturas.

No centro de comunicações, o cheiro a café acabado de fazer dá conta da sua presença, um café reforçado pelo seu *ruby reserve* da *Niepoort*, que acompanha o jovem em quase todas as digestões. Algumas digestões difíceis, outras digestões adiadas por criptogramas urgentes. Um hábito não compartilhado com os camaradas, mais obedientes a um bom *scotch*.

Ao lado da garrafa, um pequeno *notebook* de capa preta, *STEPS*, onde ele desenha pensamentos, retém algumas frases semeadoras, pequenos apontamentos de tudo; datas, moradas, nomes, até mesmo nomes futuros - um livrinho que nunca abandona. Pode sempre ser preciso lembrar ou consultar um ou outro apontamento. Abre-o para escrever qualquer coisa, sem nada para escrever, pega na revista *Decanter*, uma publicação antiga que gosta de ler (coleção do seu pai), folheia sem propósito, lê na oblíqua uma reportagem sobre a *Bodega Catena Zapata*, produtora de vinhos na região de Mendoza, fecha a *Decanter*, volta ao livrinho - *alive in me*. Trauteia, em surdina, *But I'm a creep, I'm a weirdo, What the hell am I doin' here? I don't belong here**, dos *Radiohead*. Um estranho ali, o que faço aqui? *Um dia vou escrever o amor em palco de guerra*, pensa nisto enquanto mantém o copo de *Porto* junto ao nariz, em degustação filosófica sobre o caminho daquele néctar desde o cacho até ao seu prazer. Não é de excessos com o álcool, mas, por vezes, sente a voz do seu pai nos aromas de alguns vinhos beneficiados. O pai. A memória daquela manhã irrompe nos seus pensamentos, a solidão entrelinhada pela expectativa. A morte riscou a vida.

* Mas eu sou um idiota, eu sou um esquisito, o que diabos estou a fazer aqui?, eu não pertenço aqui…

O jovem marinheiro tem uma lembrança poética do pai de quando ele falava de vinhos. *Um dia vou…*. Serões de palavras testamentárias, por vezes efabulações matreiras de verdades ainda precoces. Momentos em que admite, até, alguns ciúmes de Lazy, o gato da casa que tomava o colo do pai, um lugar que também ele requeria. O que prendia um adolescente, acabado de sair da meninice, às histórias sem bonecos ou brinquedos que entusiasmavam o pai e encantavam o filho? Tudo morre!

O dia começa pela popa, com o sol a desenhar grafites efémeros no convés. Até parece que o bom tempo está de volta, as nuvens desagrupadas, o vento a oitenta e a cortar - a vida dá sinal de vida. Ele sabe da proximidade dos pinguins e dos lobos-marinhos na costa isolada das Ilhas Malvinas, talvez eles o resgatem da teimosa solidão a que se entrega, mas pôr pé em terra firme é um capricho proibido. A guerra é uma gaiola que só os donos sabem abrir.

Tchibum, não é hora nem tempo para mergulhos. *Tchibum*, um som perto na imensidão do mar, um som negro. *Tchibum*, o vento quase leva o papel-mensagem ainda entalado nos cabos recolhidos. *Tchibum,* um corpo a menos na tripulação. O marinheiro poeta deixou vazio o seu lugar no tombadilho. O comandante lhes dirá que é a morte que dá sentido à vida. E todos morreremos! Ó mar salgado! Amém!

Blamy Morgan encobre a sua juventude com um semblante soturno e triste, um mutismo antissocial e marginal. Como um gato no esconderijo e que pensa não ser visto. Ausente por fora, vive por dentro dele e para ele próprio. Um jovem *velho*, fechado na fobia do isolamento, pouco dado a convívios ou grandes conversas. Tem alguma abertura, pouca, só para um ou dois companheiros de guerra, alguns colegas de escola, conversas curtas, partilhas incompletas. As maiores conversas são com o homem que lhe contava histórias do mar. De amar!

A voz do comandante faz-se ouvir no fonoclama, ritual diário de controle e segurança, um minuto de silêncio pelos 256 bravos soldados britânicos que ali morreram, mais um, o comandante lê uma frase da carta que o náufrago deixou - *God save the Queen*. Como eco quase colectivo, todos repetem – *God save the Queen*, Blamy soletra em silencia – *God save me!* Depois, o comandante volta ao ritual; também as notícias e os *pontos-da-situação*, nada de novo para além da mudança de turno, *tchibum*, silêncio, mas... *Hoje teremos notícias diferentes*, as palavras do superior em rodapé de instruções que antecedem o regresso ao silêncio, à sua zona de conforto.

Blamy é rendido no posto de vigia, a ansiedade não lhe dá sono. A exaltação é orgânica em todos. Passa pelo dormitório para pegar os binóculos e volta para o convés. Deixa-se ficar na sombra do traquete. Observa as aves e os peixes, tenta *apanhar* os animais marinhos em ressono na costa, a harmonia sem leis. Olha o mar em volta, quase estabelece uma relação de hábito diário com o peixe-crocodilo ou a arraia manta, sumptuosa, por vezes aparece a curiosa tartaruga *carey*. Estarão eles versados nos poemas de Taylor, o homem que se atirou ao mar para os beijar. A natureza não beliscada pela borrasca dos poderes. Os peixes são apátridas.

Olha o céu, tenta decifrar os riscos brancos em quadriculas, os pássaros monstros com asas de ferro e patas-pneus que riscam o azul-celeste, nunca irá ao Brasil, é muito mar sob a atmosfera vazia e infinita, muitas vezes inquietada pelos ditos monstros, magote de vidas suspensas.

A guerra é-lhe indiferente, independentemente dos propósitos dos beligerantes: nem mesmo o seu *british pride* o empolga nesta contenda naval. O cheiro a morte deprime-o. O Reino louvará os *bravos soldados* que ali foram descontados à vida. E acrescentados à sua memória triste. A morte tatuada nos seus pesadelos. Não lhe cabe o gatilho, mas sim a lente que tudo vê: está aqui pela sua formação e competência – engenheiro de sistemas eletrónicos navais. Um desejo que o pai lhe manifestara, mas também uma opção sua. O mar.

O mar vizinho e as muitas histórias que o pai lhe contava durante os passeios pelo cais na cidade costeira da sua naturalidade, *Hull, Kingdon Upon Hull*, uma cidade com características de polo industrial, no nordeste da ilha grande, Inglaterra, e as visitas às embarcações ali ancoradas, deram-lhe afeição por esta gente e pelos barcos. E pelo oceano imenso com horizonte longínquo. E pela viagem. As primeiras viagens marítimas foram feitas com o pai, pequenos mares, destinos cedo, nunca para além da Dinamarca, a propósito de uns vinhos quase clandestinos que por lá se faziam. Ainda muito novo, mas então o mar o marcaria para toda a vida. E o vinho!

Acabados os estudos, Blamy fez a travessia do deserto: rejeitou com indignação algumas propostas a que se candidatou ou lhe ofereceram. Ofertas de vintém para tantos estudos. Desde funções administrativas até bibliotecário, tudo lhe foi acessível, menos a função para que se preparou com paixão. Hull é uma cidade portuária, uma intensa actividade da marinha mercante; é ali que ele projecta o seu futuro. Para sempre em Hull. A idade e a paixão fazem dele um empreendedor de sonhos. Foi esse o caminho que o pai sempre lhe apontou. Ao contrário da mãe, uma mulher com uma aura especial, dada à espiritualidade, à meditação, a mãe que lhe falava de outros caminhos, a magia dos seus olhos, o encanto dos seus sorrisos, a energia das suas mãos. A mãe!

Blamy viveu, desde a adolescência, entre dois mundos: de um lado, o cumprimento e a vontade dos estudos no melhor colégio da cidade e, mais tarde, na sua universidade; do outro lado, a vida num universo sem asas em casa de uns familiares, afastados, que lhe deram o apoio possível após a morte dos seus pais, mas sempre lhe castraram a liberdade. Cedo percebeu que o silêncio seria um espaço privado. Também saudades do gato *Lazy*.

Naquele dia 11 de julho de 1973, o regresso do casal Morgan, após umas férias no Brasil, foi fatídico: o voo 820 da Varig terminou da pior maneira, com o avião a aterrar de emergência num campo agrícola a poucos quilómetros do aeroporto de Orly, em Paris, após um incêndio a bordo. Eles fizeram parte dos não sobreviventes. Um só passageiro escapou vivo para contar a desgraça, mas Blamy Morgan nunca a quis ouvir. Hoje, esse acidente não seria possível: não é permitido fumar dentro dos aviões. O controle é rigoroso, as multas ou penalizações são pesadas, nenhum incauto se atreve a esse arrojo, embora um simples isqueiro possa ser uma arma terrorista.

Do velho Paul Morgan, seu avô, que ele muito amou e amará, também marinheiro de estórias, o pai herdara uma boa fortuna, incluindo uma empresa de marinha mercante e de pesca do bacalhau, onde sempre trabalhou, dando continuidade ao negócio herdado. Dois cargueiros e um bacalhoeiro – bacalhau fresco -, fontes de rendimento e de problemas, que não seriam pesadelos para o jovem Morgan. Os pais seriam guardados nas boas memórias, alicerces jugulares da sua vida. Os negócios, não!

Recorda, com sensibilidade frágil, a presença do avô, as suas distintas barbas, a sabedoria que demonstrava em cada história, a alegria em lhe explicar e mostrar a coleção de miniaturas de barcos, um armário em vidro, com requintes de realeza, exclusivo para esses exemplares, e todos os pequenos aprestos de barco e de pesca que o ancião expunha em algumas paredes; anzóis, ganchos e arpões, manilhas, agulhas de reparação, argolas flutuadoras antigas, elas e o avô. Blamy, ainda pequeno, pensava na casa como um barco fora de água em que o avô era sempre o capitão e o timoneiro. O pai gostava de ver a passagem de testemunho, na esperança de o filho continuar o legado dos Morgan.

Passado alguns anos do desaparecimento dos pais, e logo que a idade o emancipou, Blamy mudou quase tudo. Um adeus desejado aos tutores, deles não guarda grandes saudades. Imagens recalcadas de alguma tirania, por excesso de rigores. Precipitou um retorno definitivo à sua casa, poucas visitas, algumas permanências, a governanta sempre compensou as ausências dele e o desaparecimento dos pais. Lazy era já um gato velho, sobrevivente a todos os abandonos, sempre mimado por Mary. Os pais e ele gostavam da senhora, e com algumas alterações de trabalho e de ordenado, a governanta foi cuidando da casa, mesmo que os seus familiares tutores não a suportassem. Assuntos do foro do advogado da família.

Da fortuna, malvadamente aumentada com a indemnização pela morte dos pais, o jovem quase engenheiro manteve a casa com todo o recheio inalterado; o sofá do pai, *Chesterfield capitonê* abotoado, em camurça bordô; o piano de cauda, preto lacado; a *longue chair* em camurça branca e botões dourados para leituras e descansos da mãe; os longos reposteiros a condizer com o mobiliário dos aposentos, antigos e pesados; as mobílias de sala de jantar e de convívio de *Art-Nouveau* que, mesmo não gostando, Blamy manteve, igual ao que fez com a biblioteca riquíssima - relicário de clássicos, reserva de mapas e literatura diversa sobre mares, barcos e vinhos -, mas também os bibelots, os quadros, as carpetes, e os conjuntos de loiças *flamingo blue* que eles tanto adoravam. Do tempo em que um serviço de louça chinesa era só para ricos. Blamy manteve intacto, em adoração, o *Maggie Garden* interior que só a mãe tratava. Um jardim que fazia a inveja de todos os moveis da casa. Era frequente ver Miss Maggie alimentando as plantas com poesia platónica. Conversas celestiais.

Guardou os pais! Blamy preservou tudo isto, como que para eles reconhecerem a casa, se, quem sabe, quiserem mesmo voltar. Sabia que isso nunca aconteceria, mas, mesmo assim, manteve-se nesta boia acreditando na salvação. Mesmo com a morte deles, nunca deixou de os sentir vivos nos seus afetos, nos seus desabafos, nas suas conversas intimistas, vivos na invisibilidade do seu carácter e, por isso, não quer alterar esta presença. Ouro, incenso e mirra indesvendáveis! Não declara as lágrimas que, por vezes, o vencem, momentos de necessidade maior. Amor.

Pouco dado a compromissos ou decisões no *planeta* da normalidade, Blamy Morgan tratou de se ver livre da empresa e de outros negócios, clausuras indesejadas, delas nada guardou, nem o futuro. Vendeu a *Morgan & Son – sea and business*, através de uma famosa correctora da cidade, gente conhecida do pai Jeremy. Um bom negócio, disseram-lhe. E ele concordou. Decidiu não ter de decidir e, assim, construiu a sua liberdade. Usufruir a vida! Ser normal é ser igual, mas a vida desigualizou-o; é na margem que se sente feliz! Sem nomeação.

Na sua memória, há sempre a mãe e a música - partituras magistralmente interpretadas ao piano -, a mãe e os cuidados extremos com a sua educação e formação escolar, a que juntava a visão mística que a distinguia. *Miss Maggie* encantava todos com a sua inata magia. Uma mulher elegante, entre a introversão pela música e o riso puro pela alegria, também para sempre na sua memória, *todos os dias são mágicos...*, expressão repetida por ela.

Recorda o pai, porte garboso sem altivez, escrupuloso nos compromissos e na seriedade, indumentária informal, enófilo militante e filantropo, *pelo vinho também se aprende História*, como vaidosamente dizia. Para Mister Morgan, um vinho, um bom vinho, era muito mais do que um produto; um sabor, um momento, um caminho a descobrir - em cada história havia um vinho e em cada vinho havia uma história. Para ele, não havia *o melhor vinho;* atribuía essa classificação a qualquer vinho que lhe agradasse, mas sabia escolher, era exigente.

Lembrava as viagens relatadas pelo pai, e principalmente aquelas que ele associava aos grandes néctares. Blamy Morgan não tinha registada, no livro de ocorrências, qualquer embriaguez pateta do pai. *Um bom vinho deve comer-se!*

Foi o pai que, a propósito de vinhos e histórias, primeiro lhe falou da cidade do Porto, da cidade mais *british* de Portugal, e da comunidade inglesa que desde há séculos se instalou na urbe e no vale do Rio Douro, onde se produz o melhor dos vinhos generosos que existem no mundo. Ainda hoje o vinho do Porto é um negócio dos ingleses. Foram eles que inventaram o vinho do Porto. Blamy sabe isso!

Percebeu mais tarde por que motivo o pai se recolhia, quase todas as noites, na sala de leitura, sempre acompanhado por uma garrafa de vinho generoso. Os anos passaram, Blamy assumiu a sua autonomia, a sua liberdade, e selecionou algumas opções de ruptura em relação à vida que lhe estava destinada - rico, charmoso, boa oratória, casado, com filhos. A cartilha social. No entanto, o gosto pelo vinho do Porto tomou o caminho que o seu pai lhe apontou.

A cidade, o bacalhau e o vinho desenharam-se no seu horizonte de viagens. Um dia voltarei ao Porto, palavras do progenitor. Tal pai tal filho.

Com a venda das empresas e a indemnização que recebeu, e guardou, pelo ingrato desaparecimento dos pais, Blamy passou a dispor de uma enorme fortuna, capaz de o manter seguro para o resto da sua vida. Mesmo assim, falta-lhe o resto, falta-lhe tudo; o apoio, a orientação, os afectos, a alegria. O amor. *O que é o amor?* Continua, desde então, dentro de si próprio, um homem solitário, caminheiro ávido por conhecer o mundo. Entretanto, embrenhou-se no ensino.

Blamy Morgan torna-se um excelente docente de disciplinas relacionadas com o mar e a navegação, assume-se como investigador, e promove o seu gosto pela escrita. Premonitório ou não, começa a escrever um livro começando pelo título, perspectiva não rara noutros escritores, que será – *Sea, wine and love* – um *wine cat* como personagem principal, o listado *Lazy*. Homenagem a um gato que foi o seu melhor *brinquedo*, e que ainda sobrevive, por enquanto, numa cansativa inércia entre o sofá e o parapeito da janela. Já nem os pássaros o agitam.

Na doca de *Hull,* havia ainda o barco em que o pai o levou a passear. Estava ali como joia de um passado bom, mas não sentia vontade de o usar; a *presença* de Jeremy Morgan constrangia-o.

Comprou um iate de grande calado, com a robustez, a tecnologia e as comodidades de um barco de luxo. Desenhou ideias, construiu sonhos, e imaginou-se arquitecto de momentos, descobridor de prazeres. Numa cápsula de solidão. Não se lhe conhecem amores carnais, namoros encobertos, febres de paixão por alguém; não o prendeu a ideia de um dia descobrir uma alma gémea. A idade lhe dará diferentes etapas.

Zela o seu iate como se fosse uma moradia de luxo no mais cosmopolita paraíso do mundo – e é! Criou um trauma: aerófobo incurável. Aviões? Não! Para sempre?

Um punhado de amigos, que sobraram do liceu e da faculdade, não lhe alteram a vida em quase esconderijo. Timidez ou medo? Blamy não se prende a ninguém, nem mesmo a Clare, sua companheira de nostalgias durante a faculdade. A amiga, flor de estufa como ele, na ilusão desmedida de o compreender e ajudar, não foi capaz de o resgatar do cárcere taciturno em que vive.

A acção beligerante da *Royal Navy* no teatro das Malvinas provoca-o para o exercício da sua profissão. Alista-se, voluntariamente, para se juntar ao desígnio pátrio de manter a soberania da coroa nas *Ilhas Falklands*. Gosta de mar e de barcos, não gosta de guerras, quer experimentar a sua formação académica, mas quer também, e sobretudo, aprender mais sobre navegação para escolher outros barcos e outro futuro. Procurar cais de paz.

O navio da *Royal Navy* esborda de ansiedade: está por horas a decisão final sobre a contenda que o trouxe a estas águas. A tripulação disfarça-se num silêncio ferido. Ao princípio da tarde, Blamy recebe um telegrama; *Tenho orgulho em ti. Bravo. Quero ver-te quando voltares.*

O mar não juntará os pedaços de papel que Blamy lhe deu. *Tchibuuum!*

O navio zarpou.

Dois

Entre os destroços, o corpo carbonizado de alguém foi o que sobrou daquele acidente que ninguém viu, e que não coincidia com a beleza do dia. O silêncio dos montes rasgado pelo barulho de um carro a cabriolar serra abaixo até uma enorme fraga que lhe travou o movimento. Oculto aos olhares e aos palpites.

Vivem-se novos tempos em Casal de Loivos.

O frenesim de outrora, com os homens ocupados nos campos e nos vinhedos, as mulheres na labuta das casas e dos filhos - dos animais e dos campos também -, deixavam as crianças em grande algazarra e muita folia nos empedrados toscos em terra batida do povoado. Tempos de guerra e de fome, tempos de sobrevivência com subserviência. Ricos e pobres sempre os houve. E alegria também, na inocência dos primeiros anos em que todas as crianças eram muitas. Uma refeição de batatas, só isso, com casca para não desperdiçar, ou uma sopa de labrestos, que a lambra era grande e não se importava, ou uma malga de sopas de vinho que sempre alimentavam metade dos portugueses, como dizia o António de Santa Comba. Por vezes, também uns couratos para melhorar o repasto, ou um arroz de peles de bacalhau que sobrassem, por caridade, de mesas mais abastadas. Assim, com água e pão se enganavam os tolos. Um povo nascido nas fragas e, tal como elas, um povo resistente. Nem as arrelias e desgraças cortaram as raízes ao povoamento.

O futuro escrevia-se nas cadeiras da escola primária, sempre cheias de crianças, *duas salas cheias*, como diz a dona Manuela, mas também nos campos, onde brincavam com as culturas e as alfaias. Saltaricos. Escrutinavam as árvores à procura de ninhos, e até mesmo as minhocas e os caracóis faziam parte das brincadeiras. Excitados com um ninho de toutinegra, mais espertos os abelharucos que escondem bem os seus tuneis. Coitados.

Algumas crianças não iam mais além, quedavam-se pela *quarta classe* e pela lavoura; *o trabalho de menino é pouco, quem não o aproveita é louco*. Ninguém falava de *trabalho infantil*, era a escola da vida! Assim é o relato das pessoas que ficaram para trás, *daqui, só para o cemitério*.

A menina loirinha, que o sol benzeu, alba como margaridas, traquina como lagartinha, lembra-se de o avô, também o pai e a mãe, contarem essas páginas e outros casos em que se inscreveram como heróis, não, não aqueles que vêm na História escrita pelos vencedores, ou pelos vencidos *gabarolas*, mas na narrativa das vidas verdadeiras que, então, existiam. Tempos de miséria, embora geradora de vizinhança e entreajuda. De recordações e de afetos. De laços para sempre! Mesmo que os regadios e os prédios, limites sempre difíceis de desenhar, os engalfinhassem pela palavra e pela honra. *Nem que eu morra aqui!*

Depois da *Revolução dos Cravos*, outras crianças alargaram os horizontes até ao ensino secundário em Alijó, na Escola D. Sancho, ou na Régua, para os mais remediados, e, ainda, aquelas que conseguiram ir mais longe, na Universidade do Porto ou noutras paragens mais afastadas da aldeia. Já se notava o afrancesamento de muitos jovens, que pela estranja se educavam e só voltavam para gozo de férias e para regozijo das saudades, dos que vinham e dos que estavam. Os jovens desta terra quase deixaram de fazer parte das estatísticas populacionais. Este novo paradigma de vida tudo alterou nas terras do interior, de onde, antigamente, só partiam os homens, para cumprirem a guerra e o trabalho, depois chamavam as mulheres, e assim, por lá, surgiam os filhos, com prejuízo da língua e da Pátria. E das pequenas aldeias onde já nem os cães latiam.

Hoje, a escola básica de Vale de Mendiz é o ponto de encontro das crianças de vários lugares, incluindo as de Casal de Loivos. Poucas. A terra não tem oferta de creches ou outros apoios à população resiliente. E assim nasce a gentrificação e a desertificação. Começa a aparecer a *esperança* do turismo – o rio e o vinho como atrações! Melhoram os socalcos, aumentam os bardos, e até as cardenhas vão desaparecendo.

Os tempos mudaram, mudaram-se as vontades. O ambiente é, agora, de silêncio e solidão para as poucas dezenas de habitantes do lugar. Há ainda algumas crianças, filhos quase únicos, dos poucos jovens que ficaram, ou por falta de oportunidades, ou por responsabilidades que herdaram. O César andou por fora durante uns anos, mas voltou à terra já casado com uma jovem do Porto que conheceu na Câmara Municipal de Peso da Régua, onde ambos trabalhavam e trabalham, ele no Gabinete de Controle e Defesa da Natureza, ela no departamento responsável pela água. César é um resistente, talvez por estar *entalado* entre o filho e os pais, estes em resto de vida. Em resto de nada.

Já não se ouve o barulho dos carros de bois, os cantares ao desafio, as concertinas, as chamadas dos vizinhos pelos alcunhas e *prenomes inscritos*, as conversas com os animais do campo, os chamamentos das crianças para irem comer, os jogos tradicionais, a corneta do *tem-tudo*, a que os antigos chamavam de *azeiteiro*, também ele só passa a cada quinze dias, em lugares mais abandonados ele só vai se for chamado, nem que seja para vender uma única caixa de fósforos, algumas velas simples ou votivas, círios e carvão de choça; a Dona Ermelinda, em dias de muito frio, põe carvão a arder na laje do jazigo onde está enterrado o seu Berto, homem de curta vida marital, descontados os longos anos em que mourejou por terras de Napoleão.

Ficaram as vinhas em enormes escadarias, agora trabalhadas com novas tecnologias e equipamentos e menos mão-de-obra. Não fosse o vinho e aquelas veredas em socalcos seriam terra abandonada. Felizmente, o vinho fino continua a ser o feitiço do Douro. Mesmo assim, há vozes baixas a reclamar porque o futuro já está hipotecado pelo excesso de vinhas. Lendas de moiras encantadas e *histórias de crer* não faltam ao encantamento destas terras. *Já o meu bisavô dizia…* Já não é viva a *Ferreirinha*, mas são vivos alguns dizeres.

Nesta espécie de resto, sobressai um palanque de êxtase: Casal de Loivos envaidece-se do seu miradouro, tão elogiado pela BBC, que o distingue como mais bonito do que o *Grand Canyon* americano. Coisas que se dizem. Um corrupio de gente de todas as latitudes e credos. É hoje, talvez, o melhor atrativo desta terra, embora a melhor vista sejam as palavras do povo mais velho, afluentes invisíveis nascidos nas fontes da memória. A História fala de generalidades, mas só quem lá vive ou viveu é que sabe explicar o miolo da povoação.

Alijó é um labirinto de maravilhas, *por aqui e por ali*, num sobe e desce às escondidas com o rio, na rota dos cruzeiros, dos miradouros, das alminhas, das capelinhas, das crenças, *acredite no que lhe digo*, enfim, uma terra em que tudo se encontra quando nos perdemos. Tela contínua, *naif* ou figurativa, mas sempre natureza viva! Uma terra com raízes castrejas, mais tarde romanizada, com vestígios ainda presentes e evidentes de culturas antigas, de civilizações que marcaram estas terras até aos dias de hoje. Árabes e judeus indeléveis. O planalto de Alijó e a Serra do Vilarelho vestidos de vaidades, muito para além da vinha, algumas porções de pequenas casas, muito para cá de uma ancestralidade riquíssima.

Bem ali perto, os miradouros da Galafura e do Ujo, e sei lá os mais que não digo, também merecem rasgados elogios. O Douro tem mais varandas que janelas! Uma terra semeada de casas alvaiadas nas suas encostas, como postais de férias ou cartões de boas festas. Um serpenteado boqueirão em que corre o segundo maior rio de Portugal, uma paisagem Património da Humanidade.

É neste ambiente, rude e belo, pobre e rico, passado e presente, futuro?, que Joana sobrevive, no limbo das cinzas de todas as suas ilusões. Quando deixou a aldeia ainda era muito nova: acabado o liceu, em Alijó, rumou ao Porto para cursar geologia na Faculdade de Ciências, a mais antiga da Universidade do Porto. Nasceu dotada para a arte da investigação, da decifração da Natureza e do desenho.

Hesitou entre Arquitectura e Geologia, decidiu-se pela vaga que lhe foi franqueada.

Pouca importância se dá a uma criança quando ela insiste num determinado gosto ou apego, e é aí que ela *nasce* para a sua vida autónoma. Desde criança, ainda na idade da rua-recreio, Joana Machorro juntava as diferentes pedras que encontrava, xistos, granitos, micas, pequenos seixos, cores e texturas, formas bizarras; tudo a encantava e lhe despertava curiosidade. Apaixonava-se pelo que via e, por vezes, até vestígios fosseis ela encontrava, disseram-lhe mais tarde. Ninguém entendia este *olhar* da miúda, entretanto adolescente e, descontinuadamente, já jovem (uma jovem em ferida não tem juventude); um gosto incomum, caminho de futuro. Ainda ela não sabia que ali perto havia pedras com pinturas estranhas, as gravuras rupestres de Pala Pinta, ou moedas romanas desenterradas em Vale de Mir, perto da Capela do Padre Zé.

Joana não lera Pessoa nem sonhava com castelos. Cada *achado* era tratado com mais carinho que as suas bonecas ou outros brinquedos. Desenhava e dava nomes às peças; um granito era *pedra da roupa*, igual à que estava no tanque comunitário; um seixo era *bola de sabão*, um xisto podia ser uma faca, e assim surpreendia todos com os seus afetos pela Natureza, e as suas nominações. Quem não gostava nada das pedras era o seu endiabrado cão, o Canecas, que desacatava qualquer organização dos pequenos fragmentos.

Não há linhas rectas entre o sonho e a realidade. Várias esquinas de vida reencaminharam a Joana *Loivinha* para as suas origens, onde acompanhou os pais até estes morrerem, e criou o seu Mário, filho de uma relação incógnita e absurda. Uma relação que escondeu, enquanto pôde, dos pais e amigos. Não sabia como lhes responder se quisessem saber quem era o pai do Mário. Nem ela sabia bem! Um segredo escondido numa noite de nevoeiro em Paredes de Coura.

Quando isso aconteceu, Joana recusou o aborto e empenhou-se em privilegiar o filho, em detrimento da sua liberdade e da sua carreira. O pequeno Mário perguntava-lhe pelo pai, quem era, onde estava, e nem nome ou fotografia dele ela tinha para mostrar ao filho, *um dia, ele vem para te abraçar...um dia, ele vai trazer uma prenda para ti...*, o menino olhava-a com um sorriso aberto, *Já sei, mãe, ele foi buscar pedrinhas para ti*. Joana, em noite preta, escondia a resposta que as suas lágrimas denunciavam.

As dificuldades financeiras, as oportunidades profissionais que não apareceram, ou foram precárias, os pais – saúde e apoio mútuo - e a felicidade do pequerrucho domaram-na a esta vida, a aldeia como retorno, banalidades e pouco mais, tão diferente daquelas que foram sempre as suas ambições: um curso e o mundo! A Geologia não tem fronteiras, não se adapta a escolhas políticas e não obedece a crenças religiosas. A Geologia foi a boleia que Joana pensou conseguir para um caminho sem limites. Não foi assim.

Hoje com trinta anos, Joana continua uma jovem muito bonita, mais mulher que jovem pela frescura desbaratada, loira como sempre, o que lhe colou a alcunha de Loivinha, mas menos alegre e mais recatada nas suas ambições. Nunca mais a menina que sorria quando a mãe lhe dizia – *antes pobre de cantarolar do que rica de padecimento*. Uma vida acomodada na forma possível, na contramão dos seus sonhos. O seu melhor amigo durante os tempos de aldeia, César, era já um homem casado. Podia ter sido com ela. César.

Olha para o Mário e imagina-se com a idade dele a brincar nos campos e empedrados da aldeia. Nesse tempo e nesta época, os dias ficavam mais macios, o sol despedia-se mais tarde dos sulcos durienses e a vegetação animava-se por entre o xisto e os caminhos, onde era grande a algazarra da canalha do lugar, indiferente à rudeza do solo e à gravilha sempre pronta para umas mazelas. Já se mostravam as maias e os absintos, hortelãs e urtigas, sempre a desafiar descuidos inocentes. As terras ganhavam cor, como donzelas que se maquilham para receber as visitas.

Entre os senhores das quintas e os seus caseiros ou jornaleiros, havia, claro, diferenças notórias a todos os níveis, direitos e deveres muito desnivelados; ora a educação, ora a habitação, ora a saúde e o conforto, eram marcas dessa *distância*, mas os miúdos não pensavam em nada disso e portavam-se como iguais entre diferentes. Vinha daí a mestiçagem de classes geradora de novos paradigmas no mundo vinhateiro. Alguns casamentos deixaram de ser improváveis, e novas famílias surgiram destas comunhões.

As famílias senhoriais do Douro, desde a foz até Barca D'Alva são agora menos influentes, e algumas até trocaram por milhões o poder que tinham, cada vez mais nas mãos dos ingleses. As casas brasonadas, protegidas por capelas próprias, como se Deus precisasse desses aposentos para estar presente nelas, perderam o reino e a dinastia, mas os novos ocupantes mantêm outras fidalguias. *Noblesse oblige,* e o tratado mais antigo entre dois países… *blá-blá-blá.* Há quem diga que o Douro e o vinho estão melhor nas mãos deles. Como vai longe o *Motim de Lamego!* Mantiveram-se os nomes, alguns, preservou-se o património edificado, os brasões também, e, por mau ou bom fado, o turismo internacional descobriu esta diversidade. Renascem dos escombros os esqueletos de pedras que foram salas e quartos e cozinhas e aposentos de descanso. Acordam do sono em novas roupagens. Casas bonitas, conviventes entre o granito e as paredes alvaiadas, terrenos vestidos de relva e piscinas, miradouros privados, paraísos gradeados.

Joana tem muita dificuldade em suportar a casa que herdou. A manutenção dos telhados e dos muros, as portas e janelas esburacadas, as paredes tomadas pelas humidades, musgos intrusos, são sinais evidentes da carência económica em que a jovem vive. Ela é o que sobra de uma família outrora afortunada. Os animais de capoeira, o pequeno quintal chegado à casa, e um outro terreno para os lados da Fonte Santa, são os poucos *benefícios* que lhe restam. Outras parcelas de socalcos foram vendidas para cuidar da saúde dos seus pais. Antes da última viagem deles. Talvez a casa possa ser o bem maior. Lembra-se de ver o pai a chasquiçar a pequena leira para que as batatas viessem boas, recorda a mãe no meio da algazarra dos galináceos quando lhes levava verduras ou farelo, que o milho era pouco para outros papos, e mesmo assim era ver as poedeiras a esculpirem gravuras nas paredes e nos muros. Bem se cuidavam para darem os ovos que Joana tanto gostava.

As paredes interiores ainda decoradas com peças antigas, *panelas de três*, peneiras reformadas, calendário fora de prazo, lanternas de querosene há muito apagadas, pratos de todos os tamanhos, esbotenados e sem préstimo, pichorras tingidas de tinto e no mesmo estado dos pratos e das tijelas, um altar com Nossa Senhora e São Bartolomeu, uma jarra já esquecida das flores e das promessas. Perto do fogão, ainda resiste um saco de pano com eufrásias secas, chá para todos os males, insuficiente para salvar o Joaquim. Sobressai um azulejo vestido de antiguidade, onde se diz:

Vinho Fino para os antigos,

Tratado para os lavradores,

Generoso para os amigos

E Porto para os doutores.

O Rio Douro, sempre igual, ou nem tanto, por via das barragens, continua no seu garbo, no seu namoro com os montes e penhascos, intervalados por vinhedos, amendoeiras e olivais. Sobretudo, é a vinha que usurpa mais terrenos, ainda que outras árvores fruteiras também marquem os terrenos. Também os mortórios. O rio aconchega-se na paisagem, em curva longa, seduzindo com os seus encantos e os seus mistérios, segredos que traz de montante, e o que mais junta pelo caminho, até esse destino fascinante que é o mar. O rio e o mar, recordando o manifesto de 1914, memorizado pela *Missão de Alijó* e pelo *Motim de Lamego*, em que se exigia que só o vinho produzido no Douro e saído pela barra da Foz fosse considerado *Vinho do Porto*. Bem andou o Marquês de Pombal quando criou a primeira região vinícola demarcada do mundo. Com essa posição definida, foi possível usar o Vinho do Porto para pagar a reconstrução de Lisboa após o terramoto. Lisboa com o país como pedestal. Sempre.

O mar, a viagem, o Mundo. Outros mundos. Os sonhos de Joana na contradança da vida. Na inquietação de um terramoto nela, sem vinha que a salve, sem colheita que a sustente, sem poda que a reconstrua.

A geóloga desaproveitada perdida nas suas memórias. E por elas se deixa ir. Ela e os amigos - o Joca, a Martina, o Álvaro, a Conceição e outros -, olhavam o rio com respeito e medo, de tantas histórias que lhes contavam, de muita desgraça que se escondia naquela prazenteira beleza. Disso sabiam, pela perda de algumas almas. Mas o tempo não sobrava para mais do que a cabra-cega, o jogo da macaca e o saltar a corda, e outras brincadeiras improvisadas, algumas perigosas, como *andar* aos ninhos ou descobrir as luras dos coelhos e outros manifestantes.

Os pais não se preocupavam com os perigos das grandes cidades, por ali sobrava calmaria e paz, ali não tinham chegado algumas modernices. Os filhos partilhavam espaços e prazeres, e quando alguma coisa corria mal, um arranhão ou um corte, um rasgão ou uma sapatilha sem conserto, logo se sabia e se aligeiravam os cuidados.

Casal de Loivos é terra de pouca gente, já lhe falta pronúncia, as vozes ausentes aprenderam a *parlar oui, oui*. Quando se olha de longe para a aldeia, retém-se uma pequena mancha de casas no cume do monte que desagua no Pinhão, como crista de tantos terrenos socalcados. A Rua da Calçada, Cabo da Rua, Rua do Carvalhal, concentram o casario que coroa aquele monte.

Alijó era uma terra privilegiada, sobranceira e cúmplice dos rios Pinhão, Tua e Douro, testemunha permanente do casamento entre os três. A aldeia dos Loivos, que dizem ter começado com um casal vindo dos lados de Chaves, era, toda ela, vestida de vinha, bordada de oliveiras, pintalgada de laranjeiras e amendoeiras, e envaidecida de tantos aromas que o bom tempo lhe dava. Mesmo as chaminés, em sinal de consolo, davam à paisagem o testemunho da gente que a habitava. Terra vaidosa do seu janelão e das luxuriantes vistas que dele se abarcam. A aldeia exposta em vestido ondulado e florido que a cobre até ao Pinhão. Como noiva no altar – altar de ouro. O sol a tingirse na sua palete. Como é costume dizer-se no Douro, *vinha que não vê o rio, não dá bom vinho*. Agora isso traduz-se em *classes*, A B C e etecetera, e benefícios manhosos.

A Joana é a filha única dos Machorro, gente de bem, outrora com muito vinho, e igual prosperidade. Quando a mãe lhe recusava a companhia dos seus *irmãos*, como ela dizia, amigos mais que amigos, era por que tinha os trabalhos de casa para fazer, ou por que tinham visitas, dizia a mãe para disfarçar, ou até um castigo por inocente asneira, ela traquinava rebelde e em desassossego por entre as videiras e as árvores, como que a brincar à cabra-cega com a sua sombra. O Canecas, pastor alemão, era a sua companhia constante, nunca se escusando a qualquer diabrura, sempre pronto a desafiá-la e ciumento por tudo e por nada. Porquê pastor? Porquê alemão? - pensava a Joana, sabendo que ele lhe tinha sido dado pela tia Marta, da aldeia vizinha. O Canecas. O nome colou-se-lhe pelo hábito de desafiar a Joana a descobrir a caneca que ele, brincalhão, lhe ia escondendo. Quando ela descobria o esconderijo, o cão ladrava de alegria pela carícia que já esperava. O Canecas e a Joana eram tão um e tão cúmplices que qualquer ausência, embora rara, dava em tristeza para ambos.

A casa é grande, cozinha ampla com mesa larga e escanos a condizer, e uma lareira de uso e de aconchego nos dias frios. Recordará sempre o cheiro a borrego assado naquela braseira, com batatas douradas a fazer crescer água na boca. A sala de jantar sempre foi, já não é, mais reservada a datas ou momentos que merecessem tal espaço e primor. Este prédio robusto compõe-se com seis quartos de dormir, três deles de reserva para grandes ocasiões, ou em tempo de verão ocupados por alguns familiares migrantes. No quarto principal, sempre ocupado pelo chefe de família e sua esposa, primeiro os avós, depois os pais, Joaquim e Carmo, hoje por ela, há uma varanda que raramente se abre, ou pelo vento, ou pelo calor, ou pelo frio, ou, também, por que as vistas são sempre as mesmas e os da casa já as conhecem bem.

Tem um largo terraço nas traseiras, com vistas para o rio, refrescado por uma oliveira e algumas vinhas em tapada. Junto a um muro contíguo ao terreno vizinho, há uma pequena cortelha, desusada há muitos anos. Os frangos andam em liberdade, indiferentes ao futuro que os espera, entre bicicletas, caixotes, algumas alfaias já sem uso, uma mesa e uns bancos que em dias quentes se ocupavam para a comezaina. Comezainas e visitas são coisas do álbum de memórias. Como os coelhos e os patos, criados para melhores cerimónias, também colados na caderneta. O avô falava de outros coelhos escondidos em lorgas e que ele gostava de caçar com armadilhas rudimentares, antes que as raposas os cheirassem. Javalis vadios eram mais astutos. Medonhos na cabeça de Joana. Histórias de bravura e gabação.

Outros cromos nas primeiras folhas da caderneta com as imagens das brincadeiras com a prima, da concertina em dia de visita do tio, com os aventais rendados da avó e da mãe. Sorrisos. Por que não?

Não vás para o tanque, Joana! A mãe atormentava-se com aquele lavadouro que, malvadamente, atraía a sua filha. Havia relatos de tragédias naquela pequena represa. E se alguma vez a mãe nada dizia, a Joana até lhe *ouvia* o reparo só de olhar para o tanque.

Era no terreiro que o Canecas tinha os seus aposentos, mas, habilidoso e matreiro, com as suas meiguices, conseguia arranjar espaço dentro de casa. Se fosse no quarto da amiga, tanto melhor. E se fosse na… *Não! Não! Ficas aí no tapete e ficas bem!,* dizia-lhe ela com voz firme. O Canecas já morreu.

A casa, agora sua, foi construída pelos seus bisavós, herdada deles pelo avô Tomé, ele e a avó nela casaram e sempre viveram, tendo partilhado esta vivência com os bisavós da Joana até eles morrerem. O avô Tomé, de vez em quando carpinteiro, e a avó Fátima, de vez em quando costureira, tiveram lá os seus dois filhos, o José e a Carmo, e sempre viveram do que a terra lhes dava. Iam à vila para um agasalho, uma ou outra maleita e pouco mais. Mesmo assim, gente de *nunca se sabe,* foram capazes de enriquecer o colchão como se ele fosse um mealheiro.

O tio Zé é casado com a tia Marta, vivem ali perto, em Vilarinho de Cotas. Esta proximidade e o seu apego aos pais traziam-no muitas vezes, mais a mulher e a filha, de visita lá a casa. A Martinha era um pouco mais velha que a prima Joana, seis meses, mas davam-se bem e aproveitavam todo o tempo possível para as suas novidades, os seus *segredos – coisas* de meninas!

Ter mais filhos não entusiasmou a Carmo e o Joaquim e, por isso, a Joana era tão mimada com atenções possessivas e cuidados desmedidos. Muitas vezes a paixão se confundia com o medo, tantos receios que se desvaneciam. Era criança ainda, nos seus sete anos de vida, mas a princesinha de todos lá em casa. Pele muito branca e cara rosada, cabelo em cachos de ouro, como as uvas, e uns olhos azuis e magnéticos, como os amores-perfeitos, radar atento a tudo, e em tudo desenhava porquês!

Havia por perto outras infâncias, mas só a escola lhe trouxe novos amigos – isso não era assunto que interessasse ao Canecas -: o João, o Joel, o Palinhas, a Ana Roxo, e tantos outros que nem todos recorda. Enquanto se dava às brincadeiras, a avó Fátima andava por perto, discreta e *distraída*, cumprindo o rifão - *um olho no burro outro no cigano* -, não fosse a imprudência ou os excessos criarem maleitas na sua princesa. Coitados dos ciganos, que não eram ali aparecidos.

As imprudências vieram mais tarde. Já mulher feita, e nas vésperas de festejar mais um aniversário, aceita o desafio de um amigo e cede em acompanhá-lo ao festival de Paredes de Coura. Excitou-a a quase aventura de se sentir num ambiente que sempre tinha recusado, mas que lhe apetecia conhecer, e do qual tinha ouvido falar em algumas alucinações. Só mais tarde saberia que a sua eternidade mudou naquela noite.

Fernando Ventura Morgado

Três

O Tratado de Windsor é ainda hoje a aliança mais antiga entre dois países em todo o mundo. Um marco importante na nossa História, uma aliança ainda válida e marcante em muitas realidades presentes da *mui nobre, sempre leal e invicta cidade* do Porto e da Região Demarcada do Douro. Também por que a seguir ao tratado, aproveitando-o e reforçando-o, se dá o casamento, no Porto, entre o Rei D. João I e D. Filipa de Lencastre, nobremente inscritos na toponímia da cidade, e secularizados na História por muitas razões, sendo de referir a liberdade de entrada e circulação no nosso país de descendentes da coroa britânica, e a consequente influência que tiveram nos negócios em geral, especialmente no comércio do Vinho do Porto.

O cidadão mais ilustre da cidade do Porto foi o Infante D. Henrique, o Navegador, filho e neto da coroa britânica, e isso conferiu mais força à então já firme ligação entre os reinos de Portugal e Inglaterra. Convenhamos que cidadãos ilustres é um dos melhores espólios que tem o Porto. Entretanto, a globalização criou outros tratados que desactualizaram os tratados antigos, como este de Windsor que cheira a bolor pela indiferença. Talvez por isso, é uso do povo dizer, quando se refere a algum espertalhão - tu saíste cá um tratado!

Diz a História que o Vinho do Porto é um feliz acaso dos ingleses. Dois súbditos de Sua Majestade, no intuito de melhor conservarem o vinho do Douro, e por mais tempo, acrescentaram-lhe aguardente, e daí resultou um vinho generoso de grande qualidade, que depressa ganhou fama em muitas latitudes, mas principalmente em Inglaterra. A fantástica magia da relação entre a aguardente vínica, com perto de oitenta graus de álcool, e o vinho do Douro, aquele que nasce virado para o rio, é o truque que proporciona a excelência deste licor.

Claro que este vinho não existe só por um improvável e feliz acaso; também a região, os seus montes e encostas, o xisto e o granito, a exposição solar e o rio, até o nevoeiro, e a ancestralidade dos conhecimentos e processos, contribuem para a sua existência e valor. Diz o povo que o nevoeiro do rio é o adubo das vinhas, ou ainda, que a vinha que não vê o rio não dá bom vinho. Ditados populares que referem a geografia e o clima, valores eternos. A excelência de um vinho único, sem paralelo em qualquer outra parte do planeta.

Jeremy Morgan não teve tempo para visitar o Douro conforme se prometera aquando da sua visita à cidade do Porto. Ele, um enófilo militante, conhecedor e apreciador de bons vinhos, deixou-se encantar pelo rio e todas as suas adjacências, a terra, a paisagem, as pessoas, a História, e o vinho do Porto, claro. Contudo, levou também da cidade o misticismo das suas ruas e vielas rendilhadas, a beleza da sua arquitectura e, conforme referiu num extenso texto que deixou escrito nas suas crónicas de viagem, a generosidade e simpatia do seu povo que, mesmo não sabendo falar inglês, tentava sempre expressar-se em mímico *portuglês*.

Também nas fotos, Jeremy documentou a passagem dele e da mulher pelo burgo tripeiro. Teve a sorte de serem fotografados ao lado do lendário Duque da Ribeira com os barcos rabelos e o rio como palete de fundo. Legendou isso nas costas das películas. Uma figura típica da cidade, homem de perspicácia única no resgate de corpos afogados no rio, ou diligente em retirar das águas frias do Douro alguns loucos ainda com vida. Quase uma lenda. Um homem que lidou com a morte durante a sua vida, o mesmo homem que ainda vive na memória do Porto já depois de morto. Um homem que o povo quis que fosse enterrado no Cemitério do Prado do Repouso, *para continuar a ver o rio*. E assim foi.

Foi pelas crónicas de viagem escritas pelo pai, e por alguns poemas retratistas de sua mãe, uma mulher que, tal como Fernando Pessoa, plantou poesia na paisagem, foi assim, dizia, que Blamy Morgan recuperou memórias assim sobreviventes à morte dos dois. Em alguns desses poemas, a mãe fala da visita ao templo *St James' Anglican Church do Porto* e ao cemitério a ela chegado, no outrora chamado de Campo Pequeno ou Largo dos Ingleses, hoje, Largo da Maternidade. Uma comunidade que dispôs, durante muitos anos, de um hospital próprio, na Rua da Bandeirinha - um prédio-varanda com frente para o rio. Mr. Jeremy menciona a Feitoria Inglesa nos seus apontamentos. Saberia mais tarde a grandeza e importância destas instalações, não só para a comunidade britânica, mas também para a prosperidade do comércio portuense com o seu país.

Jeremy Morgan não escreveu a crónica da última viagem. Ninguém reclamou bagagens e outros restos. Já depois da tragédia, chegaram ainda postais mostrando lugares de sonho e referindo momentos de felicidade, sorrisos fora de tempo. Blamy cerra os olhos, como que para recuperar melhor um poema de sua mãe; ...*há uma passadeira de água no reino de Portucale, um povo que perfuma de suor a sua dignidade, e os montes atapetados por casas incertas, colmeias, mas belas, like women who haggle fishes and vegetables or poor children begging for coins.* As mulheres da Ribeira, os meninos do rio, a poesia na dor. A sensibilidade de Maggie Smith, súbdita de Rei Arthur.

Blamy escreve a sua poesia visual com tudo o que vê. A cidade enfrenta um crescimento invulgar com a chegada de muitos estrangeiros, ou para visitarem ou para ficarem, ou as duas coisas, os encantos vagueiam de boca-a-boca, catapultados pelo vinho e pelo clube, pela gastronomia e pelo modo das suas gentes. O Porto torna-se numa marca internacional, importante nos circuitos turísticos da Europa, mas alastrando até aos outros continentes; do Brasil, do Japão, da Austrália, dos Estados Unidos da América e de tantos outros chegam pessoas e levam opiniões e testemunhos. A cidade alinda-se para crescer. O seu repasto mais típico, *tripas à moda do Porto*, emblema da gratidão e da solidariedade dos tripeiros, ainda ganha em notoriedade à emergente *francesinha*, mas a tendência começa a inverter-se. Aparecem como cogumelos os inglesismos na nossa maravilhosa língua, à revelia de Pessoa e de Camões.

Em Abril desse ano, num reles ensombramento da Liberdade, tão emblemática do Porto, as duas centrais sindicais desentendem-se quanto à ocupação da Avenida dos Aliados nas comemorações do 1º de Maio, ainda o Sumo Pontífice não passara, e dessa contenda resultam várias dezenas de feridos e duas mortes inocentes e vergonhosas. Uma cidade de luta, de liberdade, ciosa da sua identidade – Invicta -, vê, desta forma, uma mancha negra ser-lhe tatuada na dignidade. Uma cidade de luto! Outras tatuagens mais dignas se apõem; o calão, a pronúncia, o amor!

Ó mulhere aonde bais?, Bou ó Bolhom!, Leba um guarda-chuba, pode chobere!

Mesmo assim, a cidade oferece uma calma aprazível e acolhedora, um cromatismo cénico e uma plasticidade única, verdadeiras marcas de água do burgo, e aquele *não-sei-quê* subliminal que convoca todos os sentidos. Uma cidade-cenário que o seu cineasta Manoel de Oliveira, embaixador maior dos encantos do Douro, das suas gentes, da(s) sua(s) história(s), tão bem aproveitou para enriquecer os seus filmes. Ele pôs o Porto em novos mapas. Um Porto subscrito por nomes famosos.

A guerra israelo-árabe, as diabruras da ETA nas praias do sul de Espanha, a agitação latente nos Balcãs, redirecionam os destinos de férias. O Sol e a tranquilidade, também a gastronomia, o custo de vida em Portugal e a simpatia das suas gentes, trazem ao país um maior fluxo de turistas: o Norte sente esse crescimento, e o Porto e o Douro começam a ser boas opções para muitos estrangeiros. Só passado uma década é que surgem, de e para o Porto, os primeiros voos *low cost*. E isso marcará o futuro da cidade e do Norte, hoje confirmado.

Três jovens ingleses, vestidos com a farda feiticeira da *Royal Navy*, adentram-se pela Rua da Banharia em direcção à Sé Catedral, atraídos e motivados pela imagem que viram a partir das esplanadas da Ribeira, uma cascata de telhados, claraboias, janelas, postigos, varandas e chaminés como código de barras da História da cidade, em decifração.

Varandas e janelas engalanadas com roupa a secar, rostos vaidosos sempre que um estrangeiro os olha, os prédios arroupados por azulejos, obras de arte a céu aberto, marcas distintivas da paisagem urbana.

Enquanto sobem a rua sem as cautelas devidas a um local desconhecido, os jovens são surpreendidos com os mimos desbragados das meninas daquele bairro, casco esconso, polvo de vielas e becos, berço do calão tripeiro, onde todo o *estranja* se chama *camone*. Não escapam à obrigação de umas fotos; em algumas delas o chapéu muda de cabeça, as bocas em antetempo não pedem licença e as mãos procuram a razão de tão fartas carcelas. Um assédio folgazão. Blamy recua quando uma *girl,* já com o músculo bocal a contornar os lábios, lhe diz - *queres falar com a minha língua?* Com os olhos arregalados, não entende e não responde - o seu recato entrou em pânico. Um marinheiro é sempre um valente, mas este mar não é seguro. Nas memórias escritas pelo seu pai não constam episódios semelhantes, certamente por que foi na companhia da mãe que andou por estas bandas. Também por ser muito recatado e cuidadoso com as aventuras espontâneas.

Mesmo assim, e já mais encaixados, os *beefs* não recusam repetir o trajecto, quer pelo pitoresco das abordagens, quer para não se perderem em caminhos novos. Um deles, mais tímido que os outros, ruboresce como tomate maduro, e acelera o passo no propósito de abreviar aquela comunhão, *run away, guys*. E ouvem-se tacões militares no casco velho da calçada! Ladram os cães, fogem os gatos e os ingleses correm com o rabo entre as pernas.

O Verão apresenta-se com os seus cúmulos, impiedoso com as peles nórdicas, um despropósito para gargantas secas. A cidade ainda mostra alguns vestígios dos festejos populares; o São João, o santo que não é padroeiro, mas é o santo tripeiro. Poucos sabem quem é a padroeira - Nossa Senhora de Vandoma, ou Nossa Senhora do Porto. A mesma cidade que, durante séculos, teve como patrono S. Pantaleão, fugido de Constantinopla por se ter convertido ao cristianismo. Mas é a 23 de Junho que se festeja a noite mais longa e mais democrática de entre todas as demais. A noite de São João, a mesma em que a palavra POVO engloba toda a gente.

Com festa ou sem ela, com calor ou o seu contrário, a Praça da Ribeira, ou Praça do Cubo, como também lhe chamam, é a centralidade de todos os encontros, de todos os falares, de todos os primeiros dias para quem visita a cidade pela primeira vez. Por isso, não por acaso, durante duas noites aquele espaço é invadido por jovens marinheiros ingleses em trânsito para as terras de sua majestade. O rame-rame do carro elétrico trouxe-os de Leixões até ali. A extravasão e o exagero trouxeram eles.

À cerveja juntam cerveja e completam com mais cerveja, os copos e as latas da *Superbock* já vazias espalham-se pelo chão, nem uma réstia de comida, que não pediram, só um copo de vinho se distingue entre tamanha chafurda, Blamy não alinha em misturas de cevada e lúpulo, prefere sempre um bom tinto ou um *Port wine*, dependendo da hora e da circunstância. É incrível como aguentam tanta bebida. *God save the Queen*. É vê-los por toda a zona histórica, alguns deles tentam o estranho snack – francesinha -, o petisco mais famoso da cidade, olham-no com curiosidade, e alguns dissecam este pitéu com os cuidados que se dispensam às coisas desconhecida. Quando o sabor picante do molho lhes estoura na boca, só mesmo mais *SuperBock* lhes pode valer. Abandonam a praça com cânticos pátrios, numa mistura de nacionalismo e clubite – *You'll Never Walk Alone...*

No porto de Leixões está ancorado o navio inglês HMS Bristol, que regressa das Ilhas Falklands e faz uma paragem para pequenas assistências técnicas, uma escotilha sem vidro, fissura no escovém, reabastecimento, *fuel&beer*, e desentorpecimento dos seus homens. O contra-almirante e o capitão-de-mar-e-guerra, juntamente com dois primeiros-sargentos, optam por outras delícias numa marisqueira de Matosinhos e depois seguem para um helicóptero turístico, no qual fazem uma visita aérea à cidade do Porto e arredores. Também eles se deslumbram com a paisagem. De benzer. Enquanto os ingleses se espalham pela cidade, os tripeiros são convidados a visitar o navio. Afinal, um navio ainda a cheirar a guerra não atraca por aqui todos os dias.

Oliver, James e Blamy seguem a cartilha turística. Blamy reserva para futuros possíveis o carisma da cidade, o seu afamado vinho e o rio que lhe provoca curiosidades e expectativas. E saudades do pai. Olha os barcos ali ancorados e distrai-se em pensamentos. O vinho! Só mesmo isso justifica algum alargamento de Blamy até ao exterior dele próprio. Entusiasmado!

O Vinho do Porto, mais correto seria chamar-lhe vinho do Douro, embora os dois coexistam complementarmente e se distingam pelas castas, pelo benefício, pelo tratamento e envelhecimento, pela textura, sabor e propósito; o generoso pode ser aperitivo ou digestivo, mas não compete com os Douros tintos, brancos e rosés de mesa, reconhecidos em todo o Mundo e galardoados em muitos certames internacionais, uma palete de escolhas, todos eles são excelentes acompanhantes de qualquer repasto. Contudo, foi pelo vinho generoso que Blamy criou o seu conhecimento desta região, procurando mais informação para além da que lhe foi passada pelo seu pai, Mister Jeremy Morgan, que levou para a cova o sonho de repetir a visita e conhecer o Douro, o seu rio e a sua principal cidade – voltar a ela com mais tempo.

O jovem enófilo recorda um antigo livro que o pai, por várias vezes, lia ao serão, ou para consulta, ou pelo prazer de o reler, e em cujas bordas escrevia a lápis as notas que o texto lhe ia merecendo - o velho *The English man's Wine: The Story of Port*, livro que estará onde sempre esteve, na biblioteca da sua casa. Lembra pequenas palavras escritas a lápis, quase já gastas pelo tempo, nas bordas das páginas, *go, next, visit...* Junto a ele estará também um outro livro, igualmente jurássico, pelo qual o próprio Blamy já vagueou, *The House of Sandeman: A Story of Fine Wines and Spirits.* Talvez por que da Ribeira ele tenha visto este nome - *Sandeman* - na margem contrária, em Vila Nova de Gaia.

Desafia os amigos para uma visita às caves do homem da capa negra, e assim acontece, pese embora o aperto do tempo que já é pouco para tamanha vontade e curiosidade. Mesmo assim, a breve passagem por aquele santuário da História vitivinícola da região deixou nele o sonho de voltar, tal como em Jeremy Morgan, seu pai. Quer saber mais sobre a magia do Douro, sobre as vindimas, falaram-lhe de lagares e de folclore, formigueiros de homens e de mulheres em lavor, confundidas com as vinhas. Não esquecerá.

Guarda a foto que tirou ao edifício e placa da Feitoria Inglesa, um prédio imponente na Rua do Infante Dom Henrique, contígua à Bolsa do Porto, hoje sede da Associação Comercial da cidade. Pesquisará. Saberá mais tarde a luta que ali se travou em defesa da genuinidade do *port wine*.

Pela curiosidade à volta do vinho, virá a saber que a zona ribeirinha foi outrora um grande entreposto comercial, com muitas empresas e grandes lojas sediadas por ali. O comércio de bacalhau, o negócio do carvão, do petróleo e do azeite, os depósitos de sal, os armazéns de ferro e outros metais, as lojas de cordas e cabedais, os sapateiros e os engraxadores, os balcões de apetrechos marítimos, os restaurantes e os tascos, as pensões e os quartos subalugados, as portas de vaivém na Rua Escura para intimidades rápidas e doenças venéreas prolongadas. Havia as mulheres e homens que faziam e vendiam sacos de sarapilheira, as hortaliceiras e os azeitoneiros, as peixeiras e as lavadeiras, enfim, uma plêiade de oportunidades, um amontoado de carros de bois, os gatos e os cães e os ratos, um formigueiro de pessoas que andavam por ali à espera de trabalho, os amoladores que também fundilhavam peças de alumínio já rôtas, consertavam guarda-chuvas, e espalhavam o anúncio com as suas gaitas de beiços.

Por entre a confusão, mourejavam os carrejões, as carquejeiras, os apregoadores e leiloeiros, mas também os trafulhas e os vendedores da banha da cobra, os pinga-amor e as incautas moçoilas da província, a vermelhinha e outras manhas, os carteiristas e o povo sério, povo de Deus. Também havia, e há, no povo de Deus, os desprovidos de Fé e de moral. Os botins de pelica distintos dos pés descalços. Os chapéus de plumas distantes das rodilhas nas cabeças das mulheres e homens sem nome.

No rio, nas duas margens, os barcos mercantes, amarrados por cabos grossos uns aos outros, quase não deixavam espaço de leito livre para a navegação. De montante vinham os barcos rabelos carregados de pipas de vinho, descarregados para os cais e depois transferidos para os grandes navios que os levavam para toda a Europa. A Ribeira do Porto era a centralidade do burgo.

Pela leitura da revista *Decanter* já ele sabe o que é um *Barca Velha* ou um tinto de *Vale Meão*, um *Altano* ou os néctares *Quinta do Noval*, ouro e prata nas medalhas recebidas em concursos internacionais. Provará.

Os jovens marinheiros atravessam a Ponte D. Luís de regresso ao Porto, param a meio do tabuleiro inferior para se espantarem com os meninos que dali se atiram para o leito do rio à cata de algumas moedas. Só quando conseguem juntar dez euros é que um deles se atira, de pés juntos, para as águas frias daquela piscina natural. Corpos vestidos pelos flashes em plateia. Agraciados pelos aplausos.

Pelo que leu e pelo que o pai lhe contou, também pelo que acaba de constatar na visita aos armazéns da *Sandeman*, Blamy Morgan sabe como é difícil subir este rio, uma pequena bica que começa a dois mil e cem metros de altitude e desce, por entre fragões e arribas tremendas, granito e xisto, cascatas incertas, goelas escondidas pelo turbilhão das águas, boqueirões, como lhes chamam, este rio que dizem poder vir a ser navegável, repito, em descida até ao Porto, cidade que dele se aproveitou para trazer aos seus cais os grandes navios mercantes do norte da Europa. Desde há séculos. Blamy voltará para o conhecer na maior extensão possível, quiçá um dia até Barca D'Alva. De braço levantado e com a mão a acenar, olha o lado nascente do rio, *see you later*.

Fernando Ventura Morgado

Quatro

Depois da morte dos pais, primeiro ele, doença prolongada e arruinadora, depois a mãe, mais alguns anos vividos em pano de paixão, uma viuvez dolorosa, Joana vive com o que lhe sobra, em estado de sobrevivência, e até o filho lhe sobra no desproveito de alguns sonhos que ainda a incomodam. Vêm-lhe à memória os momentos em que esteve ausente da aldeia, tempos de faculdade, estágios profissionais e supostos empregos com futuro, lembra os amigos que restam, poucos, coisa que se resolve com umas meras mensagens ou *likes* no *Facebook*, as *vantagens* da urbanidade e as desventuras de ilusões lesivas pelas quais passou.

Joana repete, num murmúrio dentro dela, o apego que sempre teve à sua aldeia e às pessoas que se hospedaram na sua memória, mas nunca imaginou este regresso pouco tarde aos passos de muito cedo. Havia a tia Clarisse que se matou nova na hora velha dos mexericos e dos julgamentos por ter engravidado ainda solteira sem homem que se conhecesse; havia outras mulheres de quem se falava por terem partido para bordeis, luzes encarnadas e quase escuras, cortinas sinalizadoras, escondendo o emprego seguro em quarto alugado; havia os cochichos em rua pública, como esgotos em céu aberto ou sorrisos-punhais das mulheres que se esconjuravam na vergonha alheia; havia a proibição dos baptizados das crianças impuras. Joana tinha essas etiquetas para rasgar!

Recua a dores adormecidas, lembra os amigos que pensava que eram, culpa-se por não ter acompanhado os pais nos últimos momentos tanto quanto eles mereciam, embora o seu regresso precipitado à aldeia a ressarcisse desse pecado, e veste de fado o seu rosto, onde brilham algumas lágrimas. Traços de noite. É uma mulher descrente, fechada a conversas sobre homens e relações partilhadas, agora só o seu filho a prende, por ele volta a ter sonhos para ele, para ela será o que a vida lhe quiser dar. Dizem que a esperança. Dizem que o silêncio. Dizem. E ela sente nos seus pensamentos mais silêncio que esperança. O silêncio não é um espaço vazio.

Devia ir ao terreno da Fonte Santa cortar um manhuço de verduras e alguns tomates, coisa pouca em terreno de poucas lavouras, mais silvas, torgas e outras urzes, aproveitaria para caminhar um pouco, escondida em monossílabos sempre que alguém a solicitava para alguma conversa, mas hoje um pequeno papel perdido na sua carteira foi suficiente para lhe cativar a cabeça, levando-a em voo de rapina até outras datas.

Vagueou pelos tempos de escola primária, outros tempos de liceu e novos amigos, ocorreu-lhe a lembrança de supostos namoricos, coisa de despertares, iniciações salobras. O César, ainda seu amigo, ou nem tanto, tropeçara nos primeiros passos, nos primeiros beijos, mas não o suficiente para ela deixar de gostar dele. Agora, passa pelo amigo várias vezes, mas nota-lhe alguma circunstância nas palavras, entretanto casado e com uma filha pequena, autolimita-se nas palavras cintadas pelos ciúmes da mulher. O César! Recua. Como pode evitar lembrar-se de um momento vivido pelos dois na cidade do Porto? Ele ainda província, ela já quase urbana. Pássaros coloridos.

Joana sente-se tomada por alguma excitação com a imagem daquele momento. Parece que ainda o está a ver, todo ele a tremer, um sonho ali à mão! Sentiu um tornado de ideias a correr-lhe o pensamento. Recua a um passado presente:

*

Afinal, tudo é possível – Joana, meu Deus, que mulher! – , ele nem acredita que a tem ali à sua frente, sente um vulcão a tomá-lo. Minha doce Loivinha, estás tão bonita! Estou tão feliz por ter-te encontrado!, a paixão excita-o. Tu também estás óptimo. Fica-te bem essa barbicha! Quatro olhos abraçados em alegria incontida: Joana está acesa para o desejo: sublime desejo! César, espantado, não alinha duas palavras de jeito, de muitas que lhe entopem a voz. Nem as perguntas emergem.

Mimam-se com um abraço prolongado, e adivinham-se nos pensamentos: a tensão a surgir. O barbichas quase não cabe nele próprio: tanta pergunta para lhe fazer – a boca tem outras prioridades. Num novo abraço, acaricia os cabelos dela, sente o cheiro, afasta-o para uma travessura, repete-se – que bom!, que bom! César descuida-se numa bolha excursa.

Ó César, meu querido, que surpresa maravilhosa! Estou felicíssima! Que andas aqui a fazer? O que se passa? Vieste à minha procura? Donde apareceste?, Joana confusa naquele chegar. Dali, da estação. Quase te perdia por ter ficado pregado naquele átrio fabuloso! Casal de Loivos em interface no Porto, em comboio atrasado. A improbabilidade certeira. Um momento de criação, com a tropelia das perguntas, cada uma a querer ser a primeira.

Tentam ganhar jeito. Que é feito de ti? O que fazes?, repete, Tanto me disseste que aparecias no S. Bartolomeu e afinal, nicles!, quer lá ela saber estes porquês, turbilhonante noutros quereres. Isso já foi há uns anos, nem me lembro de o ter dito, as palavras desnecessárias.

O Marito? Não sei nada dele! Joana recorda aquele murro no amigo safado e que continua a pôr o César nos seus sonhos. O tal amigo parvo que qualquer pessoa tem, sem querer. César fez a defesa da amiga, cenas de palavroso assédio, o parvo não perdia uma oportunidade para amesquinhar a amiga perante outros rapazes, já que não és minha.... Desde então, olha o César de outro jeito, e sente-o a seu modo, com o coração cativo dele. Continua a dizer, o meu César. Como se o tempo tivesse hibernado nessa hora distante e agora retomasse o movimento dos ponteiros.

Joana não soube mais nada daquela gente da Escola D. Sancho. Há anos que não vai a Alijó e à sua escola. Os tempos de ir e de voltar são sempre muito próximos e esgotam-se na rapidez dos abraços, no resgate dos mimos, no sabor das conversas com sopa e vinho e azeitonas e broa que a sua mãe desembrulha para ela, nas palavras sábias do seu pai, nas noites em que brilham cristais de amor.

A Matilde, amiga cúmplice, estará por França, o Marito nem quer lembrar, e o César, o César!, está ali, plasmado nos seus olhos, inquieto na sua pele, livro aberto para novos capítulos, mais bonito do que nunca, mais dela como nunca. Joana não disfarça a inquietação. O seu rosto ganha fotogenia. E depois?

Para além de bonito, como sempre, está gostoso: um pão. Tudo: a boca, os olhos e as mãos; o corpo que se mostra, desabotoado; aquele suor de calor e desejo. A carne é fraca... Se a excitação fosse audível, Joana estava a gritar. E depois?

Vou amanhã a uma entrevista na Bolsa! Tenho de conseguir a vaga para Técnico superior do Instituto dos Vinhos, não precisava de chegar ao vinho e à vinha para estimular a libido: já estava em vinha d'alho, as palavras pronunciadas pelos seus olhos, a rubescência em voz alta. A vaga, a vaga da aventura a tomá-lo.

Mas isso não é na Bolsa..., Joana percebe-lhe a atrapalhação, Eu sei, é lá perto. Eu é que digo sempre Bolsa. É mais conhecida. Sabe lá ele o que é a Bolsa: o salão árabe; o Pátio das Nações; o antigo Tribunal do Comércio; tanto mais. O que sabe ele da fofura da relva no jardim do Infante, na frente da Bolsa, onde muitos jovens casais se deitam para se beijarem?

Joana exulta a imaginação. César estará por conta dela. Desenha um passeio com ele pela cidade, antes de o passear pelo seu corpo, desde há muito em desuso. Praça dos Poveiros, a sande de lombo com queijo da serra da Casa Guedes é divina; pelos Guindais, lado nascente da muralha fernandina, até à ponte, por pedras sujas e gastas; o Largo da Cadeia, a escultura de Francisco Simões homenageando o Amor de Perdição entre Camilo Castelo Branco e Ana Plácido, onde ela e César tirarão uma fotografia para mais tarde recordar; as Galerias, la movida dos tripas; a Torre dos Clérigos para ver o mar, uma escadaria em espiral que ele pode subir no corpo dela; os seus aposentos ali perto - logo se verá o que acontece. Para dormir? Nem se discute! Ela tem quarto que chegue para ele: os dois ocuparão menos espaço do que ela sozinha, ou o soalho de madeira encerada em que cairão sobre roupas largadas na urgência urgente.

*

Volta ao presente apressado.

O papel de novo na sua carteira, a memória vencida pela actualidade, regressa ao presente. Joana, num vai-não-vai à Fonte Santa, nem olha para o relógio, não consegue sair dela, não é fácil, deixa-se estar nesta recordação, como se a estivesse a viver de novo, ainda que a realidade não tivesse sido como ela palpitava. Volta ao quase sonho, César está instalado. Mesmo que a memória, por vezes, seja dolorosa, tão dolorosa como já o tinha sido a expectativa e a esperança.

*

No dia do encontro, e Joana revê o filme, o César, selando o agradecimento, abraça a Loivinha, e sente-se mergulhado num sonho maior que um abraço. Para a entrevista tem tempo. A obrigação pode esperar! A paixão não tem relógio! Depois das Galerias, galeará o seu corpo, despindo-o para o vestir de prazer. Poros incandescentes.

Por entre o nevoeiro que envolve algumas das suas memórias, surge um pequeno livro mental em que ela anotou todos os adjectivos atribuídos ao seu corpo: uns pés chamativos, dedos em círculo, sem proeminência de algum, nem mesmo o maior se atreve em barriga óssea para o lado de dentro, achavam-nos sexies; as pernas e as coxas moldadas pelas de Nicole Kidman, suportando um corpo-ampulheta, como estradas gémeas em curvas alongadas; uns seios substanciais decorados por tersos mamilos sempre presentes em momentos de pouca roupa, ou nenhuma; as mãos delicadas de mulher sem cozinha, sem esfregona e sem lavoura; a boca em forma de folha de japoneira retida no seu rosto – um livro de instruções nem sempre cumpridas. Uma beleza láctea.

*

Fecha os olhos para esconder a lagrimação, abana a cabeça, como que a querer interromper estes pensamentos. Será que César ainda se lembra daquele murro? Será que César ainda se lembra daquele encontro? Os *serás* e os *ses* a atropelarem a sua excitação, mas também a sua desilusão. O relógio...algumas lágrimas desaparecidas na manga da sua blusa. O Mário deve estar a chegar da escola e ela quer ter outra cara. Por ele, sorrirá sempre.

Inconvenientemente, ocorreu-lhe um outro momento, decisivo. De novo a Estação de São Bento, a inquietação do encontro. Lembra-se bem de ter rasgado todo o programa com uma pergunta que fez ao amigo, *Namoras?*, César ruboresce, sorri e, ainda sem responder, Joana continua, *Quando casas?* César tirou a carteira do bolso das calças e mostrou à amiga a foto da sua namorada; tudo explodiu na cabeça, repentinamente gelada, da Joana — Carlota! —, a amiga comum, da escola de Alijó. Um misto de sensações toma conta da já menos afogueada geóloga, sonhadora de mundos distantes. César sempre pensou que Joana não mais voltaria a Casal de Loivos. Joana sentiu-se cair dentro dela, como se o coração lhe tapasse os pulmões e todos os músculos e tendões tivessem baralhado os ossos, e até a pele fosse um transplante de outro animal.

César não compareceu na entrevista que estava marcada. Nem ela lhe mostrou a cidade. Nem o corpo.

Nunca mais tocou no assunto nas poucas vezes em que se viram por perto, nas andanças de César pela aldeia, nunca mais viu Carlota, nem manifestou vontade de isso acontecer, não saberia como encará-la. O pequeno Mário estará quase a correr para ela, mas ainda se mantém a película daquele dia no Porto. Sai um pouco destas recordações, volta ao seu chão, não quer que o filho a encontre nesta nostalgia. Enquanto espera... *volta* ao Porto.

*

O dia seguinte a ter encontrado o ingrato César foi preenchido pela bipolaridade em que ela mergulhara. Foi do oitenta ao oito com o ex melhor amigo, descartou-o frontalmente, Não quero que estragues a tua vida, virou costas e dobrou a esquina da Praça da Liberdade em direcção aos Clérigos. Os seus olhos puseram nevoeiro em tudo o que viam. Entre a alegria do encontro e a derrota com as notícias, dele e da aldeia, Joana sentiu-se naufragada num rio de dúvidas.

*

O Mário está atrasado. Ele que nasceu adiantado à vontade dela em ter filhos. O que terá acontecido? Joana mantém-se no tempo longe até que o seu filho lhe devolva o tempo certo.

Volta ao dia de tudo, ao dia de tudo poder florir mas também ao dia em que tudo murchou. Saberia mais tarde que aquele foi o dia em que tudo mudou. Nesse distante momento, umas simpáticas raparigas estrangeiras vieram alterar a sua melancolia. A improbabilidade do momento seguinte. A tempo de a ancorarem.

*

Aterraram no Aeroporto Francisco Sá Carneiro. Era uma quinta-feira de Setembro, quente, sem vento, quase todos os passageiros eram turistas-caracóis, mochilas pesadas, sedentos de muito ver em tempo recorde. Dois, três dias seria o tempo de que dispunham para absorver o Porto. Sem relógio!

O Metro logo ali, rumo à Estação da Trindade. Alguns optaram pelo shuttle, outros passageiros, talvez mais apressados, apanharam o táxi, mas Eva e Katja mantiveram-se na estação de Metro, certas de que seria mais económico, e esse era o denominador-comum para aquelas férias. Conheceram-se no voo ao partilharem a mesma fila — lugares juntos.

Eva deixava Maastricht por uma semana, como habitualmente, para conhecer um destino diferente, sempre diferente de ano para ano. Katja era de perto dela, vivia em Aachen,

48

na Alemanha, e o aeroporto era o mesmo, comum às duas cidades. Era também a primeira vez que visitava Portugal, e a recomendação entusiástica de um amigo dera-lhe o Porto como destino.

Tinham propósitos diferentes, embora comungassem algumas ideias e vontades. Afinal a semana que passariam no Porto seria tempo suficiente para cumprir o programa, e desconstruí-lo com um improviso ou uma surpresa que a cidade lhes proporcionasse. Perderem-se era coisa que não as assustava. O melhor tempo de vida é aquele em que nos perdemos, para nos encontrarmos noutros encontros.

Eva aproveitou para dar notícia à mãe da boa viagem que tivera e do tempo quente que a recebeu. *O aeroporto é lindo, mãe... quero que telefones para o Hotel Peninsular a desmarcar a minha estadia. É melhor ser daí para acreditarem que não consegui viajar.*

Katja reservou a estadia num hostel na Rua dos Caldeireiros, o *The Poets Inn*, e teve o cuidado de, logo que deixou o aeroporto, telefonar a saber se podiam aceitar, para aqueles dias, uma amiga; até partilharia a mesma cama se fosse a solução. A confirmação deixou-as satisfeitas. No mesmo quarto. Da janela virada para a Rua de Trás viam o morro da Sé e a Igreja Catedral, o umbigo do burgo antigo.

Tudo o que precisavam estava nas suas mochilas. Pouca roupa, só os chinelos que já calçavam e as mesmas calças seriam suficientes, embora ambas coincidissem em trazer calções curtos para aproveitar o calor, se o houvesse; para o resto estavam provisionadas. Não era do corpo que vinham cuidar, era a alma que queriam encher.

Chegadas à Estação de Metro da Trindade, e seguindo o mapa que já desdobravam, a Rua dos Caldeireiros seria ali perto, atreveram-se a ir a pé até lá. Esse seria o transporte que mais usariam durante aqueles dias: a pé, a pé ante pé, com os dois pés! Sorriam.

A Avenida dos Aliados mereceu-lhes um olhar interessado – a arquitectura burguesa, as estátuas evocativas, as esculturas no cimo das fachadas e a imponência do edifício da Câmara Municipal. Aproveitaram uma esplanada para saciaram a sede com uma água natural, e cruzaram o Largo dos Loios, naquela altura em grande rebuliço, com obras de requalificação que demoravam, como sempre, e encontraram a placa que procuravam.

Bizar, foi o que Eva sentiu quando chegou à rua dos boilermakers, enquanto Katja, já de Canon em riste, registava os prédios velhos, alguns gatos pachorrentos, e paredes grafitadas, setas amarelas no Caminho de Santiago - até umas sapatilhas e slip fio dental estavam abandonados no passeio. Pararam, surpreendidas, quando lhes apareceu a fachada da capela da Nossa Senhora da Silva. Retirou-as dos pensamentos que levavam e deixou-as pasmadas a olhar para aquela fachada. Katja já fizera um ou dois cliques quando Eva se interessou por fotografar o local.

Continuaram a subir e, quase chegadas à Cadeia da Relação, lá estava o hostel. Aceitação feita, mochila arrumada, e rapidamente estavam com a Torre dos Clérigos à frente delas. A Torre, a Universidade, a Cadeia, o Café Piolho, mein gott, que bonito!. E o rio? Usted bai à droit and mira una estacion, e usted já regard o riber. Gud bacances, meninas, embrulhou um I love you num piscar de olho cambulho, sorriu, e lá foi o velhote satisfeito por ter ajudado. Os olhos ainda ancorados naqueles corpos pouco vestidos.

Laater, uma coisa de cada vez, a aventura estava no princípio. Logo ali, na Casa Oriental, entusiasmaram-se com a fruta; era só isso que queriam naquele momento. Qualquer coisa sumarenta, de comer à mão, e que não fosse nem caro, nem esquisito.

*

Joana olha a calçada e nem se diverte ao ver duas miúdas a jogar à corda como ela fazia na idade delas. Mário continua atrasado, ela distrai-se na preocupação que devia ter. O seu menino. Belisca-se para se confirmar. Volta a olhar à sua volta, onde estou?, Casal de Loivos, a sua casa, o seu filho… Mário está quase-quase. Não consegue estancar a avalanche de memórias. Retorna à conversa dentro de si.

*

Eva trazia um interesse e um objectivo especiais, para além e dentro dos dias de férias; interessava-se pela história da Judiaria no Porto. Não o pronunciou, mas era o seu povo que ela procurava. Sabia — pela internet e pelo Facebook — que o hostel estava perto de locais outrora ocupados pelos judeus, mas… e o vinho, a movida, o rio, a praia, e essa comida que não entendia, a francesinha. Katja era mais do género um dia de cada vez, cada um para ser feliz.

O mapa era difícil de entender. Ali, no Largo do Olival, estavam encruzilhados tantos quereres: à esquerda, à direita, mesmo em frente a Universidade, o olival e a Livraria Lello. Não perceberam nada do que o homem lhes disse. Tinham de optar, e Eva, ainda sem partilhar com a Katja o que fazer, logo interpelou uma jovem que saia da farmácia – Joana -, Por favor, como podemos ir para a Ribeira?

Mais que uma resposta e uma ajuda, Joana convidou-as a sentarem-se na esplanada, que aceitaram, e dali partiu para uma longa conversa. A catarse oportuna. As primeiras palavras foram só sorrisos, as estrangeiras a pensarem que Joana teria alguma dificuldade em falar outra língua que não a dela. Elas sem perceberem qualquer palavra de português, bom dia, obrigado… As segundas palavras, os gestos e as expressões seguintes, foram mais soltas, a língua de Shakespeare como comunicação comum. Oh God! Neerlandês ou alemão é que não, Eva apercebe-se da melancolia da portuguesa. Entretanto, esta marcou no mapa alguns trajectos que elas podiam fazer e que valiam por serem simples e com interesse. De permeio, e após perspicácia de Eva, Joana, em jeito de falar por falar, trouxe à conversa o que foi fazer à farmácia. Mulheres! Joana aproveitou para exorcizar demónios. Katja e Eva, atentas, começam por se entreolharem, seria a cantiga da mentira?, uma vigarista?, mas acharam alguma seriedade nas palavras da portuguesa e olharam-na de uma outra forma, Jura! Acreditas que será possível? E o que vais fazer?, disparou a Katja, tão assustada como se o caso fosse com ela.

Joana franziu a testa, expressou bem a sua angústia, e saiu do tema deixando um desabafo: Queria tanto andar pela cidade convosco. Hoje não dá, mas amanhã estamos aí, a noite vai ser louca, com tanta movida e tanto de tudo, logo se verá o que vai acontecer! Uma máscara de alegria. Amanhã vai haver um concerto de um grupo português, os Delfins, nos jardins do Palácio de Cristal. Music, uau!, exclama Katja. Mesmo assim, o sorriso de Joana escondeu-se.

Despediu-se, ansiosa por fazer o teste, e apressou o passo para chegar rápido à residência, ali perto, na Rua de Cedofeita. Tinha de telefonar à mãe a dizer-lhe que nesse fim-de-semana não iria à aldeia. Não, mãe, nada disso! Tenho um relatório para acabar, e não quero perder este trabalho! Nem lhe falou do César. Também não lhe apetecia falar disso.

Já na residência, logo foi para a casa de banho e cumpriu as instruções indicadas pelo laboratório. Foram minutos que mais pareceram horas, o corpo a tremer, a cara toda suada, a cabeça em turbilhão, e aquele fantasminha a atacar-lhe os neurónios: POSITIVO. E agora, o que vou fazer? Pegou em desespero no papel das instruções para que ele lhe dissesse que se enganou, que tem de fazer o teste de novo. Não! A única e ténue esperança era a obrigatoriedade de esperar alguns dias e repetir o teste para confirmação de resultado. Tretas! Estava mesmo grávida.

Os Meus Hóspedes

Ficou em choque, sozinha no quarto, telemóvel na mão - ligo, não ligo -, e uma procissão de gente a passear-se na sua cabeça! Abriu uma gaveta, procurou ajuda, mas nem Valium, nem Victan, nem qualquer outro calmante, nada! A sua noite foi de lobos, tantos quantos os medos que se sucediam. Enganou-se com a esperança da repetição do teste, e apressou-se para chegar ao Café Piolho à hora marcada. As suas novas amigas esperavam-na, com certeza.

Então?, notícias?, diferia-as a pronúncia na pergunta que, quase em uníssono, exaltaram. Joana trejeitou o rosto com um sorriso inexpressivo, um não sorriso para dentro - O vosso tempo é pouco, e eu não vou ocupá-lo com o meu problema, pelo menos hoje. As forasteiras insistiram, desabafa, ficas melhor, mas Joana manteve só para ela a angústia que sentia. As lágrimas já convocadas, mas ainda reprimidas. Até que.

Fascinaram-se na Livraria Lello, entraram na Igreja dos Clérigos, subtraíram a subida à torre, estavam ainda na agitação do primeiro dia, descontando o de chegada. A Avenida dos Aliados, sala de todas as exaltações, e a Praça da Liberdade, centro geodésico da cidade, ficaram guardados na Canon, tinham mais pressa em entrar na Estação de São Bento. O trânsito, as obras, paletes de turistas, obrigaram a cuidar a travessia para a gare ferroviária, antigo convento das freiras beneditinas, sempre gare de chegadas e de partidas. Os olhos silenciosos de Joana a verem Césares por todo o lado. A vida é feita de viagens, e a Fé não é sedentária, mesmo que o Vaticano não saia da cepa torta.

Joana guardou as informações turísticas para depois daquele momento de pasmo com toda a beleza do átrio da estação, e não só. Eva antecipava um acordo com Katja, comprometendo-a a conferirem e partilharem as fotos que ficassem melhores. Fascinadas com os painéis iconográficos, em azulejos, reportando a História de Portugal e as paisagens nortenhas.

A Loivinha deixou-se tomar pela nostalgia com a recordação do seu encontro com o quase namorado, e os dias loucos *que, então, poderiam ter sucedido. Pouco me importa que ele venha a saber, quero é esquecê-lo. Esfregou o rosto com alguma reprimenda, a imagem de Carlota obrigou-a a repensar. Correu-lhe, então, uma lágrima, não, não tem importância, isto passa já, mas não será mesmo assim. Então Joana, estás aborrecida?, conta lá! - preocupou-se a Eva ao reparar no semblante da portuguesa. Um sorriso circunstancial vestiu-lhe o rosto. Máscara ténue.*

Subiram ao morro da Sé, o mesmo que se via da janela do quarto no hostel, não entraram na Catedral, aproveitaram a beleza extasiante que se vê do miradouro e apreciaram o pelourinho e a fonte do pelicano, desceram ao Largo da Pena Ventosa, continuaram a descer pela Rua de Sant'Ana até chegarem à Rua dos Mercadores, levando-as à Praça da Ribeira, um caminho entrecortado por pequenas paragens para fotografias.

As amigas turistas continuavam apreensivas com o semblante anoitado de Joana. Então logo à noite, como vai ser?, Katja a quebrar o gelo, O que tiver de ser! No program! Num trejeito de olhares, as amigas cumpliciaram-se na ilusão do imprevisto. Pressentiam que Joana estivesse em desconforto por ter de as acompanhar num momento de outras preocupações. A duriense negava esse estado de espírito, proclamando entusiasmo em estar com elas. Uma bolha excursa. A jovem alemã lembrou o que lhe dissera o amigo que recomendara visitar a cidade do Porto; uma terra de gente muito hospitaleira que gosta de ajudar. Nem ele sabia bem, nem ela conseguiu aprender a pronunciar a alcunha dos seus naturais – tripeiros! Mesmo com a ajuda de Joana.

A tripeira por adopção olha-as muito séria, Ah!, meninas, atenção, algumas amigas e amigos vão andar connosco. Não sabem nada de vocês, por isso vai ser uma surpresa! Good, it's so nice! - disparou a Katja. Sempre vamos ao concerto?, questionou a alemã.

*

Uma vizinha passa por ela, cumprimenta-a, *Está tudo bem, rapariga?*, e ela desperta na resposta que lhe dá, *Sim, Guidinha, está tudo bem!* O que entenderia dela a sua vizinha? *Sim, está tudo bem,* que é o que se diz quando não se tem nada para dizer.

Mário. Finalmente. Olha a Rua da Calçada, a aldeia acorda-a. Joana volta à sua rua, salta desta história como se a despertassem, o relógio confirma o tempo certo. Ouve, então, um carro a aproximar-se, com a sua vizinha e o filho dela, chegaram com um sorriso a querer dizer qualquer coisa. É o seu menino, apressado para abraçar a mãe, sai do carro a correr. A vizinha levou-os ao Pinhão para lancharem. Para não ser normal. *Estiveste a chorar, mãe?*, pergunta-lhe o filho. Ela nega, como continua a negar a existência do seu pai. O rapaz põe-se também de tristeza: *quem é o meu pai?*

Fernando Ventura Morgado

Cinco

O *CRUISER.DREAMS*, um Azimut 58, da Azimut Yachts, é novo na *Hull Dock Marine*. Das janelas do clube náutico, olhares atentos demoram-se na observação da embarcação e nos comentários chãos sobre capacidades e valores. Quase inveja, ou tudo. John trata-o com o desvelo que merecem todas as paixões. Estivera na *Comuna de Avigliana*, nas margens do *Laghi di Avigliana*, perto de *Torino*, em Itália, no fabricante deste príncipe dos mares, para a formação necessária ao manuseamento de tão luxuoso iate. Ficou encantado com a fábrica, com outros modelos da Azimut, com a beleza do grande lago, com a hospitalidade dos italianos com quem interagiu, passeou no casco histórico da localidade, prendeu-se aos sabores gastronómicos da região, *quase* tentado a comer um *tapulone,* que rejeitou para não se sujeitar a comer carne de burro; *primo piatto, pasta, secondo piatto, pasta, dopo un limoncello.* Provou e gostou do vinho local, notícia passada para Blamy Morgan, o peregrino dos vinhos. Voltou a *Kingdon Upon Hull* com o peito cheio de ideias e de vaidade, e a cabeça revigorada em mestria. Estreou o iate na viagem de retorno a Hull. Excitado.

Embora seja piloto com muitos anos de experiência, John Major não dispensa o conhecimento e domínio de todos os detalhes e características da nova embarcação ancorada naquela marina. Uma embarcação ainda não inaugurada, mas já com mar a sério e viagens ainda ancoradas nos sonhos. Trata-se de um barco topo de gama, alta tecnologia, segurança e conforto superlativos; um barco que é preciso aprender. Um luxo para a vida e para o viver.

Blamy Morgan e o seu marinheiro preferido são quase família, ambos naturais da mesma cidade, uma cidade costeira no nordeste de Inglaterra, uma terra entalada entre o Rio Hull e o Mar do Norte. Uma terra de lendas. O jovem *hullensian* é parco em afetos, medo deles, carente deles, que ama a sua cidade, no silêncio dos orgulhos, na memória dos seus antecessores. Mesmo a mãe, arturiana de origem, adoptou Hull como sua cidade.

John Major ocupa-se na manutenção de vários iates ali atracados, a sua única actividade, de todos recolhe proveito e admiração, mas é a um só patrão que está vinculado. Tem, também, o seu velho iate que herdou em testamento improvável. Já desde há uns largos anos que não faz grandes viagens com ele, como as que fazia com o seu falecido patrão. Quando o *little* Blamy lhe disse que ia comprar um iate mais moderno e que aquele ficaria para ele, John regozijou com a surpresa, mas temeu pelo futuro do jovem; que sabia ele de navegação e de manutenção? Que saberia ele de mares e de marés, para poder aventurar-se na compra de um iate a sério. John tinha conhecimento de que Blamy, o filho de Mr. Jeremy Morgan, possuía o grau de comandante de navio, sabia da sua formação em engenharia de sistemas eletrónicos navais, mas sabia também que a sua condição de menino de berço de ouro não lhe dava traquejo para lides navais mais arrojadas. Preocupado. John Major sossegava-se numa outra luz; a Azimute só vendia um barco daqueles a quem apresentasse sólidas credenciais.

Talvez por ter a consciência das suas limitações, Blamy, tal como o pai, não dispensa o seu piloto de confiança para todas as viagens que quer fazer pelo mundo. Enófilo militante, herança genética, as viagens dos seus sonhos, em sonhos, têm sempre como destino regiões onde esse néctar seja afamado. Mais que os vinhos, ele quer conhecer as circunstâncias das suas existências. Não são pequenas as fantasias: Japão, para saborear as uvas *koshu*, nas fraldas do Monte Fuji; provar decalcado um *Chardonnay* na Austrália; navegar até ao Rio da Prata para apreciar o *Tarrontés*, um excelente vinho branco uruguaio ou argentino; Itália, Espanha, França também aparecem nos percursos que ele imagina. Portugal também no pódio. Em rodapé de intenções, acrescentou os vinhos de Piemonte.

A manhã entra pelas frestas da cortina, parece estar um dia de sol, embora a temperatura não sobressaia da normalidade, a casa em silêncio. Antes de ter adormecido, já a madrugada corria, a claridade do ecrã do telemóvel chama-o para uma mensagem - Clare volta à tentativa de se poder encontrar com ele, ainda sem resposta ao telegrama de manifesto orgulho nele. Blamy gosta da amiga, por vezes é ele que tem vontade de passear com ela, boa conversadora, admira-a por aceitar os silêncios dele. Responde: *Passa cá por casa*. Clare exalta a pressa abrupta que a excita.

Quando desce para a sala, já Mary tem o seu pequeno-almoço preparado, embora tenha alterado o ritual de servir esta refeição na biblioteca. A mesa ainda com mapas abertos, um caderno de apontamentos com palavras que a governanta não entende, uma garrafa de vinho do Porto, um cálice ainda tingido do mesmo, sente um especial orgulho sempre que arruma a garrafa de vinho do Porto e lava o cálice com o homem da capa preta, *Don Sandeman*, um dos donos do Douro e do Vinho do Porto, isso ela sabe. De seis copos, restam quatro, uma prenda que o seu pai deu a ele próprio aquando de uma visita à cidade do Porto. A governanta entende que aqueles cálices são uma preciosidade para os Morgan, e trata-os com muito zelo, não foi ela que partiu os dois em falta. Uns copos com a assinatura do Arq. Siza Vieira, um artista de culto. Não é só Blamy a beber qualquer garrafa do vinho que esteja em uso. Na mesa, também, um prato com alguns pedaços de queijo e de tostas; alguns papeis amachucados, com pequenas frases que ela não entende, pela letra. Os sinais de uma noite alongada pelas pesquisas. Viagens. É tudo o que lhe corre na imaginação. Mary aproveita o ar primaveril, adivinha-lhe necessidade de ar fresco, e serve a primeira refeição na mesa grande que ocupa o alpendre da casa. Blamy responde-lhe com um sorriso, agradado com a alteração, mimo que aceita, como aceita e agradece todo o carinho que a governanta lhe dá. Mary, só Mary, por dificuldade de pronúncia. Blamy não a avisa da visita de uma amiga. Não lhe ocorre dizer-lhe que Clare também está na casa.

A governanta volta para recolher tudo o que está na mesa do alpendre, o dia senta-se calmo, fica surpreendida com a presença da jovem. O dia talvez se agite. O menino, sempre o menino, uma palavra sem tradução nela e que ele não entende, mas sabe ser carinhosa. A senhora não estava preparada para haver mais uma pessoa na casa, talvez saída da cama larga que Blamy usa, nunca com companhia, que ela saiba. Momento estranho. Percebeu outra coisa quando arrumou o quarto do menino, sem sinais de que mais alguém tivesse passado ali a noite. Talvez a campainha tivesse tocado enquanto ela arrumava a biblioteca. Ao perceber que um dos mapas era do norte de Portugal, mais se impressionou ao ver que Blamy riscara um círculo à volta da cidade do Porto, a terra que dá o nome ao vinho que ele bebeu naquela noite, como em todas as noites, um ritual decalcado já dos tempos felizes do senhor Jeremy Morgan, seu pai. Curiosa com aquela descoberta, Mary aumentou a rotação do aspirador e deixou-o ligado enquanto olhava o mapa. Um longo traço vermelho a fazer sobressair o leito do Rio Douro. Que andará Clare a congeminar? Que quer dele? Com certeza, foi o menino que abriu a porta à amiga.

O menino não ficou para almoçar, disse-lhe isso quando ela lhe perguntou se Clare também almoçava lá em casa. Que não! Sairiam os dois para um passeio e ele só voltaria a meio da tarde. *Não mexa na mesa da biblioteca.* Ouve a empregada em voz interrogativa, *Vai a Portugal?*, sorri-lhe. A amiga não ouviu.

Fizeram todo o passeio a pé, o contrário seria no carro de Clare, se ela o tivesse. Blamy nunca se interessou por ter carta de condução e, também por isso, não usava carro próprio. Foram até à ponte giratória, pedonal, agora um ex-libris da cidade pela sua forma de barbatana de baleia. Andar por andar, caminhar. Falar por falar, ou talvez não. Cruzaram-se com muitos jovens estrangeiros em *Erasmus*, muitos mais do que no tempo em que os dois frequentaram a Universidade. Entre silêncios e pequenos diálogos, clichés de meteorologia e de cinema, de que não era grande amante, Clare pouco mais conseguiu do que histórias das *Ilhas Falkland*, uma ou outra recordação de momentos passados, mas nada lhe ouviu quanto ao futuro, ideias de família, nada de inclusivo como ela esperava. Blamy evitava amar.

Almoçaram no *bairro dos museus*, refeição ligeira no *Papa's Fish & Chips*, por lá encontraram outro colega da

Universidade, conversa de nadas, Blamy muito circunscrito
nas palavras, a guerra no vaivém das curiosidades, a morte
de James, antigo colega na mesma guerra que Blamy
silencia. Mesmo assim, assomou-lhe aos olhos a repentina
tristeza que sentiu. Podia ter sido ele. Não sendo muito dado
a amizades profundas ou coisas da alma e do espírito,
máscaras escondidas, Blamy sentia a presença dele nos seus
pensamentos. Lembra-se de James em silenciosos jogos de
xadrez, por vezes começados e acabados sem qualquer
pronúncia.

Retomaram o passeio. Clare insiste em se
encontrarem mais vezes, por enquanto continuam junto ao
cais. Os barcos embelezam a paisagem, atraem as atenções,
mas não cativam a jovem. Blamy não lhe falou do
CRUISER.DREAMS, o futuro sem amarras de mulher e
filhos, a liberdade das contas próprias sem condicionalismos
ou relatórios de viagens. *Gostava de fazer um cruzeiro contigo.*
Não achas interessante?, diz-lhe ela em provocação, enquanto
ele cumprimenta John, que o saúda, após ter-lhe piscado o
olho em sinal de contenção. *Que dizes?*, insiste Clare, *Todos*
os dias são imprevisíveis, responde-lhe o amigo, em remissão
de novas rasteiras.

Liga-me depois, preciso de falar contigo, diz-lhe de longe
o marinheiro que o cumprimentou. Aquela voz vem da proa
de um belíssimo barco. Clare encolhe a testa, curiosa com
esta frase, *Bom homem!*, antecipa-se Blamy. *Belo barco, só para*
gente muito rica como tu, Blamy nem com os olhos lhe
responde. *Como tu!* Despede-se da amiga, e regressa a casa
com o pensamento nela, conversa submersa nas palavras
castradas que não pronunciou. Clare é uma mulher clássica,
de um certo jeito, igual à mãe dele, Maggie Smith, que muito
admira e lhe serve de guia. Talvez por isso, Blamy vê na
amiga a dona de casa ideal, a mãe de filhos obsessiva,

competente em tudo o que faz, dedicada a ele na limitação de o comandar, de o coagir nas escolhas, relógio e calendário, agenda e organigrama de vida socialmente conveniente. E é isso que ele teme. Teme-a.

O jovem engenheiro, opção desempregada, candidato a trota-mundos, cavalo-marinho montado pelos seus sonhos, tem um desenho para o seu futuro, quer desobrigar-se do óbvio, disruptor, criar caminhos e rotas e fazer o seu contrário, navegar para Sudoeste e alterar o rumo para o Oriente, com a tranquilidade de não ter de dar justificações a ninguém, para além das conversas e acordos que tenha de efectuar com John Major, o seu fiel cúmplice de todas as viagens, as mentais também. *Havemos de ir a Avigliana!*

Prepara-se para inaugurar o *CRUISER.DREAMS*. Sem garrafa de champanhe, os vinhos não se desperdiçam. Sem corta-fitas cerimoniais, protocolos ausentes. O pensamento condutor de todas as viagens, ou quase todas, logo se verá, será pelas castas e seus prazeres que seguirá. Um reencarnado Dom Quixote.

Ambição desmedida, dizem-lhe os livros e os mapas e as pesquisas que navegará para todos os pontos cardeais se a isso se objectivar. Tem um esboço de prioritários, pelo gosto e curiosidade, sítios mais místicos que outros, vinhos raros e (im)possíveis, destinos de calor e de frio, conhecer as origens e os processos dos néctares que o timoneiam. Conhecer os obreiros dessas maravilhas.

Chega a casa já Mary, duCarm?, Caremu?, ok, Mary, e basta, saíra e só voltaria no dia seguinte, cumpridora, para lhe tratar dos comeres e das lides domésticas. Gosta dela, uma mulher que, para além dos cabelos grisalhos, das rugas tatuadas no rosto, continua bonita, a expressão dos seus olhos castanho-esverdeados com raios de atrevimento, um corpo latino que ela realça fazendo-lhe gestos de ainda estar *em bom estado*. Sempre foi discreta nos comportamentos, sem exagerar na contenção e, ou, disfarce. Blamy repara na mesa para dois que Mary deixou pronta, bem como uns bifes e legumes salteados. Quando volta à biblioteca, um mapa de Itália em destaque, repara num pequeno papel escrito por Mary; *be careful*. Sorri. Percebe que a presença de Clare não a deixou tranquila.

Mary, sente-se à mesa comigo, para almoçar, a mulher não esconde a surpresa e a atrapalhação, sai-lhe um vocábulo quase mudo, coisa de *português*, mesmo que ela consiga entender razoavelmente bem o que lhe dizem na língua de Shakespeare. Sem lhe responder, preparara a mesa para duas pessoas, como na noite anterior, no pressuposto de ele esperar Clare para almoçarem juntos, o que não acontece, e ele insiste para que ela lhe faça companhia. Ela inquieta-se na aceitação do convite, serve primeiro o patrão, depois serve-se de muito pouco, talvez a ansiedade não deixe passar muito. Na mesa, em destaque, vê um pequeno papel com o recado que escrevera no dia anterior – *be careful*. No final do repasto, Blamy serve-lhe um cálice de Porto, *i know you like this*.... Foi apanhada. Ele pega no papel e coloca-o ao lado do cálice dela. Mary prepara-se para não aceitar a bebida quando ele eleva o cálice para brindarem. O mundo sem chão!

Os dias seguintes passou-os na marina, longas conversas com John a propósito do que pensava e do que queria, à volta do que não sabia, e era muito aquilo que lhe escapava. De facto, o velho *skipper* quase o desmotivava com todos os pormenores a ter em conta antes de qualquer viagem, mas a determinação e a confiança em John não o deixaram vacilar.

Os Meus Hóspedes

Estabeleceram um acordo quanto à duração de cada viagem, da cada ausência de John junto da família, os netos que já espera, os filhos, também sempre pequenos, e a mulher, o seu pilar, não merecem longas demoras à sua espera. John é um homem de família. Nenhuma viagem poderá durar mais que duas semanas e terão de ser intervaladas por mês e meio, no mínimo. Claro que Blamy, mesmo assumindo estes critérios, não está tão seguro de se cingir a eles, na ousadia de pensar em viagens mais longas e mais demoradas, mas, para isso, ele tinha uma proposta. E se algum sonho o desviar?

So long ago, was it in a dream, was it just a dream?, i know, yes i know, seemed so very real, it seemed so real to me*, John Lennon acompanha os seus pensamentos.

*Foi num sonho? Foi apenas um sonho? Oh, eu sei, sim eu sei, Parecia tão real, Parecia-me tão real.

Fernando Ventura Morgado

Seis

Recebeu uma chamada do Miguel, *será que ainda se lembra de mim!?*, pensou. Há muito tempo que não falam um com o outro. Depois do episódio de Paredes de Coura quase se evitam, embora ela se lembre amiúde do amigo, talvez ele queira dizer-lhe que também não a esqueceu. Bons amigos da Faculdade de Ciências, ele mais biólogo que geólogo, ela o seu contrário.

Contrariaram-se os dois com a leviandade dela no Festival de Paredes de Coura, em Agosto de 1993, ela que queria assistir à actuação da banda *EnaPá2000*, mas não apareceu à hora marcada, como não apareceu durante a noite no campo onde os dois tinham marcado lugar para passarem a noite nos seus sacos-cama. Só ele ouviu aquela banda cantar o *Joana Banana*, sucesso do grupo, o barrete que bem serviria na cabeça da amiga. Telefonou-lhe e ela não atendeu, voltou a telefonar, uma, duas, mais vezes, o insucesso manteve-se.

Joana ainda guarda uma mensagem que o amigo lhe enviou no último aniversário dela: *Tenho saudades, podemos picnicar no Jardim do Morro, beijo.* Tinha medo dos romantismos dele. Tinha medo do amor. Miguel ainda em insistência. Atende. Depois de algumas palavras da treta, introdutórias da conversa que o motivava; depois de algum acerto com novos acontecimentos; depois de algumas palavras caladas por instantes silêncios para não correr um rio na face dos dois: Miguel provoca-lhe uma surpresa e um espanto incontidos, *Que achas da hipótese de a tua história de vida ser vertida para um romance de amor?*, alguma parcimónia, (silêncio), *Joan...*, a rapariga em fúrias, o punho cerrado capaz de cair nele se ali estivesse, *Telefonaste para caçoar comigo, foi?, não estou sequer a imaginar tal coisa!*, silêncio, *parece que não me conheces...*, a sua voz menos doce, Miguel insiste, *Não sou eu quem o vai escrever...um amigo escritor, a quem contei a tua história...*, *Pára, pára!, com que direito...*, a conversa inclina-se para uma desordem, Joana torna audíveis os seus soluços, Miguel tenta apaziguar, *Joana, contei a tua epopeia sob anonimato, foi na sequência de eu e ele estarmos a falar de festivais de música...*, Joana reage, *Não estou para romances*, Miguel ouve o som seco do telefone a desligar. Duro. Lá fora, o dia libertava-se da cama de nevoeiro em que acordara.

O ecrã ilumina-se de novo – Miguel -, não atende, repete-se a tentativa, não atende, recebe uma mensagem, *Não é desta forma que a nossa amizade vai acabar*, Joana não está disposta a retomar aquela conversa, vai ao quintal, apanha algumas verduras para cozinhar, sente-se perturbada, faz uma salada para o almoço, e é só isso que come. Não resiste a olhar para o telemóvel e repara numa nova mensagem - *Fala comigo, vou insistir* -, acompanhada de um coração. Faz um gesto de murro no telemóvel, irritada. Sai para a rua decidida a caminhar, talvez o ar fresco lhe dê outro leito, tem a coragem de deixar o telemóvel pousado no sofá, *E se me ligam da escola do menino?*, retrocede, não atende a nova chamada de Miguel. Contudo, vai todo o caminho a pensar na sua vida, no romance possível, imagina um escritor e um livro, sacode estes pensamentos, e volta a casa a tempo de receber o filho quando ele regressar da escola.

As horas seguintes demoraram mais tempo a passar. Mário não se apercebeu de que a mãe estava com a cabeça na lua. Joana deixou-se adormecer na cama do filho. Ocupou algum tempo a pensar na sua prima, a Martinha, e no namoro dela com o jovem farmacêutico, ainda sem verbo ou aliança, mas firme. O sono venceu-a. A meio da madrugada, acorda sobressaltada, aquele sonho… alguém lhe contava uma história, não conhecia a criatura, talvez fosse um escritor, afinal era ele que falava dela com algum surrealismo. Um sonho? Uma voz.

*

A Loivinha continua instalada nos meus pensamentos. Ontem não falámos um com o outro, ela só fala comigo; nem desabafos, nem estórias. Andei pela cidade revendo os passos da Joana, a minha personagem. Mantenho-a fechada e em espera entre as folhas já escritas e as folhas em branco. O Porto está, recantos e momentos, muito marcado por ela, pegadas de amor, pintalgado dos seus cheiros e cores. Eu e ela, passos comuns. A última vez que conversámos foi na igreja da Senhora da Conceição, na Praça do Marquês de Pombal, o Marquês, para quem é de cá. Subimos à torre – duzentos degraus para cima e outros tantos para baixo -, e saciámo-nos na paisagem e nos passos da nossa vida. Espantados, olha lá ao fundo, é Espinho, e deste lado, sim, olha aqui para a direita, é Leça da Palmeira…, os olhos num vaivém vagaroso, a apreciar Valongo e a Maia, e outros horizontes muito distantes. A perder de vista! Dois mecos distintos – a Torre dos Clérigos e a Monumento aos Heróis da Guerra Peninsular. Apontamentos de virilidade de uma cidade que sempre foi viril.

Hoje, como sempre, as palavras dela serão de ansiedade; sabias que...?, quero saber, tudo! Já nos confundimos na identidade e no corpo. Joana nunca existiu para além de mim, e eu quase não sou sem ela. Sou eu que escrevo, mas é ela que conduz a minha escrita. Sentimentos empáticos. É minha a história dela!

Não me julguem doido, mas talvez ela seja o meu alter-ego, incomoda-me não estar a escrever Joana. Ainda com o caderno fechado, vou encontrar-me com a grávida: novidades certas, ansiedades acrescidas. Menino ou menina, pouco lhe importa. Mário ou Maria, para contrariar o desuso. Vai-me falar da visita à Maternidade, certamente. Anda com a cabeça tão cheia quanto a barriga, e eu conto-lhe o tempo na pauta das palavras. Devo respeitar as luas, de boa lua será quem nascer.

Desço a Rua do Casino da Ponte, pois claro, o casino que já houve, logo depois, a Rua Cabo Simão, no Morro da Serra do Pilar, íngremes e estreitas, alguns caminhos clandestinos e adjacentes esculpidos para habitações ilegais, os olhos no vaivém para o rio e para o morro dos Guindais, na margem oposta, passam por grandes edifícios, outrora armazéns, hoje ruínas. Como a Capela do Senhor D'Além e a antiga fábrica de cerâmica com o mesmo nome. Deito uma mirada ao funicular, por esta altura mais ocupado do que é habitual. Porto e Gaia, irmanadas pelo leito do rio, pululantes de turistas, barcos rabelos nas duas margens, adaptados para a rota das pontes, a procura é grande. Algumas nuvens, em flocos dispersos, fazem pequenas sombras que ajudam a amenizar o calor. É bom ver a Ribeira deste lado da ponte: parece uma pintura naïf emoldurada pelo arco largo do monumento de ferro. Um quadro intemporal, uma aguarela viva!

Sigo pela margem esquerda, Gaia, da Ponte Luiz I até à praia do Cabedelo. Bordejo o rio entre pontes, num passeio tão repetido quanto desejado. Os restaurantes do cais, o estaleiro, Gaia - o lugar de Gaia -, bairro do Cavaco, Arrozeira, os passos que ficaram para trás. Abrando junto à Ponte da Arrábida, indeciso, aproveito a sombra que ela me dá e paro o carro. Não interrompo Eric Clapton. Depois dele, o silêncio. E a leitura.

Há uma paz que me diz para ficar. A brisa, a temperatura e o silêncio validam a minha decisão. Não fosse a Joana e por aqui me ficava, numa boa leitura: *O Adeus às Armas*, de Ernest Hemingway. Amor. Sinto-lhe a inquietude. Ou a minha ansiedade em escrevê-la. Caderno ainda fechado.

Os barcos passam incessantemente, prenhes de turistas que apontam as suas teleobjetivas a meia dúzia de pescadores que ali se repetem diariamente. Dizem ser terapêutico. Estamos em Julho, não chove, vá lá!, o dia mostra-se amável. Dá-lhes gozo ver a cana de pesca a dobrar e a linha a tremer. Mais uma finta: tantos peixes ziguezagueando; tantos anzóis lançados – não coincidem. A tainha já virou muitos anzóis e as enguias não têm aparecido. De quando em vez, lá sai um robalo ou um besugo perdido do cardume, coisa rara, mas o mais velho dos pescadores disso se gaba. Enfim. Pouco se aborrecem com esta sorte: estão em paz, na paz daquele momento. Um transístor a debitar música, fados e chulas minhotas, umas SuperBock, boas conversas. Boa pesca!

Por cima, no tabuleiro da ponte, mantém-se a agitação do muito tráfego que passa nos dois sentidos. Olho-a na sua imponência, sigo-lhe as curvas em ponto cruz que a suportam. Os elevadores há décadas que não existem, sim, porque existiram - a tentação de a escalar continua a cativar alguns imprudentes. Perigo, muito perigo.

Tentação e curvas – agita-se a Joana no meu pensamento, a querer interromper estes meus devaneios. Ansiosa. Sinto-a nos respirares profundos do meu peito. Ela só sossega quando tenho o caderno aberto e a sua história acordada. Tudo parece lento, a pressa não passa por aqui, nem por mim, apetece-me saborear a manhã com muita paz. Envolvem-me a calma e o silêncio, apenas riscado pelas gaivotas em falatório.

Deixo o carro estacionado na sombra da ponte e sigo a pé, tempo curto, para a Marina da Afurada. Preciso de caminhar, diz-me repetidamente o doutor Aurélio, porque os triglicéridos e o colesterol, o peso e as tensões, enfim, o cocktail da pdi. Reflito sobre as torres do outro lado do rio, o Bairro do Aleixo, e na justeza da sua implosão. Dois problemas por resolver: a droga ainda existe; o luxo ainda não chegou – o privilégio está reservado. Alguns miúdos competem no lançamento de pedras para o rio: acertar num peixe ou atirar mais longe ou chapar melhor - desafios infantis cumpridos com algum alvoroço. O silêncio mostra-se na algazarra das crianças. São elas que o confirmam e dão-lhe evidência.

Fico a ver a lancha a atravessar o rio para o lado de Lordelo do Ouro, poucos clientes a esta hora. No retorno, a lancha trará mais gente que vem à Afurada para comer sardinhas assadas ou outros peixes grelhados. Talvez uns besugos ou uns linguados. Na tasca Furada, alguns homens tisnados pela faina discutem marés e pesqueiros, como se estivessem sempre na luta. Uns copos de vinho verde fresquinho, uns pratinhos de polvo ou pataniscas, alheira grelhada ou rojões, azeitonas e broa da boa, até uns nacos de orelheira se mastigam: tudo serve para atrair gente a esta vila piscatória. Eu que o diga!

Já não há o jogo da malha, a moedinha na mão fechada, nem a caixa de vinte amigos. Já não há aa tertúlias ébrias de copos bebidos e pagos à rodada. Já não há!

Não estou tranquilo. Sei que tenho encontro marcado com a Joana e estou sem pressa de a ela chegar. Talvez. O romance pode esperar. Será? Os motivos, as referências, a paisagem mil vezes vista, mas sempre cativante, não me libertam para abrir o caderno e deixar a Joana sair da toca, libertar-se pelo bico da esferográfica. Para trás ficaram os pequenos rapazes da Ribeira a saltarem para o rio. Agora, são outros os meninos do rio, crianças e adolescentes da Afurada, pré-candidatos a pescadores ou a nadadores do Clube Fluvial Portuense, que se movimentam, em frenesim juvenil, rodopio constante entre os mergulhos no rio e a prancha em aço corten de onde repetem mais mergulhos. Ali aprenderam a nadar, ali vencem os truques do rio. Nem sempre! O mesmo rio onde eu aprendi a nadar, e sobrevivi a alguns sustos.

Renovo ângulos para umas fotos. Naquele bairro piscatório, por velha tradição, as casas são guardadas pelas anciãs das famílias. À porta, um fogareiro sempre pronto para o que a pesca der e trouxer. Junto a ele, perfilam-se chinelos, socos e botas; ninguém entra calçado em casa, que o mau-olhado para casa não é convidado.

Ainda sobram enfeites da festa – a romaria do S. Pedro já lá vai. Balões e bandeirinhas e os arcos de luzes multicoloridas continuam a alegrar as ruas. Há manjericos e alhos-porros em cada varanda.

A azáfama é grande junto ao cais. Os camiões esventrados e à espera de tudo o que se desmancha das barracas de farturas (ou de frangos e de sardinhas), dos carrosséis, dos carros de choque que jazem juntinhos depois de tanta aventura e imprudência. Desmonta-se o palco em que o Quim Barreiros e o Augusto Canário deram baile a quem era de bailar e só música a quem era pé-de-chumbo. A festa está de partida.

As traineiras, muitas, estão no cais, em descanso entre entradas e saídas para o mar. Algumas chegam pesadas com o peixe pescado, e juntam homens e mulheres para descarregar. As traineiras que não voltam deixam no cais gente vestida de negro. É da faina que este povo vive.

O mercado e o lavadouro são tertúlias de mulheres antigas: os legumes e frutas só compram às lavradeiras; as roupas secam-se ao sol, nos estendais de cordas junto ao rio, como partitura do fado da vida. Uma imagem única e que muito inspira fotógrafos e realizadores de cinema. Velhos costumes que não morrerão. Que o diga a autarquia local: tudo tentou para civilizar os hábitos da gente vareira, mas cedeu à muralha das mulheres antigas. A contragosto teve de ceder e lá estão os paus toscos, apoiados em pedras, unidos por cordas ou arames, onde secam as roupas acabadas de lavar. Continuo o caminho, a Joana está em pulgas para que eu a liberte, para que eu partilhe a sua companhia. Normalmente, a esta hora, já a tenho a brotar da ponta da minha Bic.

Mais uns passos, passos interrompidos por um turista que me pergunta qualquer coisa numa língua que não entendo, encolho os ombros, ele não insiste, mas sorrimos os dois. Logo depois, um pequeno riacho, uma ponte lilliput, três homens preocupados: os patinhos não estão todos. Eram cinco mais a mãe – agora estão quatro. Transpõem o muro e esmiúçam as margens do pequeno ribeiro: onde, diabo, se meteu o travesso fedelho? Homens duros em ternas fraquezas: como ficam bons!

Joana já não se aguenta na pressa de se mostrar. Ou sou eu que não me solto da respiração ofegante. Ou sou eu ansioso por a pronunciar. Digo-lhe que está quase, mas ela refila. Desvia o meu olhar daquilo que quero ver. Ou sou eu que não quero desperdiçar narrativas acabadas de nascer.

A marina, finalmente! Procuro uma sombra e instalo-me numa mesa da esplanada. O cenário é fantástico: barcos de recreio de todos os tamanhos - vá lá, deixa-te de delongas -, alguns catamarãs, pequenos botes de apoio - passa à frente, ainda te vais esquecer... -; o Porto em frente, postal ilustrado de muitas memórias, o areal, o farol, a foz, o aprazível Jardim do Passeio Alegre, refúgio inspirador de Eugénio de Andrade e Rebordão Navarro - pensa mas é em ti e escreve o que tens para escrever... - , a Meia Laranja, ícone da cidade, ponto fronteiriço entre rio e mar, berço e leito de tantos amores, de tantas gestações. Raul Brandão não se incomoda e ali se mantém no pedestal. Manhã esplêndida!

Pouso o caderno e a caneta, tomo o café que pedi. Abro o caderno A5 e ouço uma rumorejante inquietação: Até que enfim, *chegaste! Em palavras para mim, respondo-lhe, Amei-te neste passeio. Tenho novos adornos para te enfeitar. Temos tanta coisa para conversar, diz ela. Hoje, sobressai nela a blusa de chita com flores bordadas em azul-mar, alguns afloramentos de estrelas longínquas, e uns óculos escuros a contrastar com a refulgente cor dos seus cabelos negligenciados.*

Joana sentiu abrir-se o seu caminho no fervilhar da minha imaginação, e no rodopiar da minha caneta. Não te distraias com as meninas da mesa ao lado. Quero-te para mim, inteiro, só, provoca-me. Então Joana, não queres que eu te arranje companhia?, sozinha, como cresces na tua história? Volto a provocá-la, Sabes quem são as meninas da outra mesa?, no silêncio inquieto ouço-lhe a resposta, Não, diz-me, descreve-as, são bonitas?, quero conhecê-las. Volto a um momento já escrito, São as tuas amigas estrangeiras, do Verão passado! Senti que a caneta tremia de inquietação. Vieram para te mimar no fim da tua maternidade e nos primeiros dias do teu menino.

Que bom! Estou ansiosa. Deixa-me beijá-las!

Mantenho a folha do caderno ainda em branco, olho o rio mais uma vez, há um iate inglês que se apronta para entrar na marina. Belo barco!

*

Silêncio!

Já pouco lembrada do seu *nikename*, a Loivinha agita-se na cama. Foi então, nesse momento, que acordou sobressaltada com este sonho surreal. Absurdo. Como é possível ela ter conversado com um escritor que não conhece, que nem lhe mostrou a cara, que não sabe nada sobre ela? Fechou os olhos à procura de uma resposta. Só a figura do Miguel ocupava a sua imaginação. Ao seu lado, o filho dormia profundamente.

Fernando Ventura Morgado

Sete

A casa parece ter sido assaltada por uma quadrilha de malfeitores que remexem em tudo para não encontrarem nada. São montes de papéis e pastas, fotos em vésperas de álbuns, abandonadas em gavetas e caixas, e pequenos objectos que marcam momentos passados por ele e pelos seus pais. Algumas surpresas no meio da confusão, fotos e bilhetes de avião de viagens que não lhe foram contadas, narrativas não encontradas?, cartões de hotéis e de restaurantes, e uma carta ainda fechada. Maria mal se arranja nesta confusão, mas o menino Blamy, *Amy*, como ela o trata, já lhe dissera que um dia seria dia de arrumações. Começou pela procura de umas fotos suas aquando da sua primeira passagem pela Universidade, tinha na ideia uma viagem que fizeram a Londres, uns dias de irreverência pouco comum na sua personalidade.

Olha a governanta com a mesma estupefação que ela também tem no olhar. Abandona, ou esquece, o propósito de encontrar a foto em que ele está no *London Eye* abraçado a uma namorada de viagem, quem diria, não, não é Clare, esta não alinhou naquela jornada. Quer juntar esta memória ao livro que está a escrever.

Sai chamuscado desta confusão. Perante tamanha desordem, surge-lhe um pensamento radical, decide ser chegado o momento de fazer as obras na casa, as obras já pensadas mas não agendadas; deixar entrar mais luz, mudar alguns móveis, pintar toda a casa em substituição do papel de parede que forra todos os aposentos, com excepção das zonas com água, e criar um espaço único para as suas coisas. A empregada observa-o primeiro, depois fica em silêncio a escutar as ideias do menino, sabe que ele não a sobrecarregará com esforços excessivos durante essa transformação, ele sempre teve muito cuidado no trato com ela. Sempre foi assim naquela família; reparações e limpeza de obras era coisa para empresas próprias. A presença da governanta será necessária para acompanhamento e orientação. Uma casa sem uma mulher nunca está em ordem, dizia-lhe o pai. *Onde estão guardados os quadros e adornos de parede? Na garagem*, disse-lhe ela.

Transfere as noites para o seu iate. Aproveita para escrever, talvez os balanços do barco nas águas pouco profundas da marina o embalem para a escrita. Volta aos contos já escritos no *Sea, wine and love – um wine cat*, um livro de desabafos ficcionados. A ausência dos pais, o gato *Lazy*, entretanto falecido, são predominantes no enredo dos contos. E o vinho!

No final das obras, mais longas que o previsto, distingue-se claramente o antes e o depois, as duas casas, como agora parece, que resultaram desta purificação; os espaços que lembram, e sempre lembrarão, os seus pais, e os espaços restantes que ele privilegiará como seus, decorados a seu modo. No renovado espaço ao modo dele fica um armário de recordações e outras coisas importantes, como, por exemplo, livros, álbuns com nostalgias e incertezas, pastas e cadernos da sua segunda passagem pela Universidade, então como professor. Quase uma década a dar aulas, embora sempre com a ideia da viagem, a viagem nos seus sonhos. Não manifesta qualquer brio especial, ou orgulho, pela sua participação na guerra das *Ilhas Falkland*, mas reserva um espaço especial para o quadro em veludo azul e caixilho dourado onde repousa a medalha que ali lhe foi atribuída. Ao lado de um quadro com a foto da família Morgan.

Clare mantém-se por perto, encontram-se amiudadas vezes, almoçam ou jantam com alguma frequência, não tantas vezes como ela quer, embora, por vezes, ela passe as noites na mansão de Blamy, talvez durmam juntos, talvez partilhem intimidades e outros fervores. Nada de sério, para desgosto dela. Muito discretos com Maria do Carmo. Um quase namoro acomodado ao espaço que ele estabelece. Preciso. Clare nunca entendeu a recusa da paternidade nos sonhos dele, coisa que ela não se cansa de lhe manifestar. Clare não entende ser família sem filhos. Blamy sabe que essa será a ratoeira que o castrará de liberdade – o casamento e os filhos.

Quando os dias são mais amenos e o mar permite, os dois passam alguns fins-de-semana alongados em pequenas viagens no *CRUISER.DREAMS*, embora Clare nunca mostre entusiasmo com estas viagens; o mar não a tranquiliza. Depende dela o ir ou não ir, *Se quiseres…*, Blamy limita-se a convidá-la. E se ela não quer, vai ele, determinado. Tudo parece perfeito entre os dois aos olhos de quem os conhece, um casal que se dá bem, embora não seja mais que uma amizade generosa e com afetos calculados. Nem o sexo é empolgante! Ainda que evidenciem atração corporal entre os dois, o desempenho é sempre frustrante. A precocidade dele e a agitação exagerada dela, inibem a vontade de repetir. Sexo-corpo, nada mais.

terraBlamy nunca viu comportamentos lascivos ou folgazões entre os pais. Clássicos. Era pequeno. Depois, a sua timidez e cautela não lhe deram escola nas artes do encantamento e do corpo. Clare nunca teve outra primeira vez.

Na lista das viagens dos dois, exclusivas no iate, estão algumas visitas a Amesterdão ou às águas mais calmas do Rio Elba para se perderem nas ruas de Hamburgo. No ano anterior, fizeram uma alteração de rota nos planos traçados, quando pretendiam chegar a *Port Sørvágur*, nas *Ilhas Faroé*, o mar maldito onde centenas de golfinhos e baleias são capturados e mortos todos os anos e expostos na praia como troféus dos baleeiros locais. Tradição, dizem. Clare, radical na condenação dessa actividade, recusou acompanhá-lo nessa viagem e, assim, sem reservas, a mesma ficou sem efeitos. Tinham os dois a mesma opinião. Optaram por visitar *Esbjerg*, uma pequena cidade na costa oeste da Dinamarca, na península da Jutlândia. A dois passos da Legolândia. Gostaram da visita. Talvez se amassem.

Antes destes percursos, Blamy já fizera algumas milhas marítimas e atracado em algumas marinas próximas na companhia de John Major, aproveitando para se habituar ao barco e às lides necessárias para viajar sozinho, mesmo repetindo ao amigo marinheiro que não o dispensaria para as grandes rotas. Falaram de Portugal e não só. Japão, Nova Zelândia, e outras ideias de Blamy, foram logo riscadas de acompanhamento. Por que não a Polinésia? John Major insistiu no número de dias em que ficaria sem voltar a casa, quinze, no máximo, como sempre disse. Por isso fica mais urgente treinar a navegação em diferentes registos. Há duas viagens de que não abdicará, sozinho ou acompanhado. Para uma delas, John Major mostrou, também, alguma curiosidade. Por muito lhe falar dela o amigo Blamy, na continuação do que também o seu pai, Jeremy Morgan, lhe disse várias vezes. Na rota dos vinhos.

Mesmo com estas pequenas experiências entre quase vizinhos, Clare mantém a sua total indisponibilidade para viagens mais longas, mais distantes, e, para ela, Portugal é no fim do mundo. Caminham pela cidade de Hull, passeiam no *Trinty Market*, os silêncios maiores que as palavras, aproveitam para tomar café, recomeçam a conversa sobre viagens e vinhos, Clare exprime desprazer, e o momento azeda com os comentários dele sobre os medos dela.

Blamy recolhe-se em casa durante uns dias, Maria estranha a nostalgia que lhe nota no rosto, sem perguntas para além da curiosidade de novos mapas em cima da mesa de trabalho que Blamy criou na casa com as obras de restauro. Uma pequena sala no rés-do-chão com vista para as traseiras. Clare não tem aparecido.

Vou estar fora durante uns dias…, a governanta não reage, à espera de que ele continue, mas Blamy só adianta *…vou para o mar.* A portuguesa sente que não é a melhor altura para querer saber mais, *Quando parte?* Blamy responde com um encolher de ombro, esquivo a pormenores. Procura o caderno onde rascunha o seu livro, não o encontra. Vai ao barco em busca do manuscrito, não o aquieta a ideia de John Major ler a narrativa antes do tempo. Encontra o caderno e não só; já se esquecera de ter lá escondido a carta ainda por abrir, só com o seu nome escrito no envelope, que encontrou no meio dos destroços quando decidiu fazer alterações em casa. Uma retardada urgência.

Abre com cuidado e ansiedade. São três folhas escritas com a caligrafia inconfundível de Jeremy Morgan, que assina só com *your father who loves you so much*, já as lágrimas lhe toldam estas últimas palavras. Uma carta de amor, um testemunho para o caso de.

O *CRUISER.DREAMS* entra no Rio Garonne numa manhã de sol, já com lugar reservado na marina de *Lá cité du vin*, em Bordéus. John Major tratou de tudo, conquanto o jovem dono do barco tenha acompanhado todo o processo de preparação desta viagem, desde os mantimentos às licenças de navegação e atracagem naquele cais, os primeiros socorros e os reabastecimentos calculados, só falta mesmo lançar os cabos para se fixar a terra firme.

John Major é um homem feliz, a viagem correu de feição, sem ventos inimigos ou correntes agitadas, também agradado pela participação activa de Blamy Morgan nas manobras de navegação desde *Kingston Upon Hull*, Hull, até Bordéus. Trocam um abraço apertado para se congratularem pelo êxito da primeira aventura para além das quinhentas milhas marítimas; seiscentas e vinte, mais precisamente, foi quantas navegaram. Blamy sorri, solta uma gargalhada espontânea de alegria, quando o amigo John lhe diz, *Estás pronto!* Esta recomendação também está escrita na carta de amor que o pai lhe escreveu. As lágrimas espontâneas são, agora, de alegria.

Após cumpridas as formalidades portuárias, recolhidas algumas informações e dicas suplementares sobre a cidade, os dois amigos lançam-se à descoberta das ruas e recantos da cidade do vinho. Não podiam começar melhor do que desembocar na Praça da Bolsa, com o fabuloso espelho de água que a notabiliza. É, de facto, um espanto para quem o vê pela primeira vez. Uma praça única, muito diferente de qualquer praça em qualquer cidade do Mundo. Fazem-se horas para almoçar, mas antes ainda deambulam pelo centro histórico, apontam alguns sítios para repetir, avançam pela *Rue de Saint Catherine*, uma rua antiga, com vestígios de cardo romano.

Têm mais curiosidade em ver do que vontade de comer, mas, mesmo assim, não resistem aos apelos do estômago. Entram no restaurante *La Loup*, na rua do mesmo nome, e apreciam um bom *morue* com batatas e musse d'alho, acompanhado com um *Calvet* tinto. Soberbo, dizem os dois em uníssono. Voltarão. Talvez. Bordéus tem uma generosa oferta de bons restaurantes e de boa qualidade gastronómica, como de vinhos, obviamente. Não fosse a cidade a meca dos vinhos! Cativante.

Falam-lhes de um Museu do Vinho que será fantástico. Para quando? Ninguém sabe, mesmo sabendo que ele irá ser construído. Procuram outras respostas; qual a melhor maneira de conhecer as propriedades vinhateiras, as melhores castas, os grandes armazéns de pousio e comercialização, as adegas, as histórias fora da caixa, as arquitecturas da região. Passeiam pelo *Marché des Capucins*, ambos refractários à língua de Honoré de Balzac, divertem-se com as paisagens humanas ali residentes, aproveitam para umas selfies. Blamy parece outro homem, mais solto, mais jovial. Feliz.

Bonjour, monsieur, je peux vos aidé?, uns olhos espevitados num corpo franzino, a criança não tem mais de dez anos, John afaga-lhe o cabelo, principezinho, sorriem, *J'ai vu ton bateau, très jolie...*, Blamy rebusca os seus poucos conhecimentos de francês e interpela-o, *Tu es tout petit, où sont tes parents?*, a criança tira um cartão do bolso das calças, umas jardineiras penduradas num só ombro, azul desbotado, na blusa espreita um jogador de futebol com a camisola do *Girondins* – Zizou -, e entrega o papel dobrado ao inglês. É um folheto com informações de como conseguir um táxi para visitar as adegas da região, um *wine cab*, carros típicos de Londres, usados para transportar turistas de todo o mundo.

Blamy fica com o papel na mão, olha o pequeno reguila, que lhe repete, *je peux vos aidé, monsieur*. Faz um sinal para o acompanharem, um íman, saem do mercado arriscando confiar na criança, parece-lhes confiável, o pequenote leva-os até um desses táxis e deixa-os a falar com o motorista. Mas não arreda pé. Espera o desfecho do negócio para poder receber o bónus a que tem direito. Manu, assim lhe chamam, quer mais do que este bónus, olha os ingleses sem perceber o que eles dizem, o motorista ajuda-o a conseguir o que o entusiasma; *non, non, pas de problème, le petit Manu est passionné de bateaux ....* Ficou acertado para o dia seguinte fazerem o *tour* pelos caminhos do vinho.

Aproveitam o resto da tarde para visitarem a Catedral de Santo André, ambos anglicanos, com fé descontínua, mas História é História e não se desperdiçam momentos únicos. Saem para a rua, procuram uma esplanada, o tempo ameno não os desvia, desviam-se eles de muitas coisas que ficaram por ver. Bordéus é muito mais do que vinhos. Blamy aprecia uma boa carne, de caça também, gosta de peixe, preferencialmente, mas adapta-se bem aos costumes locais, tudo menos pássaros de voo e carne de cetáceos.

Os alvores matinais anunciam bom tempo, tempo de proveito para a jornada que têm combinada com o homem do *wine cab*. Já os espera, certamente, combinaram encontro junto à marina. Quando John e Blamy saem da cabine do barco, avistam no cais o pequeno Manu, a mesma roupa, o mesmo sorriso, a vivacidade do dia anterior. Que notícias lhes traz? Talvez insista em visitar o barco. Mais tarde.

Monsieur Carlos, um português das terras de outros vinhos, nascido em Carrazeda de Ansiães, mas já há longos trinta e dois anos em França, espera-os com um sorriso aberto. Saberão mais tarde que ele é da terra do Vinho do Porto, ou do vinho do Douro, como ele explica. Manu está encostado ao carro, desafiador, sorridente, acaba por ganhar uma boleia para o passeio vinhateiro. Carlos esconde o segredo do rapaz. Será Manu um menino de rua? Será um sem-abrigo antes do tempo?

Fernando Ventura Morgado

Oito

Ai vizinha, que desgraça! O silêncio da noite foi quebrado por algumas vozes em gritaria, ajustes ou teimosias, poderes que não cabem na justiça, um estrondo e um grito, depois o silêncio.

Ai vizinha, que desgraça! O que aconteceu, Emilinha? Alguém morreu? Sei lá, responde, *foi para os lados da Pesqueira, pareceu-me*. Joana ouve a conversa entre as duas mulheres, não deu conta de que algo de grave tenha acontecido durante a madrugada. Para além da sua desgraça.

A noite não lhe deu sossego. Entre a desdita das suas lembranças, as más em capa e contracapa, e os pesadelos que a acordam em água, toda transpirada e aflita, Joana vive a tormenta do *agora* sem saber como será o *amanhã*, se é que alguém o sabe. A sua vida decorre entre dois andamentos, *somnia et veritas*: o passado, até pouco mais do que os vinte anos, vivido com alegria, com sonhos, os pais sempre disponíveis, mas também a liberdade responsável que lhe deu caminhos; e os anos que se seguiram até aos dias actuais – a ilusão do precipício, a morte dos pais, o retorno forçado à aldeia, as dificuldades económicas - ter bens não é ter dinheiro -, a solidão, os amigos não inscritos ou desistentes, também ela desistente de si, e…a distração da liberdade que lhe tirou caminhos. Ai vizinha, que desgraça!, as palavras que poderiam ser acerca dela. O filho é uma âncora nessa transição de andamentos. *Amor et officium.*

Uma outra conversa alterou algo na sua vida. Aceitou a gentileza da vizinha, talvez amiga, mãe de um colega do filho na escola, que se disponibilizou para ficar com o pequeno nos dias em que ela se demorasse mais nas novas tarefas a que se propôs para ganhar mais uns euros – guia turística. Não sabe como agradecer-lhe, mas é isso que fica para toda a vida. Agradecimento. Mesmo assim, nem isso basta para uma noite tranquila e um sono retemperador.

A noite avança, o corpo deitado na cama sem saber se está mesmo a dormir ou se continua acordada, tosse para se ouvir e ouve-se, mas a cabeça a andarilhar por Paredes de Coura. Parece-lhe ouvir o telemóvel e ver o nome do Miguel, de novo a tal história de um escritor que quer escrever um romance sobre ela. Não, não é o telemóvel que a desperta, é a noite do Festival minhoto que a atormenta. Deixa-se ir nessa viagem ao deserto, sentindo que só o escritor a acompanha. Como se o escritor *estivesse deitado* a seu lado, na cama. Ouve-o.

*

E agora, como vou sair desta?

Os pais e Coura, Coura e os pais, e uma notícia para lhes dar.

Mãe! Ser mãe foi sempre um sonho que acalentou - e que não escondeu -, uma certeza e uma crença quase dogmática, mas não assim! Como foi capaz de distrair a sua liberdade? Uma noite hipnótica, foi o que foi!

Um filho sem paternidade não é meio-filho, mas será sempre um caminho amputado. A vida é um caminho, o nosso caminho, o mais importante dos caminhos. Diz a lenda que é de ouros a nossa caminhada.

Decididamente, e mesmo sem saber como engravidou - e de quem! -, a Loivinha suportaria tudo, um tudo absoluto, um tudo só dela, mas interromper aquela vida dentro dela? Não! Desse para onde desse, se estava grávida já era mãe, já tinha um filho para cuidar. Um filho sem culpa, também ela sem culpa pela sua vida desde aí em diante. Ambos com o futuro preso na dúvida.

*

Levanta-se para ir beber um pouco de água. Traz um copo meio, pode precisar. Quer calar o escritor residente no seu sonambulismo. Recupera a história da sua mãe quando foi a pé a Fátima, pela boa sorte da filha e pela saúde do homem, nem uma coisa nem outra, a roda não mudou de sentido. Deita-se e tapa a cabeça como que para o escritor não aparecer, mas não consegue.

*

Aquela noite em Coura ia mostrar-se na sua memória todos os dias, perturbadoramente insistente, embora o que mais a agitava era a não consistência dos momentos que recordava, como espinal medula intermitente, mas viva! Nem mesmo o Miguel a ajudou a encaixar aquele puzzle.

Lembrava-se de terem ido à pizaria, comeram, saíram até ao largo da Câmara, e por ali se desencontraram.

Partiram do Porto, na Courense, e chegaram a meio da tarde do primeiro dia do festival: mochila às costas e uma esteira em espuma, como acessório para dormir. Encontraram por ali amigos, até uns colegas da Faculdade de Ciências. Com eles, instalaram-se num terreno a seguir ao quartel dos bombeiros; era um espaço tratado para a ocasião - sanitários e água: uma mangueira para todo o serviço.

Confiaram no pessoal, deixaram os apetrechos junto a um castanheiro, a marcar lugar, e alaram para comer qualquer coisa. Tudo estava a correr bem. Via-se no rosto dela a felicidade que usufruía.

Junto ao restaurante O Conselheiro, um grupo de rapazes - de género activo e passivo entre eles - deliciavam os curiosos com uns blues: uma viola, uma guitarra, algumas vozes e, assim, por ali se cruzaram Eric Clapton e Gary Moore – o people estava numa boa! Joana, virgem nestas andanças, deslumbrada, perdeu o rigor e os planos, foi ficando, sem cuidar de saber do Miguel, e...

Acordou debaixo de uma latada, já o Sol mostrava as suas agruras; estava desajeitadamente vestida, parcialmente nua, perdida no nada, sozinha, e atordoada em porquês. As convulsões que sentia eram como que um grito naquele silêncio só ocupado pela orquestral passarada. Sentia-se mal, sem saber a razão. Miguel! Miguel! Um grito mudo que só ela ouvia. Miguel! Onde estás? Desesperava. Quem me abandonou? Como vim aqui parar? Onde estão eles?

Alguns sacos-cama por perto, que horas são?, onde raio estava o telemóvel? Cheirava a terra seca, havia por ali um rio: não o via, mas adivinhava-o pelos choupos em frente a si. Tinha a boca seca e a cabeça quase afogada em confusão. Sentia-se suja – por dentro e por fora -, e a sede a bloqueá-la. Miguel! Miguel!, continuou a gritar com os olhos, os mesmos que lhe deram cegueira na noite anterior. Onde estás?

Fez-se à estrada sem saber qual o sentido correcto para a Praia do Taboão, o recinto do festival. Não sabia a que distância estava. Só o sol a ajudava, inclemente. Precisava de encontrar o

Miguel, talvez ele a ajudasse a arrumar-se. Confiava no amigo, mas também ele devia estar zangado com ela. Onde estás?

Quero água! - boca e corpo a reclamarem urgência.

Ao longe, um café. Faltava pouco, continuou, estava quase... O sol de frente. De repente, uma cancela tosca (centenária madeira) estava aberta, com gente no terreno, ou na casa, ouviu vozes. Quase alucinação: uma bica de água sempre a correr para um tanque. Tentou-se, deu alguns passos e...alarme: A menina aonde vai? Devia estar com uma cara implorativa; a senhora logo a acolheu, percebendo, claro, que a Joana estava perdida.

Ó menina, o que mais há é água! Venha cá tomar um banho que bem precisa! — ordem da dona Isaura: irrecusável!

Perdeu a noção do tempo naquele banho. Água, tanta água, muita água a correr-lhe corpo abaixo, só lhe apetecia água: ficaria ali horas. A Isaurinha nem se atreveu a interrompê-la. No corredor, aproximou-se da casa de banho e fez-se ouvir: Menina, tem aí champô e sabonete. Esteja à vontade.

Paradoxalmente, enquanto a água deslizava pelo seu corpo, lembrou-se das idas a Casal de Loivos quando estava na Universidade. Sempre que lá chegava, sentia o conforto da paisagem, o cheiro da terra, o sabor do Sol escondendo-se de montanha em montanha, e o prazer imenso de estar com a família. A mãe exultava com estas visitas, como quem espera ouvir - vou ficar. Numa resistência impotente, a mãe repetia-lhe, O Porto não é terra que te mereça!

*

A noite parece mais longa, mantém-se num sono fingido, sem ouvir a desgraça que a vizinha anunciou. Joana levanta-se de novo, vai até à pequena prateleira onde tem vários livros, abre um deles – Património Geológico, geossítios a visitar em Portugal -, sabe que tem nele guardado um pequeno texto romanceado, escrito por ela, sobre uma conversa que teve com a mãe. Recorda essa conversa improvável, a compreensão dela quando soube que a filha estava grávida, e, ainda mais improvável, uma confidência que a mãe lhe fez. Falou-lhe da sua *primeira vez*. De mãe para filha. Lembra-se do olhar atrevido e feliz da mãe enquanto lhe contava a sua aventura. A loucura pode também ser uma manifestação de pureza.

*

O Joaquim Machorro andava na tropa, tempos de guerra em África, menos agitação em Timor-Leste, para onde alguns casal-loivenses foram destacados. A paixão por ele e o medo de o perder coabitavam nos seus receios, mas aquela farda dava-lhe um certo poder, e os olhos da Carmo, brilhantes e apaixonados, perdidos num rosto ruborizado, denunciavam a sua excitação escaldante, ainda virgem para as coisas que tinham intimidade de ninho e calor de seiva. A farda era inspiradora de fantasias pecaminosas. Sonhava despi-lo para se arroupar com aquela farda. Até o bivaque a enfeitiçava. Como uma música dançada.

Naquela noite, deixaram a notícia de uma visita à casa do José Andrade, irmão da Carmo e, mais tarde, padrinho da Joana. Palavras de entretém para iludir o pai e fazer com que ele permitisse a saída da filha durante a noite. Bem me eu finto!, uma expressão muito usada pelo pai. Não era hora para lhe dar esse crédito.

Mal saíram da casa, logo se perderam por outros caminhos, e a Carmo, numa expressão de falsa inocência, quero-não-quero, ia dizendo que não podiam arriscar muito. A noite estava amena e sem luar, ainda cheirava a mosto na aldeia. Deixaram-se ir até que o boqueirão lhes desse intimidade. A coberto de algumas vinhas, e sempre com o rio por testemunha, deram-se numa entrega voluptuosa, descontrolada e temerária, fogosos na urgência, ausentes as reprimendas, a Carmo refletida no céu, o Joaquim a querer mais, a precoce compensada pela segunda, para melhor, gritos sufocados, se libertados fossem, seriam mais longos que os longos uivos vindos dos montes em noites de lua cheia. Um pedaço de tempo, a eternidade, como nunca acontecera nas tantas vezes anteriores em que ousaram alguns atrevimentos. Roupas pousadas no xisto, acolcheando os corpos. Sem colchetes. Ambos sabiam que era perigosa aquela descautela, mas… não conseguiam anular a irreverência e a vontade sôfrega e libidinosa de se sentirem, de se pertencerem. Prazer que a Lua encobriu, numa ausência que consentiu essa comunhão. Os ses calados pelos beijos. Que Deus seja louvado!

*

Como foi possível tamanha solidariedade da mãe? Muito para além de quaisquer previsões da filha. Dobra o papel, devolve-o ao meio do livro, repõe e esconde este cofre no mesmo sítio da prateleira. O sono teima em não aparecer.

Joana agita-se, já despida de lençóis, a cama não lhe dá berço, talvez o escritor também se mantenha acordado, confirma que continua desperta, não quer interromper aquela viagem em Agosto de 1993. Deixa que o seu narrador continue. Volta ao momento do banho em casa da dona Isaura, saudosa senhora que nunca mais visitou. Um dia, quando, e se, puder, levará o seu menino para que a senhora o conheça. A falta de resposta para a paternidade faz com que ela se retraia nas curiosidades que o filho despoleta. Paredes de Coura seria, para sempre, um caldeirão para os dois. Fecha os olhos para ver melhor aquele momento. Ouve o escritor-mistério.

*

Ainda sem se enxugar, já sentia o cheiro a café acabado de fazer. A Isaurinha! Tatuou-a no coração! Soube que a senhora

93

tinha dois filhos e um neto em terras do Luxemburgo, as saudades eram muitas e, talvez por isso, ou por ser assim mesmo, o acolhimento dela foi fabuloso.

Algumas peças de roupa (para remediar), evitou umas cuecas de gola alta, aceitou uma t-shirt com a imagem de São Bento da Porta Aberta, as sobrantes guardadas num saco de plástico da Casa Agrícola de Coura, o café e as torradas, o uso do telefone, a simpatia - pensava ela que gente assim só no Douro -, deram-lhe algum alento. Isaurinha de mão estendida para ela, Toma lá esta nota, olha que vais precisar, Deus há-de ajudar-me. Tremeu com a emoção. Despediu-se: um abraço, como se de mãe e filha se tratasse, beijo, e a desobediência de algumas lágrimas que não conseguiu suster. Tem cuidado, rapariga!, a Isaurinha presa nos seus afetos! Já família!

Fez-se ao caminho; o Miguel esperava-a junto às piscinas. Deixou-o surpreso com aquele número de telefone, que ele não conhecia, do qual lhe ligou. Um curioso alinhamento dos algarismos dava-lhe a lembrança do número do telemóvel de Miguel. Enquanto caminhava, todos os seus pensamentos afunilavam na noite anterior. Até onde a sua memória a levava, lembrou-se de ter ido laurear com dois dos músicos baladeiros, deixando os outros - e o Miguel - ainda entretidos com outros ritmos.

Cerveja, muita cerveja, qualquer coisa a mais nela misturada, e uma erva para fumar: Eu? Nunca fumei!, mas esse momento não a largava - fumou!

*

Levanta-se sobressaltada, recordações fracturantes, passa pelo quarto do filho, olha-o com ternura, sem culpa, e vai para o duche, precisa de lavar aquele momento. Não volta a adormecer, até porque outros motivos a mantêm acordada; guia turística. Mais tarde, talvez ligue ao amigo Miguel.

A Clotilde e o marido apareceram por Casal de Loivos já o filho estava em idade escolar, tinha o Martin sete anos. Instalaram-se numa casa que haviam recuperado, sem deixarem perceber que eram os proprietários. Deram uma volta radical à vida deles, até aí passada numa grande cidade, ela uma veterinária desiludida com o curso e revoltada com a profissão, ele bem instalado como director de crédito numa instituição bancária, em *burnout*. Um caso típico de saturação e catarse. Afinal, o Porto aqui tão perto. Ambos muito reservados, tal como Joana. Esta e a veterinária, só Clotilde, por favor, já se tinham visto, mas só se conheceram numa conversa por ocasião de uma reunião de pais na escola dos filhos. Depressa se apercebeu que eles se entendiam muito bem. E elas também.

Conversa vai, conversa vem, Clotilde ficou com uma enorme vontade de ajudar a vizinha. Assim o fez noutras conversas que teve, principalmente com o marido, entretanto investidor na área do turismo. Não prometeu nada a Joana, mas, na verdade, ficaria feliz se ela ganhasse outro rosto, tirando partido dos seus conhecimentos locais e regionais, bem como da sua facilidade com algumas línguas estrangeiras, principalmente o inglês.

Daí até o doutor José Carlos, marido de Clotilde, só Zé Carlos, por favor, ter conseguido uma oportunidade para a vizinha, foi um instante de poucos dias. Dois dias passados, Joana teve uma reunião com a empresa de promoção do turismo que requisitava os serviços de uma guia. Ela. Estará preparada?

Joana sente-se um pouco constrangida, a reunião é no hotel *Vintage House*, coisa fina, só para gente com muito dinheiro, ela nunca entrou neste hotel, olha-se para ver melhor a sua apresentação, umas calças de ganga, jardineiras, uma t-shirt com a imagem de um cacho de uvas gravado – Douro Valley -, uns ténis *adidas* já com muitos quilómetros feitos. Vai com a força do seu sorriso, sim, ainda se lembra de sorrir, a beleza dos seus cabelos, uns olhos cativantes, e leva também a sua capacidade de oratória e argumentação. Não há uma segunda primeira vez... Ansiosa. Sem saber se conseguirá intervalar os seus problemas. O conhecimento maior é o que ela sabe daquela região, uma mais-valia que pode decidir. Mesmo assim, e lembra-se das palavras dele, bem longe da tribuna em que o pai a queria aplaudir.

Ela e a directora da agência empregadora, doutora Manuela Videira, acrescentada a surpresa do seu vizinho também estar presente, ocupam uma mesa no exterior do hotel, uma bela esplanada com o rio aos pés. É-lhes servido um *cocktail* de sumo de frutas acompanhado por pequenas tostas e uma miniatura de barco rabelo com pequenas fatias de vários queijos. Azeite, também.

Por entre os muitos barcos na faina do turismo, e os que ali se ancoram por uns dias, os três não ficam indiferentes à chegada de um *topo de gama,* um iate todo branco, aproximadamente vinte metros da proa à ré, com uma pequena e discreta imagem de um cacho de uvas pintado em cada lado da proa, por cima do nome do barco. Adereço recente e provisório, como bandeira de um país imaginário. Repara que o seu vizinho olha o barco e logo desvia o olhar para a sua *t-shirt.* Sorri-lhe. Momentos. Joana nunca viu tanto luxo reunido num só lugar. Aqui o hotel, ali o barco.

Foi trato fácil na negociação, mas alongado no prazer comum que a conversa proporcionou. José Carlos Matos estava fascinado com a Loivinha, alcunha que ela explicou na discorrência das palavras. *Hei-de voltar a este hotel, quem sabe se bem acompanhada!?*, murmúrio dentro dela.

Acertaram facilmente os termos, regras e regalias, da prestação de Joana, mesmo que ela tivesse posto duas condições: não trabalharia dois domingos seguidos e gostava de acompanhar só grupos e não pessoas individuais. A sua timidez e receio a ditarem esta opção. Não lhe apresentaram qualquer objecção. Até que.

Joana sai entusiasmada da reunião, a oferta remuneratória é muito interessante, embora não obedeça a um vínculo sem termo. No momento, a sua solvência financeira é a sua prioridade. Espera estar à altura do desafio. Como diz o povo, *ninguém nasce ensinado*, e ela sempre gostou de aprender. *Força!* - grita para ela própria em espontânea manifestação de alegria. Qualquer pessoa mais atenta lhe veria no rosto as gargalhadas inaudíveis.

Aproveita o resto do tempo até à hora do autocarro de retorno à aldeia para passear pela vila, ainda tem tempo para petiscar qualquer coisa, e volta ao cais fluvial, onde atracam muitos *barcos grandes* pejados de turistas. Já se vê naquele ambiente, em breve fará parte daquela paisagem humana.

O belo iate que há pouco atracara, com soberbo porte, a cheirar a rico, desperta a sua atenção; a bandeira britânica içada na proa. *Haja dinheiro!*

Fernando Ventura Morgado

nove

Um dia incomum. Quando a governanta entra ao serviço, ainda alvorada, tem a surpresa de encontrar um envelope fechado metido por baixo da porta, sem remetente, com uma só palavra – Blamy. Se é para ele, não diz respeito a ela. Pousa o sobrescrito na mesa em que servirá o pequeno-almoço. Fica com a pulga na orelha. O jovem patrão voltou no dia anterior de uma viagem a França com o seu barco, trocaram algumas palavras de circunstância, ela repetindo se estava tudo bem com ele, *yes*, se a viagem correra bem, *yes*, e percebeu que as respostas fechadas eram o sinal do seu cansaço, da sua vontade em estar sozinho.

Na sala e na cozinha há sinais evidentes de regresso da viagem. Para ela, sobrou um saco de roupas para tratar, outro com as peças não usadas, e umas caixas de vinho que seria ele a indicar onde as guardar. Não que ela não soubesse, mas são *coisas* que ele requisita só para ele. O costume; em cada viagem ele adquire vinhos diferentes. Guarda um exemplar de cada num móvel próprio para isso, mais para saber o que tem do que querer expor para as visitas, que não tem. Um catálogo real. *Assim a comprar, não terá vida que chegue para tanto vinho!*, ironiza.

Blamy acorda ao fim da manhã, já o dia vai longo, sente vontade de comer qualquer coisa, nada de substancial, ainda que a água seja o mais urgente, mas essa ele tem sempre no quarto. Fica por lá mais algum tempo. Continua mergulhado nos momentos que cinematografou, foram dias de muito prazer, álbuns repletos de paisagens urbanas e agrícolas, de sabores e de aromas inesquecíveis, de pessoas e de locais onde prometeu voltar. Mesmo que também queira voltar aos projectos de próximas viagens, outros destinos.

Maria apercebe-se de que ele já está acordado, a janela do quarto ligeiramente aberta, a cortina corrida, apressa-se a pôr na mesa o *brunch*, *muffins* salgados sempre, como é do gosto dele. Blamy continua no quarto, agora debruçado na janela virada para as traseiras da casa. Saboreia o chilrear dos pássaros às escondidas nas japoneiras do jardim. Uns largos minutos depois, desce para a sala e pede a Mary que lhe sirva a refeição no alpendre. O tempo ameno atrai para o ar livre. A governanta assim faz. Já ele degusta uns ovos mexidos com bacon e espinafres esparregados quando ela pousa na mesa o misterioso envelope. Disfarçadamente, atrasa o passo para ver se ele o abre, mas Blamy conhece bem aquela letra e põe a carta de lado, continuando com a refeição.

Quando Mary se apresta para arrumar a mesa, Blamy sorri-lhe enquanto diz que conheceu dois portugueses maravilhosos. Em bom dizer, ele até conheceu três, mas um é dispensável para a conversa. *Foi em Bordéus que os conheci.* A senhora não dá muita atenção a esse encontro, mais atenta à carta ali descartada. *Tinha-me dito que a sua terra é junto ao*

Rio Douro, ou não? Mary acena afirmativamente, já expectante às notícias que se seguiriam, *eles são de lá*, acrescenta o patrão, a mulher reage mais veemente, *...da minha terra!*? Não sei, disseram serem do Douro, da zona dos vinhos. Mary, sem saber o quer dizer, fica a olhar para dentro, vê o Rio Douro como se ela própria estivesse a navegá-lo, recorda os muitos barcos que passaram pelos seus olhos enquanto passeava na margem direita, muitas das vezes a caminho da Ribeira, no Porto. Está longe. De repente, solta uma exclamação: *O Rio Douro is beautiful!*

O jovem marinheiro já não lhe responde, deixa o olhar a vaguear no infinito, em reprise do filme dos últimos dias. A imagem do pequeno Manu é o ponto de partida para retornar a Bordéus. Quando disse ao *petit garçon* que podia passar o dia com eles, o miúdo explodiu em alegria, ensaiou uma dança hip-hop e, sem pedir licença, saltou para o lugar ao lado do motorista. Durante o caminho, gastou a palavra *merci* de tanto a dizer. Sobrepunha às conversas a sua lengalenga sobre o que via, também ele pouco habituado a estas paisagens. Menino de rua.

O *wine cab* foi a parar em locais pré-definidos para observação dos vinhedos, para as fotografias da praxe, sempre enriquecido pela explicação do senhor Carlos em todas as paragens. Um dos pontos de interesse foi a visita para descanso e micções, talvez um café ou outra bebida qualquer, no *Café Lavinal*, na pequena vila de Bages. Carlos faz referência à boa gastronomia daquele restaurante. Logo ali decidem voltar lá a tempo para o almoço. Manu, a criança reguila, atento à curiosidade de John Major, olha-se de alto a baixo como que a querer dizer que não está apresentável para aquele local. Carlos conhece bem o género de clientela que frequenta aquela casa. Passa a mão pelos cabelos do pequeno e fala-lhe em português, *Almoças comigo*. Blamy

Morgan não ficou indiferente a este apontamento de conversa entre os dois, a mesma língua.

Blamy volta ao alpendre da sua casa, o envelope continua pousado na mesa, não promete notícias doces, ficará para mais tarde a leitura da missiva. Maria do Carmo aproxima-se com um casaco de malha na mão, deita um olhar esquivo ao pequeno rectângulo de papel, *Vista este casaco, o tempo arrefeceu,* Blamy faz-lhe sinal para deixar a peça de malha em cima da mesa, ainda se sente aquecido pela viagem. Recupera o momento no *Café Lavinal,* de novo com a imagem do pequeno Manu.

Ainda antes do almoço, o *wine cab* leva-os ao *Chateau Lafite-Rothschild* para uma visita com degustação dos néctares da região. Uma propriedade vitivinícola enorme, com videiras até perder de vista, onde foram acolhidos soberbamente pelo senhor Amadeu, bigode *estaliniano*, um homem de fino trato, com um discurso claro e competente sobre vinhos, e não só, em inglês, que lhes proporcionou um excelente momento. Blamy conclui-se ainda um caloiro em matéria de vinhos. *I'm fascinated, thank you!,* um agradecimento muitas vezes repetido. Contudo, e por ser fora de época, não assistiu a nenhuma vindima nem à agitação de tirar delas o vinho. Deixou esse apontamento para as suas futuras.

Apetece-lhe comprar todos os vinhos degustados, o homem do bigode recomenda um tinto e um branco com renome no mundo dos vinhos. Decide-se por comprar algumas caixas de todos, mesmo que, em sua casa, o que mais tem são caixas de outros vinhos. Sente-se entusiasmado. Manda entregar no barco. *Boa é a vida, melhor é o vinho!,* como disse Fernando Pessoa. Blamy olha intrigado para o homem do bigode, sem perceber o que ele disse.

Na despedida da visita, e já no exterior do *château*, Blamy aproveita para fotografar a casa grande desta empresa. Amadeu aparece à porta para os saudar mais uma vez e, nesse momento, Manu não resiste e corre para abraçar o homem, olha para trás dizendo *Mon père*. Só o Carlos, motorista do táxi, percebe aquele gesto do pequenote. Amadeu fala com o amigo motorista e diz-lhe para deixar ficar o rapaz, depois o levará com ele para casa.

No caminho que os leva de retorno ao *Café Lavinal*, claro que os marinheiros ingleses manifestam curiosidade em relação ao que se passou com eMANUel. Carlos, também surpreendido com a atitude do pequeno, explica-lhes o sucedido. Coisa para sorrisos.

O telemóvel trá-lo de volta ao alpendre, notícias pares?, antes a carta e agora o telefone, mesmo assim espreita o ecrã do aparelho – John Major. Não é ele que fala, é a mulher a agradecer as caixas de vinho que Blamy lhes ofereceu. O amigo já lhe agradecera a generosa remuneração extra que ele transferira para a conta do casal. A mulher repetiu-lhe esse agradecimento. A senhora, pouco amante de navegações, não deixa de o picar com uma frase em rodapé de conversa; *Uma viagem assim até eu gostava de fazer...,* Blamy diz-lhe que *talvez um dia...,* um espontâneo riso a acompanhar, quem sabe se de anuência.

Blamy reforça a sua satisfação com a viagem, ainda fresca e presente, volta a ela, e, de novo, a imagem de Manu é o gatilho para mais uma etapa da memória. Ficou surpreendido com a história que o motorista lhes contou; quem é *Manu*, o que faz o rapaz, como se monta o puzzle onde encaixam os três – Carlos, Manu e Amadeu. Todos com um elemento em comum – são portugueses. Emanuel com dupla nacionalidade. Todos com raízes nas margens do Rio Douro, nas terras vinhateiras. Coincidências.

Carlos é convidado para almoçar com os clientes, Blamy faz questão de o ter disponível para outras conversas. E traduções. Ocupam uma mesa no interior do estabelecimento, Blamy e John ficam encantados com o ambiente, com os aromas, com o pronto atendimento, aceitam as sugestões do chefe de sala; *gravelax de saumon* como entrada, seguido de *filet mignon de bœuf* e, obviamente, regado com um vinho tinto *Médoc,* um dos luxos de Pauillac, pequena comuna com poucos habitantes e que é a âncora dos vinhos bordeleses. O chefe de sala fala-lhe da História deste vinho, e Blamy, em ténue associação, lembra-se da sua mãe, Maggie Smith, natural de Glastonbury, na Ilha de Avalon, a ilha do Rei Arthur. O mesmo *maître* interrompe as suas cogitações, questiona-o, *Nunca participou numa vindima?* Talvez no restaurante haja um incenso de vinho a queimar para aromatizar o ambiente.

Numa das paredes do restaurante, bem visível, há uma inscrição muito curiosa, uma frase assinada pelo cientista Louis Pasteur – *O vinho é a bebida mais saudável e higiénica que existe.* Sem dúvida! Blamy tira uma fotografia a esta citação.

A tarde foi preenchida com novas visitas, dentro do programa que contrataram com o serviço do transporte, embora o motorista tenha aceitado o pedido dos clientes para acrescentar alguns detalhes à jornada. Fora da caixa. Foi assim que saíram um pouco de Pauillac para visitarem Saint-Laurent-Médoc e outros pequenos lugares pelo caminho.

Já noite, e terminada a jornada no *wine cab*, voltam ao centro histórico de Bordéus para jantar, entram no

Restaurant Melodie, na *Rue des Faussets*, bem perto do Rio Garonne. A cidade, e aquela rua, mostram grande animação, com muitos jovens de copo na mão. E cigarros. Alguns sorriem-lhes, pensando-os optantes comuns. Sorriem também. Ele e John deliciam-se com um prato de *entrecôte* e um *Cabernet Sauvignon* tinto. Bordéus continua a encantá-los. Passeiam pelas ruas ali à volta e terminam a noite num bar muito agitado. Cansados! Mesmo assim.

Terminada a visita a Bordéus, preparam-se para regressar à marina de Hull. Tudo é bonito, mas a nossa casa. Combinaram que tudo seria feito por Blamy Morgan, sempre com a supervisão do companheiro de viagem, John Major, se necessária. Blamy ouve-o respeitosamente, mas não quer ser mais aprendiz no seu próprio barco. Soltar os cabos, fazer as manobras de saída e zarpar, seriam da conta do jovem nauta, excitado com a perspectiva desse treino. John Major sabe que pode faltar nas próximas viagens, e Blamy tem de estar preparado para a navegação. O cuidador do iate, quando em cais, deixa em aberto a presença dele numa viagem especial de que Blamy lhe falou. Essa ele não quer perder.

Tudo pronto para largarem. Quando recolhe o último cabo, na proa, Blamy vê ao longe o pequeno Manu que corre para chegar ainda a tempo de se despedir deles. Chega esbaforido, já John está, também, de olho nele. *J'aime beaucoup ton bateau…*, os dois marinheiros sorriem, olham-se mutuamente, e lembram-se, em uníssono, de o pequeno lhes ter pedido para o deixarem ver o barco. Blamy volta a prender o cabo e abre os braços para receber o abraço do pequeno rapaz. Felizes. Saltam ambos para o convés, o miúdo toma a liberdade espontânea de percorrer todos os cantos da embarcação, John desce ao deck e encontra Manu em cima da cama principal, de braços e pernas bem abertos, como um pentagrama simbolizando o luxo da embarcação. Ou como se ali tivesse caído vindo do espaço, que é como ele se sente, no espaço sideral.

Manu volta ao convés, abraça os dois homens com muitos *merci, merci...* a bordar o momento. Blamy procura o bolso das calças jardineiras que o pequeno usa sempre, deixa lá uma nota estranha com a fotografia de uma senhora muito rica, a rainha de Inglaterra, nem ele sabe quem é e quanto aquela nota vale – cinquenta libras. O motorista do *wine cab*, o senhor Carlos, saberá como contactar Blamy, se um dia o destino os juntar num outro encontro. Manu era-lhe próximo.

O pequeno homenzinho emociona-se e emociona os dois amigos ingleses. Fica no cais, agora sem pressa, a ver o iate afastar-se até o perder de vista. Deverá ter o braço cansado. E mantém o corpo em pentagrama. Blamy, por breves segundos, questiona-se sobre a simbologia das coisas.

Maria do Carmo passa, como quem não quer, no jardim traseiro e encontra Blamy no mesmo sítio, com um olhar perdido no além, parecendo nem sequer a ver. O jovem segura, finalmente, o envelope, abre-o, e retira dele uma folha de papel, dobrada em quatro. Uma missiva extensa escrita à mão. Lê o que lá está escrito, faz uma pausa, e volta à leitura, ou releitura, pensa a governanta, disfarçada por trás de uma árvore, como se assim não pudesse ser vista. A leitura deixa-o nervoso, levanta-se, pontapeia uma flor que ali veio parar, senta-se e deixa o olhar perdido dentro dele.

Blamy rasga a carta em pequenos pedaços de papel. Olha para o esconderijo de Maria, já a tinha percebido às escondidas, pouco se importou com isso, e junta todos os bocados na palma da mão. Deixa o alpendre e vai directo para o quarto de banho, faz uma descarga do autoclismo para fazer desaparecer todos os vestígios de papel, não vá a empregada tentar-se pela montagem de um puzzle.

Após o almoço, já quase lanche, Blamy folheia o *Hull Daily Mail*, passa os olhos pelas páginas supérfluas, vida social e desporto, detém-se um pouco mais nas coisas da cultura, a *Ópera Rigoleto*, de Giuseppe Verdi, é apresentada no *Hull New Theater*. Procura por Maria e diz-lhe que não janta em casa naquela noite. A mulher, ainda preocupada com o que dizia a carta que ele rasgou, olha-o como quem pergunta algo. *Be careful.*

Fernando Ventura Morgado

Dez

O mundo é pequeno, uma aldeia, é o que é, uma aldeia global, como disse Marshall McLuhan. Joana lembra-se de um outro ensinamento, talvez lido num qualquer livro; *olha à tua volta, percorre com os olhos a paisagem que te cerca, olha outra vez, mas agora olha para ver, devagar, como se a paisagem fosse dividida em muitos gomos, e repara como descobres muitos pormenores que te escaparam no primeiro olhar.* A jovem faz isto muitas vezes, reflexões espontâneas, e constata sempre que, de facto, lhe escapam tantas coisas no primeiro olhar. A vida é assim!

Sentada na gare da Estação do Pinhão, a fazer horas para o transporte até à sua aldeia, a Loivinha reflete sobre o que lhe acontece, deixando espaço para o que ainda não sabe, o impossível possível, o amanhã sempre renovado. Fechou os olhos, pareceu-lhe ouvir alguém a segredar-lhe, Antoine de Saint-Exupéry, *Só se vê bem com o coração, o essencial é invisível aos olhos.* Espraia o olhar, lá está o iate branco, aerodinâmico e imponente. Há pessoas indistintas a bordo. Volta a olhar, o cacho de uvas na proa, o cacho de uvas na sua t-shirt acrescentado pela marca DOURO, videiras incomuns, vindimas próximas.

Quer estar em casa ainda antes da chegada do seu *principezinho*, mesmo que a vizinha Clotilde se tenha comprometido a trazê-lo de volta da escola. *Joana, gostava que me tratasse por Clô, só Clô, podemos ser amigas. E, por favor, tratemo-nos por tu!* Sorriem. Boa vizinha. Olha o telemóvel para ver as horas, ainda falta muito tempo para a camioneta da carreira chegar, impaciente, sai da estação e entra num táxi ali parado. Durante a pequena viagem, Joana, que até é muito reservada com estranhos, abriu-se a uma conversa com o taxista, habilidade deste, melro bisnau, muito habituado a estes diálogos.

Fica a saber que o homem é de Carrazeda de Ansiães, já foi emigrante em França, taxista também, mas a família e as heranças fizeram-no regressar. *Ficou por lá um irmão meu, em Bordéus, tem um pequeno carro, um wine cab, como ele diz, nem sei bem o que isso é, só para levar os turistas do vinho a passear.* Joana ia a dizer qualquer coisa, mas o homem concluiu, *Qualquer dia também chega cá esse negócio...* Joana faz sinal para ele parar, estão já à porta da sua casa, o motorista presta mais atenção ao exterior da casa que ao pagamento que ela lhe faz. Já ela está no exterior quando o homem abre um dos vidros do carro e pergunta-lhe, *Nunca a assediaram para vender esta casa?* Joana faz que não ouve. Sorri para o homem, e entra em casa. *Ó menina, desculpe, não falta quem a queira comprar...* Joana nada responde. Percebe que o carro fica por ali mais uns largos minutos. Terá ele fita métrica e jeito para o desenho?

Passados uns dias, ao chegar a casa, vê o mesmo táxi parado em frente à sua porta. Joana inquieta-se, mas mantém-se indiferente. Segue sem olhar.

O dia anterior foi muito estranho. O seu primeiro dia de trabalho como guia turística. Um grupo de portugueses vindo do Porto, mais elas que eles, todos ligados ao ensino; professores de História, de Português, de Ciências, todos amantes da Natureza, ávidos por conhecerem o Douro pelos olhos de uma pessoa local. Joana é autóctone. Por isso foi-lhe destinado este grupo, e Joana sabia que não podia falhar na retórica narrativa; aquela gente tinha uma base académica que lhe aumentava a exigência. De entre todos, destacou-se João Maria de Deus, assim se apresentou, que acrescenta ao ensino a condição de escritor.

João Maria de Deus acompanhou-a mais de perto, não queria perder pitada das suas informações e explicações, dialética assertiva, um jeito próprio de contar, de urdir a teia, de criar explicações circulares como se tudo tivesse que ver com tudo. Como se pode falar de vinho sem referir os socalcos, as varandas do abismo, os montes, as valeiras, os boqueirões, os nevoeiros, as quintas e os patrões, os vindimeiros, as crenças, as rogas, mesmo que a instruíssem para não falar de candonga e misturas proibidas?

Como pedra no sapato que quer soltar, e fora do contexto da visita, o escritor fala-lhe de conflitos entre os fiscais do Instituto do Vinho do Porto e os pequenos produtores desse néctar, coisa de benefícios e aguardentes, *tem havido crimes, sabe?*, Joana encerrou a questão num escolher de ombros. Inconveniente. Tentou afastar-se do cavalheiro, a visita era colectiva. Alguns metros adiante, carraça insolente, João Maria está de novo colado a ela. Lembrou-se do seu amigo Miguel. Também João Maria a desafiou para colaborar com ele num livro que tinha em mente escrever — *Para cá do Douro*, um romance de amor, referiu várias vezes, *Quem sabe, se a menina o quiser, não possa ser a sua história!?* Joana olhou-o incisivamente, respondeu-lhe suavemente, *Todos temos uma história, já escreveu a sua?* Percebeu-lhe a atrapalhação. *Que atrevimento! Mal me conhece e atira-se ao galho...*, pensou ela, em simultâneo com outro pensamento – Miguel e o escritor. Amesquinhando-o, Joana projecta a voz para todo o grupo e pergunta se alguém quer que escrevam a história de vida de cada um, aponta-o, *este senhor anda à procura de histórias de polichinelo*. Ninguém responde, mas todos olham para o colega, sorrisos de quem já lhe conhece a capacidade e a persistência, até admiração. O escritor afasta-se. Alguém se aproxima de Joana e segreda-lhe, *O João Maria escreve muito bem!*

Acompanhou o grupo respeitando o programa pré-estabelecido pela agência, acrescentou-se ao valor da caminhada, pessoalizou alguns lugares e explicações, passou pelas ruas da sua aldeia, Clô esperava-a junto à antiga escola, com discrição, saudou-a com igual recato, *Então o miradouro de Casal de Loivos? Onde fica?*, perguntou uma das senhoras, ansiosa por lá chegar, mas Joana não se identificou como moradora do local, muito menos onde era a sua casa.

Uns cumprimentos circunstanciais a quem a olha na passagem, gente sua, até a Geninha santanária medrou um sorriso de pouca fé, e ei-los chegados à melhor varanda sobre o Douro, palavras da guia turística em relação ao soberbo miradouro de Casal de Loivos, exaltado entre contrastes: pela frente, o majestoso Rio Douro, a vida, uma paisagem única, arrebatadora, cinematografada por todos os presentes, planos abertos, *travellings, plongés* e *contre-plongés*, a tela preenchida por alguns peneireiros, rolas ou perdizes sarapintando o cenário; por trás, o cemitério local, campo de memórias e de histórias das gentes da terra.

Os Meus Hóspedes

Um dos participantes, professor de História e Civilizações, surpreende-a com curiosidades sobre celtas, árabes e romanos, vestígios e lendas. Histórias de paz e de guerra, de amores e desamores, de sortes e de destinos, coisas para além do vinho. Etnografia e antropologia. Joana olha para o cemitério, o seu ADN ali escondido, diz em modo triste, *Neste campo-santo está escrita a História desta aldeia.* Pronuncia-se. Os olhos ficam mais brilhantes. João Maria de Deus deambula por entre as campas rasas e os jazigos, persente lágrimas em todos eles. Perspicaz, olha um dos jazigos, Família Machorro. Benze-se.

Foi um dia multifacetado; feliz por ter conseguido, cansada por ser a primeira vez, expectante em relação ao futuro breve e grata também pelas pessoas que conheceu, empatia mútua. O escritor era outra alínea. Mesmo assim, ele despediu-se dela enfatizando o seu nome, *Obrigado, Joana Machorro.*

Já tinha outro grupo agendado para o dia a seguir, agora de gente de Elvas, de Estremoz e de Évora, alentejanos, talvez couraçados no orgulho pelos seus vinhos. Joana pensava assim e foi assim que aconteceu, gente bem-disposta, simpática, sempre prontos para contarem anedotas deles próprios, e muito interessados e atentos às exposições da Joana Machorro, como se identificava no alfinete de lapela da agência. Sentiu que, para além das elogiosas considerações que lhe fizeram, os turistas ficaram deslumbrados com tudo o que viram e com tudo o que aprenderam, sempre com referências ao manto vinhateiro e aos montes. Do vinho, calaram-se as vozes orgulhosas dos montes alentejanos quando provaram alguns tintos do Douro. Depois de ouvir algumas anedotas contadas pela gente das searas, Joana sai da casca, liberta um sorriso maroto e termina o *tour* a contar uma piada duriense; *Sabe,*

Josefina, que o vinho do Porto a torna muito mais bonita?...Ora deixe-se de coisas. Eu não bebi vinho do Porto. Mas bebi eu! Todos se riem. Ganha créditos. Cansada, de novo.

Sabia que só passados uns dias de trabalho lhe seriam destinados grupos de estrangeiros, como lhe disse a directora, Manuela Videira. Era importante que ela se adaptasse bem às funções, que criasse a sua própria autonomia e personalização, o seu estilo, para se sentir mais à vontade com outras categorias de turistas, os mais endinheirados; do Japão, dos States, alguns vindos dos antípodas, outros do Norte da Europa, e os brasileiros e os indianos e os árabes e todos os que trouxessem vontade a sério de conhecer o Douro, o rio, as gentes e a História. Joana nunca imaginara que seria guia turística, mas, de facto, e também ela surpreendida, estava a gostar. Feliz!

A pessoa mais curiosa com tudo o que se passa com ela é o seu filho! Pergunta sobre tudo, quer detalhes, em cada resposta dela ele substitui o ponto final por uma vírgula e pede-lhe para continuar. Um misto de orgulho na mãe e de ciúmes por ela se mostrar feliz com os outros. E se lhe roubarem a mãe? E se ela gostar de alguém mais do que gosta dele? E se...?

Nas primeiras noites após começar a trabalhar, o pequeno Mário quis dormir com ela, pediu os mimos só para ele, voltou a uma meninice já ultrapassada. Joana entendeu as razões do filho, levou-o a confiar ainda mais nela, ensinou-o a partilhar. Mário também estava a crescer.

O escritor, João Maria de Deus, voltou a intrometer-se, agora no sono dela, sonos trocados, num sonho-confusão de mais um episódio da sua vida. Agora, o escritor tinha um rosto e um nome – João Maria -, *escreve muito bem, sabe?* Viu as amigas Katja e Eva ainda no Porto, a passearem juntas com ela… No sonho, João Maria de Deus leu-lhe o que já escrevera:

*

As amigas estavam de partida, tinham voo marcado para o dia seguinte muito cedo. O dia seria passado com calma, sem conversa sobre testes de gravidez, um passeio a pé desde a Ribeira até onde desse: o rio sempre ao lado. E os barcos rabelos no seu vaivém. Tão diferentes daqueles de que o seu avô lhe falava! Os mesmos que se partiram no Cachão da Valeira, salvando-se a Ferreirinha e matando o Barão de Forrester!

Encontraram-se na Praça do Cubo, como combinaram, começaram por brindar à amizade, cada uma com o seu cálice de Porto, um desinibidor. Que lindo era aquele casario filigranado com belas varandas, algumas engalanadas com cordas cheias de roupa a secar. As amigas adoraram estes pormenores. Aachen, Maastricht, Porto - desiguais. As três passearam por ali, sempre em modo cinematográfico. Olhavam as fachadas multicoloridas. Se, entre calças e camisas-pijamas, aventais e saias de roda, sobressaía um body ou umas peúgas de bebé, logo a Joana emudecia a conversa fixando o olhar nessas peças. Ela vivia já o futuro imaginado, com pressa de o conhecer. Com medo de lá chegar. A sua barriguinha escondia sonhos e medos.

*

Joana sobressalta-se, acorda com o suor a colar-lhe a t-shirt ao corpo, mas logo sossega e volta ao sono. Volta ao sonho.

*

Para além da Eva e da Katja, conhecedoras daquele segredo, seguramente não o armariam contra ela, ninguém mais partilhava o seu temor. Rubescia pensando na desdita familiar desta notícia. Os pais, como fazê-los entender? Talvez ficassem felizes! Também

Katja guardava bem fundo na arca dos sustos os dois abortamentos que a salvaram, depois de aventuras com álcool e homens e coisas de alienação. Só ela sabia.

Joana conhecia bem o Muro dos Bacalhoeiros, gostava de o mostrar, encavalava-se nele - quando sozinha -, e por ali ficava, com o rio, os barcos, a ponte – meninos do rio -, prazenteando-se com o linguajar tripeiro que lhe adoçava o ouvido. Até uma zaragata entre vizinhas, ou um gato ladrão corrido com a vassoura, a encantava. Gente simples. Sentia diminuir o seu infortúnio quando confrontada com a miséria que aquelas portas escondiam. Ainda assim, até dar a notícia aos pais, ela continuaria com a consciência pesada. O pai do bebé? Sei lá! Era este o nó górdio da questão!

As crianças, crianças de rua, sempre em algazarra, davam-lhe a imagem do que não queria para o seu filho: roupa suja e rota; o palavrão viciado e constante e a malandrice com os estrangeiros. Contudo, eram crianças muito lindas, lindíssimas. Sehr hübsch, que lindo, entusiasmou-se Katja com todo aquele cenário e a fotogenia cativante. Tudo era diferente da sua Aachen, numa Alemanha fronteiriça com Maastricht, onde morava Eva. Joana evitava ficar nas fotos, receosa que algo a denunciasse. Excesso. Uma gravidez muda!

Assim, de repente, num daqueles momentos improváveis, um jovem turista aborda-as numa língua que não lhes é comum, menos a Katja que lhe responde desenvoltamente. As outras duas afastam-se naturalmente, pensando que a jovem da Renânia venha de seguida ter com elas. Olham para trás, a alemã, num piscar de olhos, deixa entender que talvez não as acompanhe. Ela sabe dos propósitos de Eva para aquele dia. Combinaram encontro no Jardim das Oliveiras, junto à Torre dos Clérigos, para o fim da tarde. Um jantar de despedida, na Adega Vila Meã, na Rua dos Caldeireiros. Joana e Eva saberiam mais tarde quem era o jovem que cativou a amiga Katja.

Os Meus Hóspedes

A Loivinha não era tripeira, mas quase, ela sentia-se familiarizada com toda a margem do rio: tudo o que o Rio Douro tocava era também dela, ou não tivesse ela nascido nas suas margens, muito mais para montante, no Douro vinhateiro. Qualquer elogio ao rio e às suas gentes era também como se fosse a ela, e gostava.

É então que Joana percebe que Eva tem a agenda marcada para aquele dia. Numa das conversas entre as duas, Eva enfatizou a sua origem hebraica, e volta ao tema de novo tentando entusiasmar Joana a acompanhá-la numa visita ao mundo judaico da cidade do Porto. Joana tinha outras ideias para esse dia, mas deixa-se motivar pela amiga, também porque a alcunha de judeu sempre esteve colada a Samuel Machorro, seu bisavô, que ela não conheceu. Histórias contadas pelo seu pai, Joaquim Machorro, sem explicação para esse apodo. Talvez porque o avô tivesse receio de que a alcunha de judeu fosse usada pejorativamente. Ela que, durante algum tempo, pensou ser alcunha o nome Machorro. Para Joana, o epiteto de judeu era dado a alguém muito avaro ou mau, e o de marrano era o outro nome que se dava aos porcos.

Sabia também que o seu bisavô era natural de Carção, no concelho de Vimioso, e que o filho, seu avô paterno, era natural de Sambade, em Alfândega da Fé. Como é que o seu pai veio a nascer no lugar de Vale da Cabra, em Alijó, nem ele sabia bem.

De repente, sente-se seguidora de uma família nómada, também ela se tem como errante nos caminhos dos sonhos e dos percalços. Na realidade, e pelo que lhe ensinou a História Universal, já tinha conhecimento de que Trás-os-Montes foi couto de judeus durante séculos. De terra em terra com a Inquisição a persegui-los. Talvez ainda os haja por lá. Recupera na memória a lembrança de outros locais apontados pelo povo da Judeia, ou seus descendentes – Bragança, Foz Côa, Provesende…Nunca se sentiu em associação. Tem ideia de ouvir falar no Rio Fervença…Belmonte é ainda um local marcado pela presença *hebraica. Nunca foi a Belmonte. Mais tarde saberá de onde lhe vem o apelido de Machorro. A curiosidade levá-la-á a saber que até as vinhas e os vinhos foram do domínio dos judeus, em troca de uma outra cultura que também eles haviam implantado – o sumagre -, com muitas aplicações e muitos proveitos, desde os medicamentos até ao tingimento dos curtumes e temperos culinários. Alguns séculos para trás. Como os tempos mudaram!*

Eva estava deliciada com toda a narrativa de Joana. Não lhe passava pela ideia cruzar-se com alguém tão especial. A empatia ganhou maior dimensão. Eva não conhecia a cidade do Porto, nem imaginava encontrar uma improvável companheira de férias no avião que a trouxe até esta cidade. Mais improvável seria comungar História com uma portuguesa que rejeitava qualquer vestígio judaico, e que só se deixou entusiasmar pela determinação da holandesa. Estranhamente, foi Eva que a conduziu por uma viagem à Judiaria do Porto. Uma viagem muito bem preparada com suficiente antecedência à sua aterragem em terras de Barros Basto e, por adoção, de Richard Zimler. Também terra de sefarditas e cripto-judeus.

Eva tinha marcado uma visita à Sinagoga Kadoorie do Porto. Um templo fascinante, carregado de História Judaica, que deixou Joana penalizada por algum analfabetismo cultural, e ainda assim deslumbrada, quer com a arquitectura, quer com a decoração do interior, que também, com toda a simbologia do Templo, foi devidamente explicado pelo anfitrião que as recebeu. Joana deixou-se submissa da agenda de Eva, ansiosa por conhecer mais sobre o povo judeu. Não fosse a gestação de um filho sem descendência paterna conhecida, e Joana estaria mais efusiva durante a jornada, mas a preocupação quanto ao futuro não lhe dava rédea solta aos pensamentos e aos sonhos.

Da Rua de Guerra Junqueiro, localização do Templo, Joana só se lembrava do Cinema Nun'Alvares, onde esteve para um evento académico. Almoçaram num restaurante kosher perto da

Sinagoga, a maior da península ibérica. Devidamente aconselhada por Eva, Joana soube saborear a boa comida rigorosamente confecionada segundo as regras hebraicas. Eva fez gosto em oferecer aquele almoço à sua amiga portuguesa. Satisfeitas. Partiram para cumprirem a agenda, ainda apontada por locais com muito interesse para visitar. Desconhecidos para Joana.

Entraram no autocarro da linha 501 que as levou até ao Jardim da Cordoaria. Por ali perto, o hostel das jovens turistas, o Jardim das Oliveiras onde se encontrariam com Katja, a Reitoria da Universidade do Porto, e o Bairro Judeu. Pelo caminho, as amigas falaram sobre o motivo desviante que afastou Katja da companhia delas. Nada de suspeito, para além de um fetiche da alemã, confessado a Eva durante aqueles dias, e que diz ser uma constante inscrição em todas as suas viagens de férias: a aventura, a adrenalina dos encontros improváveis, a lascívia do sexo com desconhecidos, temerária e louca.

Joana ouvia com perplexidade esta explicação de Eva, ela que se sentia ultrajada por uma distração sexual sem consciência, ela que se sentia reticente a novos compromissos, desconfiada pelo estigma de que todos os homens são iguais. Eva mencionou, por fim, que tinha uma relação madura com um amigo de Maastricht, ambos comprometidos com a liberdade de cada um, sem castração da individualidade. Eram felizes. Um amor sem gaiolas. Joana emociona-se, quebrada pelo eco dos sonhos falhados, contém as lágrimas, mas não o brilho delas paradas nos seus olhos.

Desceram a Rua de São Bento da Vitória, Joana preparava-se para lhe mostrar a paisagem fantástica do Porto e de Vila Nova de Gaia no Miradouro da Vitória, sobranceiro às Escadas da Esnoga, mas Eva parou no Convento onde outrora existiu o Bairro dos Judeus e agora só resta uma pequena parcela desse tempo. Logo de seguida, à direita, apareceu a Rua de S. Miguel, outro local de referência para os judeus, antes e depois do Rei D. João II os ter obrigado à conversão ou à morte. Um tempo de mártires, de cristãos-novos e de judeus escondidos. Havia ainda uma surpresa, mesmo para Eva; a visita aos escombros de uma sinagoga secreta entretanto descoberta na Rua de S. Miguel. Eva de peito cheio; Joana com a cabeça desassossegada.

O sol ainda alto, o Jardim das Oliveiras com a relva muto ocupada por casais enamorados, aqui e ali todas as sexualidades, Joana e Eva são confrontadas com a presença de Katja sozinha e com os olhos perdidos sem encontrarem os rostos delas. Parecia mazomba. Joana, depois de toda a história que Eva lhe havia contado, não se atreve a questioná-la. Só a holandesa solta uma pergunta de circunstância a que a alemã responde com uma pergunta – então, divertiram-se? Katja saberá mais tarde o que o Porto lhe deu como herança.

A conversa, em jeito de revista, serpenteou por entre os assuntos já terminados, também pela desventura de Joana e a travessura de Katja. Simpatias, elogios, promessas, a vontade de todas repetida em convites mútuos. Para a próxima…

No dia seguinte, ainda o sol não acordara, já elas viajavam no metro até ao aeroporto. Levaram e deixaram muita coisa, muita vida para ser contada. Deixaram a promessa de voltarem. Ficaram na memória de Joana.

Joana ficou mais algum tempo numa esplanada, regressando a algumas imagens daquele dia, num replay onde apareceu uma criança muito bonita ao colo do pai. Umas lágrimas livres lavaram-lhe o rosto e encharcaram-lhe a alma.

No dia seguinte, abriu a sua página no Facebook e pasmou-se: Eva postara a foto de Joana a beijar um bebé, sem poder apagar aquela lágrima que a Eva captara. A legenda da foto perturbou-a, Um dia serás nossa convidada!

*

Acordou sobressaltada, tão real aquele sonho, Mário continuava a dormir, na inocência dos sonhos-meninos, tudo estava tranquilo menos ela, agitada com a viagem que fez dentro do seu sono. Mesmo que ela negasse o João Maria de Deus, *nem pensar!*, e fizesse o mesmo com o seu amigo Miguel, há dias, ambos a perturbavam com a história do seu percurso de vida. Tentou recuperar o sono, ouviu-se em murmúrio mudo, *A minha vida!?, isso é um livro fechado!*

Precisava de descansar mais um pouco, as previsões apontavam calor para o dia seguinte, e a sua pele ainda não era de tartaruga. Mesmo que aqueles programas fossem maioritariamente feitos de autopullman, envolviam também muito as pernas para chegar a alguns locais onde só havia acesso pedonal. E as pernas dela queixavam-se dos novos dias.

Os táxis com praça junto à Estação Ferroviária do Pinhão bem se governavam com os casais ou, simplesmente, com os turistas solitários. Por vezes, encontravam-se nos mesmos locais e provocavam misturas incríveis. Foi o que aconteceu naquele dia!

Fernando Ventura Morgado

Onze

Para Blamy Morgan, a viagem a Bordéus foi uma esquina de vida; como se um renascimento o resgatasse para o futuro. Talvez continuasse a ser um homem reservado, por vezes, excessivamente tímido e pouco sociável, como sempre se conheceu desde que os pais morreram, tem saudades deles, mas sente-se com uma energia diferente, uma vontade de, também ele, se renovar, mesmo que na casa *nova*, sobressaída das alterações, continue a haver muitos sinais dos tempos vividos com os pais ainda vivos.

A casa grande que o esconde está diferente, mais arejada, como ele diz, mas são os quadros e outras relíquias, são os sítios e as memórias sobreviventes que lhe acalmam, ou agitam?, os pensamentos. Não mexeu no jardim interno a que a sua mãe chamava a sua ilha. Com o sol filtrado pela claraboia do prédio ou pelas janelas traseiras, com o ar fresco que corre a casa em certas horas de arejamento do espaço, e com os cuidados extremos continuados por Maria do Carmo, o jardim de inverno, entretanto rebaptizado de jardim de Avalon, continua a emanar muita energia para a casa e para o jovem. Também para Mary, diz ela.

E há a garagem!

Em conversas para passar o tempo, no alto-mar, muitas milhas de solidão, John Major deu-lhe o contacto de Mr. Lance, com todas as referências de que Blamy precisa. O jovem Morgan, tão empenhado em novos conhecimentos e capacidades náuticas – sabia o que era um estofo de maré, mas não imaginava um *ponto de embraiagem*; reconhecia o que era um *burro* em linguagem náutica, mas não entendia o que era um *cavalo* para um automóvel -, nunca mostrou qualquer vontade de ter licença de condução, nem mesmo um automóvel próprio. Lembra-se de Clare e do esforço dela para que ele se habilitasse à *UK driving licence*. Seria mais fácil viajarem e passearem por outras terras do Reino Unido. Contudo, o egocentrismo dele levava-o a não querer essa disponibilidade.

Foi em Bordéus que ele sentiu esse impulso, essa vontade de se conduzir para onde e por onde melhor lhe apetecesse. Não que tenha queixas do senhor Carlos e do seu *wine cab,* nem que o tenha iluminado uma vontade súbita de correr a sua cidade ou o seu país ou o mundo com o pé no pedal e a mão no volante, mas pelo modo em como lhe disse o amigo marinheiro, *O facto de teres no bolso a tua própria driving licence não te deve estorvar.* John Major sabia por que lhe falava disso. Também falaram de um automóvel muito especial. Há anos que não ia à garagem, nem a incluiu nas obras de remodelação da casa. Temia as recordações que lá estavam guardadas, brinquedos e bugigangas da sua infância e muito arquivo dos pais. Na garagem, há um automóvel belíssimo.

Telefonou a John a convidá-lo para que ele e a mulher viessem jantar a sua casa. Esteve a ver uns vídeos e fotos que o motorista de Bordéus lhe enviou. Imagens do Douro com a naturalidade de uma aldeia genuína, com a beleza de alguns costumes rurais, com pessoas sem maquilhagem ou roupas de folclore, e sente-se já desencaminhado para outra viagem. A tal viagem que John disse que não rejeitaria. E Elaine. Lembrava-se de ela ter manifestado vontade de, um dia, fazer uma viagem com eles. Guardou-lhes uma surpresa.

Telefonou a Mr. Cat Lance, conversa de acertos e agendamentos, ficou surpreendido quando o instrutor de condução falou do seu pai, Jeremy Morgan, elogios sentidos para o seu progenitor, *adorava o carro dele...,* combinaram encontrar-se na *Sun's God Driving School.* Nesse encontro, em conversa simpática, acertaram o essencial, Blamy começará a formação depois da viagem que tem em preparação. Surpreendentemente, Mr. Lance disse-lhe que conhece quem pode tratar do carro de Mr. Jeremy com muito rigor e seriedade, vai voltar a despertar inveja aos amantes dos *old classic cars.* Blamy lembra-se de o pai tratar aquele carro com muito empenho, como se fosse da família real inglesa, mas, entretanto, o automóvel tem de ser inspecionado. Sente que já é tempo de visitar a sua garagem.

Quando John e Elaine Major chegam, recebe-os com sincera satisfação, já os aromas da cozinha agitam as glândulas salivares de todos, a portuguesa é uma excelente cozinheira. Vaidosa por isso. A governanta não tinha de ter perguntado, e não o fez, por que razão a mesa devia estar pronta para quatro pessoas. Mais tarde saberia qual era o lugar dela na mesa para todos.

Enquanto Elaine cirandava pela casa, mais propriamente entre a cozinha, na conversa com Mary, e o jardim de Avalon, pela beleza daquele espaço, os dois cavalheiros desapareceram para a *sala das viagens*, como Blamy chama à divisão da casa que ele criou só para leitura, reflexão, estudo e *invenção* de viagens. Na mesa, há uma confusão de mapas, livros, revistas, folhas com apontamentos escritos à mão, tudo com um foco comum – Patagónia e a região de Mendoza. Mapeamento de rota pelo Atlântico Sul, passagem pelo Estreito de Magalhães, rumo a norte, até ao Chile, e um grande círculo marcado em volta de Valparaíso e Viña del Mar. Pelo caminho, outros círculos preveem algumas paragens em pequenos paraísos; Isla Mechuques, Isla Magdalena e outros rabiscos em pedaços de terra espalhados pelo Oceano Pacifico.

A reação de John Major foi imediata, desincentivadora, embora moderada e com aceitação dos sonhos de Blamy, que não abandona a peregrinação pelos caminhos dos vinhos, e a Patagónia, por mais estranho que pareça, também tem denominação nesses domínios. O jovem não se sente suficientemente capaz para uma aventura deste jaez. Mesmo assim, fecha a conversa com um advérbio: *talvez um dia, quem sabe, eu tenha coragem para recuperar o meu sonho….* Chamam por eles para jantar.

Em certos momentos da sua vida, e já não estranhando que isso aconteça, Blamy sente um *chamamento* da sua mãe, momentos esotéricos que vencem o seu pragmatismo, talvez ela o *socorra* no propósito ou na inconveniência dos agitados sonhos com as viagens. *Lady Maggie*, a *feiticeira de* Avalon, continua muito presente nele. Ela lhe dará uma *luz* para a epopeia sul-americana. Ou não!

Antes de pousar na mesa o repasto que preparou para aquele jantar, Maria do Carmo anuncia, até para espanto do patrão, a surpresa que preparou: *portuguese food*. Com orgulho, recebeu sorrisos dos três, sem saber que também ela se sentaria à mesa com eles para se deliciar com a sua comida. Comovida, aceitou o convite do jovem patrão.

Alheira com maçã, como entrada; a seguir, polvo à lagareiro com legumes salteados e um vinho tinto, duas garrafas que ela trouxe de sua casa, até então guardado para momentos especiais – *Quinta da Pacheca* tinto, vinhas velhas. Blamy fitou a garrafa e não resistiu a ler o rótulo, o bilhete de identidade daquele vinho. A refeição seguiu com elogios ao menu, e terminou com um *cheesecake* de frutos vermelhos que arrebatou os três, principalmente a sua companheira de mesa, Elaine. Blamy estava ansioso por procurar aquele vinho num qualquer domínio www. Não o conhecia. Ficou rendido ao sabor do *Pacheca*. Maria do Carmo, percebendo o agrado de Blamy, desabafa, *O Douro não é só vinho do Porto.*

Blamy aproveitou o momento para inquietar os seus convivas, *E que tal fazermos, os quatro, uma viagem ao Douro, à terra dos ingleses.* Sobranceria? Maria, atarefada com a arrumação da mesa, quase deixou cair o resto do doce que tinha nas mãos. John e a esposa continuaram a olhar para Blamy, como se a pergunta ainda não tivesse acabado, *you go ao Porto?,* o *portuglês* da mulher não afectou o entendimento do patrão, *of course not, I want to visit the whole Douro region!* A governanta envaideceu o rosto, a expressão de orgulho, se pudesse contava-lhe estórias daquele paraíso, embora sabendo que o belo esconde o feio.

O Douro é terra de muito trabalho, de muita luta, de algumas desavenças com a natureza, de alguma revolta com os cangalheiros dessa mesma natureza, mas também é terra de alegria, de beleza, de amor. A vinha que se vê é a capa de um livro com muitas páginas negras. Maria do Carmo é o exemplo de um povo que, não tendo oportunidades compensadoras, teve de emigrar para sobreviver. O Douro ficou despovoado devido a este abandono.

O pior foi quanto Blamy, olhando nos olhos da governanta, lhe diz que ela também vai com eles na viagem de barco: no! Muito firme. Talvez não a entendessem, ela repete: *no!... no!... no!* O jovem volta à carga, *Elaine também vai*. A *chef* de cozinha olha para Elaine como que para ver nela a confirmação daquela frase, mas Elaine, apanhada desprevina na questão, mantém o olhar em Blamy.

Para aliviar um pouco a tensão da conversa, John Major desvia o amigo e desafia-o a irem os dois ver a garagem. Blamy enruga a testa, franze os olhos, mas parece contente com o desencaminho e vão os dois ao *arquivo secreto* que o jovem não havia ousado abrir. Antes de entrarem na garagem, John questiona o outro sobre a anunciada viagem até ao Rio Douro, até à cidade do Porto, e o amigo não só confirma como ainda lhe diz que a ideia do Chile não foi mais do que uma pequena rasteira. Mas. Cumprimentam-se com a intensidade devida a um acordo mútuo. As duas ficam em conversa sobre a viagem, ambas inquietas, uma pela satisfação, outra pelo medo.

Na garagem, havia sinais de longa ausência, não abandono, a arrumação e organização do espaço não permitiam essa ilação, tudo estava como os pais haviam deixado antes de fazerem a fatídica viagem ao Brasil. Talvez Maria do Carmo trate a garagem com regularidade. Blamy, tomado por uma estranha tristeza, sentiu que a mãe estava ali para o receber. *Olhou-a* como se a sua visão fosse matéria, teve a sensação de *ver* o pai de braços abertos para lhe dar força. Um momento mágico! Tão real, talvez os pais ali estivessem desde há muitos anos, não para se despedirem, mas para confirmarem que ele os continuaria.

John Major, sem lhe anunciar, retira os panos compridos que cobrem o automóvel, e Blamy não controla a emoção, as lágrimas soltam-se pelo seu rosto abaixo. Fica uns minutos em choro compulsivo. John Major abraça-o. *My god!*, um turbilhão de imagens, memórias felizes, captura o seu intelecto; recorda os longos passeios que fez naquele carro, lembra-se da vaidade que também ele tinha pelo popó. *Vê*, de novo, os pais sentados nos bancos dianteiros – olha para o carro com um misto de satisfação e de nostalgia. Sente as pernas a fraquejarem, pela tremura.

Lady Maggie, mesmo desprendida de materialismo, sempre foi muito vaidosa e talvez por isso tenha passado para o filho o requinte com a roupa e o calçado, o rigor com a educação, embora gostasse de ver o cabelo do pequeno com um *beatles cut*, mais irreverente, mas que se adaptava bem ao rosto de Blamy. Ainda hoje ele usa esse corte, e continua a ficar-lhe bem. Lembra-se disto quando olha para um poster colado na parede da garagem e em que ele aparece todo janota, em *dude style*.

John Major pronuncia algumas palavras de conforto e, apontando para o carro, diz-lhe: *O teu pai vai ficar orgulhoso por recuperares o uso desta preciosidade. Sabes bem como ele adorava esta joia.* Blamy concorda, embora ainda abstracto. Abrem as portas do carro, espreitam a bagageira, tudo impecável, menos a bateria que não dá sinais de vida. Precisará de uma nova e pouco mais, salvaguardando que o motor também deve ser vistoriado. Blamy senta-se ao volante, sente uma força extra, não controla o que está a sentir, ri-se fazendo-se ouvir em toda a casa. E chora.

Um carro com muito requinte, vintage, como o classificarão. Olha para tudo, por dentro e por fora, *Já não se fazem carros como este!*, a expressão de admiração nas palavras de John, que partilhou com Mr. Jeremy Morgan muitos e bons momentos, também com aquele *Wolseley 16/60*, de 1965, preto, estofos em pele, vermelhos, o tablier em madeira, folheado de nogueira, os tapetes em alcatifa nórdica, brancos, um motor com 1662 cc, os tais cavalos que ele desconhece.

Acabaram ali as reticências de Blamy quanto à carta de condução e ao uso do automóvel, embora ele não adivinhe, para já, qualquer alteração de preferência pelo seu belo barco. Terra e mar, dia-a-dia a viver. Nem deram pela presença de Elaine na garagem, estava há já muitos minutos a apreciar o entusiasmo dos dois. Quando repararam nela, Elaine dirige-se a Blamy e aponta para o carro, *É neste que vamos ao Douro?* Ironia que antecede a curiosidade principal. Blamy, já entusiasmado, sorri-lhe enquanto ela continua, *Ok, no carro ou no barco, é verdade que nos oferece uma viagem às terras do vinho doce, ao Douro?*, mais rápida que a resposta, termina, *Acredito que já consegui converter a portuguesa*, Blamy sorri de novo, volta-se para o amigo e, *Que dizes, John?* Terminaram o serão a ver os vídeos que Blamy tinha recebido do motorista de Bordéus.

No dia seguinte, John volta àquela casa. Os dois refugiam-se na sala dos mapas.

Doze

Ainda a manhã se preguiçava nos primeiros raios de sol e já o Café Beira-Rio, debruçado sobre o Rio Pinhão, estava com farta clientela. Vozes cruzadas. Não se falava de outra coisa, os homens ao balcão, alguns no primeiro bagaço do dia, uns que sabiam e outros que só sabiam que o Benfica perdeu, as mulheres em repetição de canseiras e queixumes, a telenovela na língua do povo, os aprumados ferroviários nas suas fardas e nas suas vaidades, a notícia que dava lastro era a de um corpo carbonizado retirado de um carro, também calcinado, no meio das vinhas, do lado esquerdo do rio Douro que corre indiferente entre as duas margens. Os exames necrológicos dirão quem era. Dizem que até o ouro derreteu.

Joana, indiferente à voz do povo, toma a cafeína da manhã para acordar, como diz, e é atraída para a notícia em destaque na televisão. Está quase na hora de iniciar mais um *tour* com um grupo de alunos de viticultura e enologia do Instituto Superior de Agronomia. Trabalho de campo. Não descola do pequeno ecrã. Uma notícia sem boatos.

131

Os olhos esbugalhados, o choque mental com as imagens que vê, em atropelo de excitação, precisa de ver de novo aquele acidente, fica incrédula com a roda de vida ali apresentada, aquela cara está registada na sua memória, na caixinha dos pesadelos. É ele! Mesmo em silêncio doloroso, Joana não consegue disfarçar a sua agitação, a sua descoberta. Entre a surpresa e a estupefação. Sente dentro dela a força de um vulcão prestes a expelir a dor de muitos anos, sente a urgência de exorcizar o nó que a amarra a um passado de inocência e covardia. Duas vítimas, ela e o filho. Como reagirá ele a esta notícia?

As imagens repetiram-se por três vezes no mesmo noticiário. Seria repetida várias vezes ao longo do dia, principalmente em um dos canais televisivo, mais sensacionalista. Assim, já pode mostrar ao filho a cara do seu pai, não tem dúvidas de ser ele. Soube então qual era o nome do jovem – Pedro Alenquer – e que tinha como hobby a música, para além dos desportos que praticava. Era ele, sem dúvida, o mesmo que a desencaminhou em Paredes de Coura, o mesmo que a abandonou no meio de um campo. O covarde que lhe enquistou uma revolta eterna.

Diz a televisão - *Um jovem piloto de parapente morre num acidente provocado pelo vento e pelo seu equipamento; a asa de tração torceu por completo e o jovem submergiu nas águas da praia do Portinho da Arrábida.* O mar estava tão agitado como a Joana, toda ela naquela notícia. Dizem as autoridades que foram feitos todos os esforços para o encontrar, mas não surtiram resultados positivos e conclui-se pelo afogamento. Continuarão as buscas para resgatar o corpo. A notícia tem algum destaque por se tratar de um jovem muito conhecido no meio, quer como atleta, quer como instrutor daquele desporto radical, quer também por ser rico, especulação de

Joana depois de ver e ouvir dois familiares dele a falarem aos jornalistas. Vozes queques.

Tenta que a sua mente volte ao trabalho. Os jovens *turistas por obrigação*, futuros enólogos ou viticultores, alguns já nascidos em famílias do meio, não deram conta da ansiedade dela, escondida pelos sorrisos e pelas explicações necessárias naquela visita de estudo. Um *tour* muito diferente do habitual. Um dia muito difícil. Assim que deixou o grupo, Joana antecipa a sua chegada a casa. Tem urgências para resolver. Quer estar com o filho, prepará-lo para a notícia-bomba. A conversa com o filho, sempre repetida desde há anos, a resposta evasiva que vai variando para manter tudo na mesma, *quem é o meu pai?* Lembrou-se do que lhe disse um dia, *ele vem para te abraçar... um dia, ele vai trazer uma prenda para ti...um dia*, o menino olhava-a com um sorriso aberto, *Já sei, mãe, ele foi buscar pedrinhas para ti*. Há muito tempo que não falam sobre o pai. Precisa de saber como chegar à ponta do nó.

O rosto em mar de lágrimas, as duas mãos agarradas ao braço da mãe, o corpo a tremer num misto de surpresa e desespero, Mário sempre sonhou que o pai ia aparecer, que o ia buscar à escola, que haviam de jogar à bola na rua, que andaria com ele às cavalitas, que mostraria ao pai as fragas e penedos — os sonhos desfeitos. A primeira e última vez; vê o pai na televisão, numa fotografia em que ele segura uma prancha de surf. Passa um pequeno vídeo com ele nas ondas, ainda vivo. Olha a mãe, beija-a, e diz-lhe, *Não faz mal, tenho-te a ti*, os dois em choro, Mário desabafa, *O meu pai era muito bonito, não achas, mãe?* Joana abraça-o.

Já passa da hora para ela dormir, a cama sente-lhe o rebuliço, sem posição ou sossego, inquieta, um turbilhão de palavras, boas e más, ocupam o seu pensamento; *morreu?, e depois?, cá se fazem, cá se pagam, era muito bonito, era...é bem-feito!, é para ele saber como é o sofrimento... saber?, o rapaz morreu...paciência, foi um canalha... tão bonito... o meu menino tem a cara do pai... gostava de o olhar olhos nos olhos, malvado...* E assim está, incapaz de adormecer. Noites de uivos sem lobos por perto. O filho mexe-se, acorda também, *Mãe, eu gosto muito de ti.* Voltam a um abraço, e assim ficam até acordarem. O filho pede-lhe para ficar com ela, não quer ir para a escola. Joana telefona à sua directora, Manuela Videira, pede escusa para este dia, explicação adornada e breve, pedido aceite.

Pedro Alenquer. Trava um palavrão xenófobo, escapa-lhe um murmúrio rasgado, *Filho da!* Tudo fará para acrescentar Alenquer ao nome Mário Machorro, o apelido que lhe confirmará ter paternidade, o filho tem esse direito. Palpita que será difícil, mesmo assim, vai encetar as diligências necessárias para esse reconhecimento. Talvez nem o Pedro Alenquer tivesse conhecimento de ter um filho, muito menos a sua família, convencidos da homossexualidade dele, mas isso é o que menos a incomoda.

Após ser encontrado o corpo, e entregue à família depois das formalidades da autópsia, Joana pesquisa o contacto do bar da praia no Portinho da Arrábida, telefona, informa-se sobre o dia e o local para as exéquias do Pedro. *Sou amiga dele, sim, conhecemo-nos muito bem, sim, sim, já não nos falávamos há uns anos... uma tragédia, e eu que o diga!,* consegue sem grande dificuldade a informação que quer. Com mais este elemento, aumenta a sua agitação, *Vou, não vou, levo o Mário comigo, ou não?,* respira fundo, o pensamento em rodopio, a luta dos sins com os nãos, mas há uma irritação crescente que a impele a essa provocação. Falta pouco para os dois viajarem até Azeitão. Vai preparada para um confronto difícil, mas, como se levasse aljava com ela, vai decidida!

Ainda não são nove horas e já eles estão no terminal rodoviário de Vila Real, de onde partirão para Lisboa e depois continuarão de comboio até Vila Nogueira de Azeitão. O menino manifesta grande ansiedade, mais pela mãe que por ele, já que ela continua em franja de nervos desde que viu aquela cara na televisão. Não leva certezas, mas leva determinação. Uma força estranha que emerge da indignação. Uma pequena dúvida; tem ideia de o músico, em Paredes de Coura, ter-lhe dito que se chamava Gonçalo... nem por isso esmorece. Gente escondida em nomes artísticos, pseudónimos.

O táxi deixa-os mesmo à porta da capela mortuária. Um templo que não é de muito sobrar. Apercebem-se da presença de muitos jovens no exterior da mesma, malta do mar e do ar, como Pedro Alenquer; muitos rostos adornados por rastas, corpos calejados pelo sol. Há uma tristeza intrínseca naquele grupo. Mário aperta ainda mais a mão da mãe, não gosta do momento. Talvez porque os jovens se acantonaram em maior silêncio e fitam-no como se o conhecessem, um deles acena-lhe. Mário não conhece ninguém. Joana, porte firme, das fraquezas faz forças, cabelo louro com nuances de sol, um rosto cuidado, sem emoção, não olha para ninguém, nem para o amigo de Pedro, talvez amigo colorido, com quem também esteve no festival de música. Pensa que também não a olham, toda a evidência vai para o seu menino. Um fenómeno que se multiplica quando entram na capela onde decorre o velório.

Na nave, bem preenchida de gente, impera um silêncio fúnebre, algumas interjeições de dor, os passos a ecoarem na inquietude, os familiares e amigos do falecido olham, surpreendidos, para os dois, duas presenças não convidadas, vozes mudas, quem é aquela jovem?, quem é aquele menino? Joana sente que alguma surpresa está prestes a acontecer. Acrescentam-se ruídos de corpos em movimento. A criança é o Pedro Alenquer em pequenino. Tal e qual! Como se ele, já morto, renascesse naquela criança.

Entre a nave e o presbitério, onde se encontra a urna, um cavalheiro todo vestido de preto, talvez funcionário da agência funerária, diz a Joana que, devido às circunstâncias do acidente, e a pedido dos pais, o caixão não vai ser aberto. Joana olha incisiva para o homem, *Ainda bem. Não quero que o filho guarde o rosto do pai já sem vida!* Voz audível. A assembleia agita-se quando o assistente de funeral eleva a voz e replica-lhe – Filho do Pedro!? Os olhos dela no filho.

Joana, sem responder, procura manter-se calma, mesmo sentindo que a mão do filho está transpirada, também a dela, todo o corpo, sabe que deve retirá-lo daquele cenário o mais rapidamente possível. O momento é de tensão, olha alguns rostos mais próximos da urna, rostos de sofrimento, e fixa um deles. Sem se apresentar, e sem qualquer filtro, diz ao filho, *Este senhor é o teu avô....Alenquer.* O homem, com aparência igual à do filho ali jazente, igual circunstância no rosto do pequeno Mário, levanta-se para a cumprimentar, olha-a com desdém, e sugere-lhe que conversem noutro local, fora da igreja. Joana anui ao pedido, Mário apressa-se para não ficar ao lado do homem, *Meu avô? como o avô Joaquim?,* pensa para ele mesmo. Não é hora de fazer perguntas à mãe.

No pórtico da capela há um cavalete com a fotografia do Pedro Alenquer a sorrir, com uma prancha de surf, e por baixo uma inscrição, *I can fly.* Joana não reparou nisto quando entrou, chama a atenção do filho e aponta para aquela imagem, *É o meu pai?* O senhor parecido com ele afaga-lhe o cabelo sem, sequer, olhar para o presumível neto. Joana sente-se cada vez mais nervosa, segue o homem, mas, de repente, afasta-se um pouco, vai directa a um agente da Guarda Nacional, pergunta-lhe qualquer coisa, ouve a resposta, e volta para acompanhar o cavalheiro. Suspeita que ele queira afastá-los o mais possível da zona do velório, atitude astuta. A conversa é truculenta; suspeitas, difamações, palavras feias, chantagem, suborno, ameaças; a negação, sempre. Vozes com mais decibéis. *Não deve saber que o meu filho era homossexual!* Ela mostra, em escárnio, um sorriso irónico. Os olhos dele tingidos de ódio.

Joana Machorro pouco se importa com a rispidez do senhor Alenquer, um homem com medo, um pitbull a defender o bom nome da sua família e o património da mesma. Joana só quer lavar a sua honra e que o seu filho tenha o nome do pai na sua identificação. Perante a ironia e o cinismo do pretenso avô, Joana consegue aguentar o mesmo sorriso de escárnio e evoca os direitos e a lei, *A justiça julgará*, riposta na cara do homem rico. Cheira-lhe a rancor, o homem está perturbado. A jovem mãe sente-se humilhada com a frieza e a indiferença, *Sacana!*, tenta manter a postura para não afligir o filho, também ele maltratado, sem um olhar, um mimo, uma palavra do *dono do poder*, do homem que diz conhecer muita gente, que afirma saber como resolver *estas coisas*, enfim, vileza do douto senhor que a ameaça com *procedimentos convenientes* se ela insistir na demanda. A conversa não tem ponto final. Afastam-se sem se olharem.

Mãe e filho não ficarão para o funeral, isso é o que menos lhe interessa, até pode acontecer que tenha de ser adiado, assim a queixa que apresentou na polícia resulte na recolha do ADN e de outras provas ainda antes de o esquife e o seu ocupante serem incinerados no crematório mais próximo.

Já alojados numa pensão modesta, conversa com o filho, então liberto de estranhos, mas ainda tenso, e aligeira a confusão que vai na cabeça do pequeno. Sem a mãe ver, ele guardou um pequeno cartão, com a fotografia do pai, que estava pousado junto ao livro de pêsames, numa pequena mesa onde também estava uma jarra com girassóis sobre uma toalha LGBT. Surpreende a mãe quando lhe mostra o *bilhete de despedida*, só a foto e uma pequena frase, *O meu voo não terminou, espero por vocês no céu.*

Quando Jaime Alenquer volta para o velório não esconde a perturbação que o consome. Sem olhar para a assembleia, sente que todos o olham na curiosidade de perceber o que aconteceu com a jovem e o menino que o acompanharam até fora do local. Retoma o seu lugar ao lado da esposa, sabe que ela espera uma palavra dele, e é só uma palavra que ele pronuncia, *Cabra!*

No exterior, o bando da areia, amigos de vidas radicais, *manos* do falecido, acompanhados por uma viola, trauteiam *Freddie Mercury* numa canção de despedida.

Treze

Clotilde Matos estranha a ausência da vizinha e do pequeno Mário. Falaram no dia anterior, palavras de nada, um rosto comum aos maus dias de Joana. Terá acontecido alguma coisa? Telefona para o marido e só então fica a saber que ela se ausentou por uns dias para tratar de assuntos pessoais. Estranho. Nenhuma palavra disso na véspera. Nem na escola ela deixou aviso para as faltas do Mário. Joana não teve esses cuidados, tão obstinada que estava em chegar ao sul. Tampouco falou com mais alguém para além da sua directora, Manuela Videira, a quem também não adiantou muitos pormenores.

A camioneta de regresso a Trás-os-Montes será ao fim da manhã e não pode distrair-se com as horas, mesmo que a indignação lhe dê vontade de voltar ao velório, até para confirmar se o funeral vai acontecer ou não. Não resistiu totalmente. Antes de partir para Lisboa, e depois mais para norte, passa no posto da GNR para saber como vão proceder. Estranhamente, o único agente em serviço é esquivo na resposta, dizendo-lhe que com aquela gente não se brinca, como se Joana estivesse a brincar com aquela gente. A causa maior aporta-lhe força e sacode-a dos medos.

Àquela hora, o sol escasseava as sombras, até a passarada estava em refúgio incerto. Talvez em chilreio nas arribas da serra da Arrábida, como carpideiras no sítio do acidente. Um silêncio incomum. Ali perto, na capela funerária, havia uma paz dorida, choros soltos pelo aproximar da hora de *levantar a alma* e recomendá-la a Deus. O padre devia estar a chegar. Os terços a rolarem entre dedos enrugados, ladainhas impercetíveis, olhos pendurados na cruz. Com propósitos diferentes, e antes das exéquias finais, chegaram alguns agentes da GNR com ordem judicial para levarem o corpo de novo para a *medicina legal*. Haverá medicina ilegal? Foi como se uma bomba tivesse caído naquele templo. Um ringue na capela.

A revolta generalizada, uma algazarra de poderes, algumas ameaças a alguns dos agentes, *pensa bem no que estás a fazer, vais arrepender-te*, diz Jaime Alenquer ao chefe do posto, amigos de longos anos. O cadáver quase despejado nas lajes da pequena igreja. *Dura lex sed lex,* a ordem é para cumprir e o corpo abandona os familiares e amigos mergulhados em dor e estupefacção. E insultos. Jaime Alenquer continua a ameaçar os agentes, os homens da agência funerária, a *cabra* que provocou mais esta tragédia, numa visão perturbada pela prepotência e a humilhação. E pela dor!

Ausentes da refrega, Joana e o filho abandonam Azeitão. Mais tarde serão notificados para a prova de ADN que será feita no Gabinete Médico-Legal de Vila Real. Durante a viagem de regresso, Joana procurou sensibilizar o filho para que não contasse nada sobre o pai, a ninguém,

Ouviste, filho? A ninguém! O pequeno rapaz guarda uma pergunta, *Tu e o Pedro foram namorados?*

Sabe que o assunto não está encerrado e, por isso, tem de tomar algumas precauções, como, por exemplo, não expor o pequeno a comentários ou juízos, estar atenta a qualquer vingança por parte do homem rico, procurar ajuda para a batalha que se vai seguir e, também, … não deitar foguetes antes da festa. Que a festa se fará sem condolências.

A noite foi como as anteriores, nem a contar carneirinhos o sono chegou, o sono profundo e retemperador. Coura, o festival. Horas passadas a fazer contas e a imaginar filmes, crónicas sociais e narrativas épicas, voar e cair, mas sempre com o filho como filtro para as suas exaltações e indignações.

Acorda de uma noite acordada, sente uma roda-dos-ventos dentro da sua cabeça; quer que o filho regresse à escola, tem de falar sobre isso com a vizinha, telefonar para a escola para se justificar, e procurar chegar a tempo à agência para retomar o seu trabalho. Manuela Videira recebeu a mensagem da Joana e respondeu-lhe, *Posso contar contigo para amanhã?*

José Carlos Matos, o seu vizinho, disponibiliza-se para lhe dar boleia até à agência. Joana vai ter um grupo de ingleses, meia-idade, a primeira com gente de outra língua. Se não estivesse stressada como está, o entusiasmo seria outro, ela que ansiava por um grupo estrangeiro.

Clotilde Matos segura a mão do pequeno Mário enquanto Joana entra no carro de José Carlos Matos. Olha a vizinha e vê uma Joana diferente, uma percepção nova da beleza dela, um atrevimento discreto na roupa, os cabelos a soltarem ouro, com uma bandolete arco-íris, correndo o risco de ser etiquetada, enfim, desvia os olhos para a criança com a intenção de mudar os pensamentos. Sempre soube da beleza de Joana.

Uma viagem curta, meia dúzia de quilómetros até ao Pinhão, José Carlos fez algumas perguntas sobre a ausência dela, Joana fintou-o com monossílabos ou frases curtas, pequenas mentiras para abreviar a conversa. Familiares de longe ditos como motivo. O senhor marido de Clotilde, *Zé Carlos*, repete ele, nunca ousou nenhum outro comportamento mais abusivo ou habilidoso, mas que parece estabanado... Sem ela dar conta, qualquer palavra serviu para olhar para ela, quiçá para tentar ler as expressões, mas Joana aproveitou a viagem para enviar uma mensagem ao seu amigo Miguel, *Preciso de falar contigo, logo ligo-te*. José Carlos chama a atenção dela, *Não ouviu o que eu disse?* Tinha lá ela pachorra para o ouvir!

De todos os grupos que acompanhou pelos meandros do Douro Vinhateiro, este é o que mais a motiva. Na contramão do seu estado de espírito. Pessoas muito curiosas com tudo o que veem, fazem perguntas sobre o poder britânico na região, querem ver com as mãos, excitam-se nas provas de vinhos e de azeites, alguns apreciam e comentam as azeitonas bical e o pão de milho que acompanham o azeite; gente que gosta e percebe mais de vinhos do que de azeites. Lembra-se do luxuoso barco branco com bandeira inglesa que atracou há dias no cais do Pinhão, mas sabe que os britânicos, maioritariamente, vêm de avião, como os que compõem este grupo. Desde há séculos, de barco ou a pé ou de avião, os ingleses chegam para ficar. São donos dos montes. Como aves calçudas que espreitam nos cumes.

José Carlos Matos prometeu que a levaria para a aldeia. Seria uma prematura convivência e Joana não confirmou que aceitaria. Inconveniente. Disse apenas que dependia do fim da jornada com os ingleses. A vida ensinou-a a ter cautelas com os homens, que os há muito *bons* com sola gasta, e de descuidos está a sua vida marcada. Gosta da vizinha veterinária e quer que seja ela a cuidar do *lulu* vaidoso que vive com ela. Joana não é teóloga, mas já *viu* a linguagem muda do cavalheiro. Bons vizinhos é o que mais precisa. Tem de telefonar ao Miguel, como lhe disse.

O táxi parado à sua porta. Não é um dia agradável para surpresas, está ansiosa para ter o seu menino junto a ela e saber como lhe correu o dia, ajudá-lo nos deveres escolares, perguntar-lhe como se sente depois da explosão do dia anterior, para lhe repetir que não deve falar sobre o pai com ninguém. Para já! *Ouviste, filho? Com ninguém!* Mário sempre foi de poucas falas.

Miguel envia-lhe uma mensagem, *Ligas?* Claro que lhe vai ligar, tem necessidade de desabafar, de partilhar o acontecimento, de exorcizar Paredes de Coura. Só ele pode ouvi-la. Miguel é credor nessa história. É incontornável o que aconteceu entre eles; Miguel, quando soube que a amiga estava grávida, num acto de puro amor, manifestou-lhe a vontade de a querer para o resto da vida, afirmou a certeza de querer dar o seu nome de família àquele que, dai em diante, seria também o seu filho. Joana conseguiu manter a amizade, mesmo recusando a nova versão do seu amigo. Sempre soube do seu apego a ela. Não foi uma decisão fácil, ambos gostam muito um do outro, mas ela entendeu não ser justo passar para ele o seu problema. Era como dar um caixilho em ouro a uma fotografia desbotada. Ficaram amigos para sempre!

Finta o carro ali parado e dirige-se directamente a casa de Clotilde, não reage ao chamamento do taxista, muito menos ao ligeiro toque da buzina, quem é que espere, as urgências são outras. Apercebeu-se de que no carro só estava o motorista, o mesmo que há dias a transportou até casa. De soslaio, Joana nota que o carro continua estacionado, abrevia o que tem de ser, Mário fica a brincar com o amigo Martim, ela não se lembra do nome do homem, *José, José do Castedo, ao seu dispor*, este diz-lhe que está ali por que há uns ingleses que querem falar com ela, andam a passear pela aldeia a fazer horas até ela chegar. *Castedo ou Carrazeda?*, lembra-lhe ela. José, rafeiro sem eira, sorri com ironia.

Ingleses!?, Joana espantada, *O que têm eles que ver consigo?*, o homem vai responder, mas...*O que querem de mim?*, José do Castedo quer explicar, Joana antecipa-se, *Não me diga que você quer governar-se com a minha casa!?* O motorista perde espaço para se justificar, reduz-se a poucas palavras, semblante cenhoso, *Pode ser que lhe interesse!*, diz. Entretanto, já os ingleses estão junto a eles, dois homens e uma mulher, parecem-lhe um casal e o filho, apresentações discretas, cordialidades circunstanciais, só um dos ingleses se pronuncia e, mesmo assim, denota uma timidez apertada. *Blamy Morgan, it's a pleasure to meet you.* Joana fica-se por monossílabos. Palavras de primeira demão.

É o taxista que desbloqueia a conversa, *Eles gostavam de ver a casa por dentro, olhar o rio nas traseiras, independentemente do que entre vocês fique resolvido*, se são ingleses então ela entende-se directamente com eles, *O que há para resolver?* Os ingleses não percebem aquela conversa, admiram-se com a rispidez da jovem. Joana contundente, *Já percebi o que eles querem. Querem o que eu não quero, não quero vender a minha casa!* Blamy olha-a para tentar perceber o que ela diz, um sorriso cativante, outro sorriso dela, constrito, Joana amolece um pouco, sem abdicar da sua decisão. Mário vem à rua no preciso momento em que aquelas pessoas entram em sua casa. Fica inquieto, pensa que são pessoas enviadas pelo seu *avô* Jaime e que a mãe pode estar em apuros, mas não pode manifestar isso, segredo prometido.

Fernando Ventura Morgado

Quatorze

Blamy Morgan renasce naquele dia, no paradoxo de não o confessar.

Fernando Ventura Morgado

Quinze

Joana propõe que voltem no dia seguinte, Blamy argumenta que já estão há dias a mais naquela região e com necessidade de voltar a Inglaterra, à cidade de Hull, *Onde é isso?* Blamy sorri e ironiza, *No Mundo!* E acrescenta, *a cidade onde nasceu o vosso Barão de Forrester.* Joana desenha uma onomatopeia com o rosto, querendo mostrar o seu espanto e a sua dúvida. Não há coincidências. A jovem faz um sinal de paciência, pede um minuto, afasta-se um pouco, telefona para a sua chefe, consegue que lhe alterem o *tour* do dia seguinte, fica com uma rota só para a parte da tarde, por isso, vai ter a manhã livre. Agora é ela que parece um barco no alto mar. Blamy aceita e compromete-se a chegar cedo. Antes de saírem, o inglês repete o seu entusiasmo com a casa e respectiva cercania, as vistas gravadas no cantinho do eterno. Em sorrisos dois, ele e ela ensaiam dizer Joana com a mesma fonética. Difícil.

Joana, aflita com os seus afazeres, não deixou que a visita se prolongasse. Blamy Morgan alterou-lhe as certezas, uma conversa diferente do que ela pudesse esperar, um gentleman que, nem ela sabe, talvez fique também no seu cantinho *para sempre*. A jovem despede-se deles com simpatia, fica com números na cabeça. *Vamos com calma, nenhuma caminhada termina no primeiro passo*, um solilóquio, mais um, entre os muitos dos últimos dias. Há uma frase do britânico que não pára de rabear na sua inquietude; Morgan deixou-a intrigada quando lhe disse não querer só comprar a casa, quer oferecer-lhe a casa. *Como assim?* Blamy não adiantou mais nada, *See you tomorrow.*

Será que a noite vai ser diferente das anteriores? Precisa mesmo de dormir. Quantos comprimidos deve tomar? Um que acalme os números e a inquietação, outro que a faça esquecer a morte alheia, outro ainda que a tranquilize quanto ao futuro do seu menino, e outro, e outro, e outro – uma embalagem não chegaria!

Nova mensagem de Miguel, *Hoje ou nunca? Também quero falar contigo.* Os comprimidos não prescreverão pela validade. Hesita, olha as horas, o filho na perna dela, vai ser difícil soltar-se dele, pior ainda por que o pequeno também anda com os sonos trocados, sempre atento a tudo o que acontece. Temente ao ódio de Jaime Alenquer que ele não quer na sua genealogia. Joana explicou-lhe, com a conveniência necessária, quem eram e o que queriam os senhores que foram lá a casa, tranquilizou-o por não serem *capangas* do sul. Caíram os dois num sono profundo.

Manhã cedo, vozes pássaras já despertadas, este não será um dia de rotina, mais um, acorda e tem uma súbita vontade de contemplar o rio, vai ao terraço resgatar um olhar antigo, uma imagem nunca esquecida, o dia está bom, um peneireiro de primeiros voos olha-a, cri-cri-cri-olá-joana-cri-cri-cri, tem a sensação de uma beleza transcendente, uma paisagem semeada de âncoras que só ela vê, as suas âncoras.

Esta casa é para ti!, matuta nesta frase de Blamy sem conseguir entendê-la. O pássaro despertador abre as asas e retorna à sua cavidade na montanha alta. Joana volta para a cozinha, prepara o pequeno-almoço para os dois, sente-se agitada, trata de arranjar o filho para ir para a escola. Também ela se arranja por fora, tão desarranjada por dentro. Os ingleses devem estar a chegar, embora falte ainda algum tempo para a hora marcada. Partilha com o espelho as roupas e o aspecto que quer apresentar, tem vaidade e quer impressionar o visitante. Uma boa primeira impressão, blábláblá...blábláblá... mulheres!

O telefone toca. Miguel ultrapassa as mensagens, todas sem sucesso, e avança para uma conversa de viva-voz. Joana sente-se entalada entre duas paredes que, de repente, se aproximam. Miguel e Blamy, ambos urgentes. Atende a chamada do amigo, *Estás bem?,* perde-se nas palavras ditas e ouvidas, um afogueamento confuso no seu rosto, nos seus olhos – lágrimas e sorrisos. Ouve o barulho de um carro que estaciona à sua porta. *Logo já te adianto mais alguma informação,* diz-lhe o amigo com a promessa de voltarem ao assunto.

Blamy Morgan vem sozinho, explica-lhe quem são os outros dois, que, entretanto, optaram por visitar o outro lado do rio, aldeias recuperadas e lagares sempre iguais. Joana percebe que o táxi é outro e o motorista não é o mesmo. Saberá mais adiante que o José do Castedo tudo fez, em excesso, e fez mal, para saber os propósitos do inglês e os contornos do negócio. Blamy Morgan, discreto como sempre, terminou-lhe o ciclo de acompanhamentos. Ele e Joana, tudo o que acontecer será só entre os dois. Joana cerra fileiras nos cuidados a ter com o homem que ainda não conhece. Jovem. Bonito. Sem aromas de spray. A casa tem espaços perigosos, como o quarto dela, por exemplo. Blamy

Morgan está entusiasmado com aquele achado na região do Douro. Uma casa com terreno, com espaço para ser redimensionado, com características únicas, como o facto de ser toda em pedra e ter uma localização fantástica. Será ele o peneireiro?

A conversa flui com sorrisos, o inglês quebra o habitual pragmatismo, abordam as histórias e as almas que ali moraram, Joana solta-se nos cuidados e, passados alguns minutos, os dois já se sentem como velhos conhecidos. Velhos? Talvez irmanados pelo mesmo estado de almas. Joana olha-o num ângulo mais aberto. Vê nele um homem encantador, imagem de capa, de trato muito educado, cauteloso nas propostas, sempre evidenciando que o seu projecto não fará sentido sem a presença e a participação dela. A proposta cai como uma cascata na sua cabeça; parece-lhe um excesso bom, como nunca soube de outro igual com outras propriedades vizinhas. Quem não tem sorte... será que, finalmente, a sua vida vai mudar? Os números continuam a mexer com ela. Com a presença e a participação dela!? Presença!? Coisas para o travesseiro.

Combinam novas formas de se contactarem, elaboram um esboço de agenda para os passos seguintes, fica a previsão de novo encontro em breve. Blamy, quase em fim de visita, fala-lhe das vindimas, e os olhos dela respondem mais rápido que as suas palavras, *Não tardam, são já em Setembro!* Blamy reformula a sua agenda, Setembro! *Estás quase de partida, não é?* Os ombros encolhem para disfarçar um não. Joana está encantada com o jovem. Um oásis no deserto. Ficou a explicação dos mares e dos rios, a negação dos céus e dos aviões, o encantamento pelas zonas vinhateiras. Joana gostou do que ouviu, e ficou a gostar dele. Quando partes? O jovem Morgan sorri. Pelas desditas também se chega aos afetos.

Mais ao fim da tarde, o sol a esconder-se nas montanhas a ocidente, Joana senta-se no terraço da sua casa, desfruta o futuro. Um pássaro azul sobrevoa o seu olhar. O telefone traz-lhe o passado de volta, é o amigo Miguel a ligar, conforme lhe prometera. A conversa decorre com mais calma, as novidades são boas. Miguel surpreende-a, *Não, ainda não casei.* Ela recorda a namorada que lhe conheceu, mas Miguel desvia a conversa, *Gostaste do João Maria de Deus?, Quem?, O escritor, aquele de quem já te falei. É meu amigo!,* Joana faz um curto silêncio, Miguel avança para outro assunto, *A questão do advogado já está tratada, ele liga-te.*

Miguel prepara-se para lhe mudar o futuro. Futuros. Ela já desistira de sonhar com eles.

Fernando Ventura Morgado

Dezesseis

Joana renasce naquele dia. Já germina nela a semente do seu futuro.

Dezessete

A governanta tem andado muito atarefada, quer fazer uma surpresa ao menino-patrão, Amy, carinhosamente, sabe que ele deve estar a chegar da viagem ao Douro, a sua terra, por inerência também ela duriense, não teve coragem de os acompanhar na viagem por mar até ao seu país, entrar pela foz de muitas histórias malditas, saber como fizeram os navegadores de negócios e de descobertas, ver do rio o bairro de Miragaia, antiga terra de pescadores, berço do autor, logo a seguir a Ribeira, outrora terra de escravatura, depois Gramido, onde se assinou a Convenção para acabar com a Guerra da Patoleia. A terra de Maria do Carmo, que seria o seu porto de desembarque. Não fez essa viagem, mas arrependeu-se depois.

Quando ele chegar, vai encontrar novas plantas no jardim de Avalon, a sua cama coberta com a colcha que ele mais gostava na juventude, e na parede um quadro com uma imagem da Estação Ferroviária do Pinhão. Cresce-lhe água na boca quando pensa na açorda de marisco que lhe servirá em pão grande, como uma sêmea, ela sabe que o jovem

Blamy nunca provou este manjar, *espero que ele não diga para eu me sentar à mesa com ele,* e o que ela mais quer é que ele lhe conte a viagem, talvez à mesa, se ele a convidar.

Senhores passageiros, estamos a descer, o dia está limpo…, John Major e Elaine, a sua esposa, aterram a meio da tarde no *Humberside Airport,* perto de Hull, sem ninguém à espera deles. Os filhos aterraram noutros aeroportos, um em Nairobi, investigador de doenças raras, e outro em Papete, capital da Polinésia Francesa, biologia marinha. O orgulho nos filhos mitiga um pouco a saudade. Imensa. John e Elaine mantêm o apego de sempre. O avião trouxe-os de uma viagem deslumbrante, corações a transbordar de felicidade, uma vontade comum de voltarem ao paraíso do Douro. Aterraram no dia que estava previsto para chegarem de barco.

Está um dia agradável, o céu manchado por flocos dispersos, corre uma brisa suave vinda do mar, as esplanadas bem preenchidas por turistas de toda a Europa, alguns em pele de leite, outros em pele de camarão, Blamy Morgan delicia-se com uma açorda de bacalhau, servida em pão, uma experiência nova para ele. Já ali tinha estado aquando do seu regresso da guerra, mais jovem e com outros companheiros mais extrovertidos do que ele. A Ribeira do Porto é mesmo um local emblemático da cidade, não sabe ele que a Ribeira era muito diferente quando ganhou essa etiqueta. Olha para a outra margem, *Calém, Taylor's, Ferreira, Burmester, Quinta do Noval* e mais umas quantas caves de Vinho do Porto, não vê a Niepoort, mas fixa o olhar na mais emblemática – *Sandeman.* Quer lá voltar, não agora, com outros propósitos para a sua estadia no Porto. Almoça por ali, numa varanda da Ribeira, o Muro dos Bacalhoeiros, as gaivotas importunam a sua quietude, não suficientemente para lhe estorvarem o prazer daquele momento. *Só eu*, diz ao empregado quando ele apronta a mesa, talvez um dia diga *para dois*.

Recebe uma mensagem no telemóvel, *You are walking to England?* Não, não foi a pé para Inglaterra, foi tão somente uma decisão espontânea de ficar por estas bandas mais alguns dias, fez a viagem de comboio deste o Pinhão até à Estação de São Bento, uma viagem emblemática, como lhe disseram as pessoas do Douro. Histórias de agora e de outrora. Um caminho que o deslumbrou. *Where are you?*, nova menção no seu telemóvel. Blamy já esperava que Joana Machorro tivesse esta reação.

Joana, após a partida dos ingleses, e já com *visões* nos seus pensamentos, volta ao trabalho, mostra algum entusiasmo quando fala das quintas, das casas senhoriais, das vindimas, das rogas antigas, do suor alugado, dos socalcos pintalgados por casas mais pequenas, como se já antevisse como vai ficar a sua casa depois de Blamy. Ficou espantada quando olhou o cais e viu o *CRUISER.DREAMS* ainda atracado no Pinhão, sem encontrar uma razão para esse facto, e não demorou muito tempo a enviar-lhe uma mensagem. A resposta demorou a chegar, e só chegou depois de ela insistir com outra pergunta, *Where are you?* Joana está confusa com esta alteração de Blamy Morgan.

Ele vai ficar no Porto por uns dias. O táxi deixa-o na Rua do Breiner, conforme ele indicou. Entra no *British Council Porto* com expectativas de conseguir algum apoio para as dúvidas que o preocupam; o negócio da casa, as alterações a produzir nela, o licenciamento para uma outra função do prédio, enfim, um sem-número de esclarecimentos necessários a esta sua aventura. Depois da visita, fica mais tranquilo, parece que o plano tem pernas para andar.

Joana prometeu empenhar-se em saber, por experiências locais, o que é preciso para se concretizar a alteração da sua casa, da sua vida.

Ela, de repente, é assombrada pelo estigma de nada lhe correr bem. E se a sua casa estiver presa a uma partilha de heranças? E se o tio tiver voto nas decisões? E se... Joana inquieta-se.

Antes ainda de telefonar a Joana, e para resolver outra situação delicada, Blamy ligou a Maria do Carmo, por respeito e por necessidade, ela será ainda mais importante a partir deste momento. A governanta não precisou de muitas palavras para mudar o tom de voz, desde então tonalizada de tristeza, lá se foram as surpresas que tinha preparadas. Só não entendeu muito bem, ou não quis, as últimas palavras do patrão, *Vais passar mais tempo no Douro!* Trocaram mais algumas palavras, a empregada mergulhada em interrogações, mas ele não adiantou mais nada ao que tinha dito. *Quando volta?*

Joana atendeu o telefone com alguma precipitação, não preparada para um volte-face no seu futuro com sonhos. Blamy começou a conversa com um riso, coisa rara nele, e logo adiantou, *Está tudo bem,* ao prejuízo do estado de espírito dela. Depois de a esclarecer sobre a alteração de rota, *Sim, ficarei pelo Porto mais uns dias...não, não irei a Hull, para já...depois digo-te, mas sei que do Porto eu vou para o Pinhão.* O jovem inglês avança com alguns esclarecimentos sobre a visita à cidade invicta, Joana diz-lhe que o seu vizinho, José Carlos Matos, se disponibilizou para os ajudar nas voltas a dar para pôr em andamento a empreitada. Boa notícia!

Por que não ficas para as vindimas? São já próximas e vais gostar! Se vai gostar!? É o que ele tanto quer. Joana tenta-o pelos entusiasmos que ele demonstrou. Mas é outra vindima que a faz sonhar.

Blamy quer passear junto ao rio e ao mar, quer ver com todos os sentidos, tem uma lista de locais a conhecer, insubmissa aos *packs para encher turistas*. Claro que tem duas ou três referências mais fortes que não quer deixar escapar; Serralves, Casa da Música, Casa de Sophia… *A menina do mar*, lembra-se deste livro que o pai lhe levou aquando da visita que fez à cidade onde agora ele passeia. Voltará a ler esta poetisa. Por agora, continua a caminhada pelas ruas do Porto, perde a conta às fotos já capturadas no seu telemóvel; o casario nos arcos de Miragaia, as pontes, o típico barco de travessia para a Afurada, os estaleiros da Rua do Ouro, fica sentado a ver uma regata de pequenos barcos à vela, talvez os mesmos que já tinha visto na marina da Afurada. Depois, sobe a Rua dos Olivais, contorna-a, e vai desembocar no Jardim do Passeio Alegre. Senta-se no paredão do Farol de Felgueiras. Demora por ali, para ver os barcos de pesca a passarem a barra, na esperança de boas pescarias. Cansado, mas feliz.

Blamy pernoita na cidade, reserva feita no Hotel Boa Vista, junto ao castelo da Foz. Senta-se numa tasquinha junto ao rio, peixe grelhado com legumes salteados. Bom jantar. A noite sem cortina de nuvens, o mar prateado pela lua cheia, algumas gaivotas ainda vadias, deixa-se estar na varanda do seu quarto, saboreia a tranquilidade e a paz daquele momento. São também as gaivotas madrugadoras que antecipam a hora do seu despertar. Volta à varanda. Um quarto para dois, pensa ele quando abandona o aposento.

Miguel telefona a Joana para lhe dar mais informações sobre o advogado que a irá acompanhar nos trâmites judiciais inerentes ao processo do seu filho, o conflito dela com o Jaime Alenquer, o avô covarde, *sacripanta de merda!* Só quer a justiça de nome de família para o pequeno até aí Mário Machorro, quer a inscrição nos direitos testamentários creditados ao filho comum com Pedro Alenquer e assume a luta pela sua dignidade contra a prepotência do senhor que sabe *como deve tratar dela.* Cabrão!

João Castro, um amigo de um amigo de Miguel, um jovem advogado em princípio de carreira, a trabalhar na cidade de Peso da Régua, sente que este caso pode dar-lhe alguma notoriedade, quase deseja que venha a ser um pleito duro para se empenhar nessa luta, para vencer! Por isso, João Castro ofereceu-se para advogar *pro bono* este conflito. Joana fica um pouco constrangida, mas pensa na hipótese de o compensar se a batalha for vencida com um bom número financeiro. João Castro está satisfeito pela aceitação dela. Agradado com a oportunidade e com a confiança. Joana agradada com a simpatia e a beleza do causídico. Coisa de olhos com bom gosto.

Miguel mete na conversa os afetos da amiga, também os afetos dele, continua em incumprimento de promessas com as namoradas a quem jurou amor para sempre. Parece um disco arranhado pela lesão que Joana lhe deixou ao negar-lhe uma vida ao seu lado, um marido e um pai a cem por cento. Joana não quis prender-se a essa bondade, quase misericórdia, assim pensou, e seguiu a sua vida sem ele, mas a amizade não esmoreceu. Joana não lhe conta de Blamy Morgan.

O jovem inglês volta ao Pinhão, previne-se para mais uns dias no *CRUISE.DREAMS*, obtém uma autorização excepcional para que o seu barco possa continuar ali atracado. Tem compromissos que o chamam a Hull, a sua cidade. Mesmo assim, não quer partir sem deixar mais esclarecida a alteração de vida a que se propõe, mas ainda não tem toda a informação para confirmar a proposta que fez a Joana, nem esta lhe confirmou aceitação, também dependente de alguns ajustes que lhe requereu. Entretanto, a jovem duriense recebe do tribunal a confirmação de não haver qualquer elo testamentário por parte do seu tio que possa impedir a decisão dela.

Contacta Joana a desafiá-la para jantar com ele no barco, sem qualquer outra intenção que não seja falarem mais sobre a proposta e o negócio. *No barco!?, porquê no barco?* A jovem sente-se no meio de um furacão, sem força mental para tanto rebuliço, sem clarividência para decisões, sem certezas ou verdades quanto ao seu futuro. Até o presente é incerto. A proposta de Blamy Morgan é muito interessante, mas não sabe se ele quer, também, juntar uma noite interessante ao saco dos seus problemas. Nega o que também quer. O jovem pareceu-lhe sincero e correcto em todos os contactos anteriores, nunca deixou entender qualquer interesse para além do negócio, embora lhe tenha dito que só avançará se ela se juntar ao desafio dele, num plano que inclui boas relações. *Se ela se juntar!?*

É este nó que não consegue desatar nas suas cogitações; como é possível alguém querer comprar a sua casa por um valor muito bom, sabendo que vai acarretar com mais despesa para a recuperação do edifício? Um investimento forte. Como acreditar que lhe será atribuído um rendimento mensal? Alguma coisa não bate certo. É este nó que desaperta quando fala com Blamy, mas que aperta quando cogita com o seu travesseiro.

Não posso, não aceita o convite para jantar... porque o filho... porque o trabalho... porque a cautela nunca é de mais. Blamy nasceu dez anos antes dela, tem uma aparência elegante, é bonito, com uma retórica cuidada, e nunca lhe falou de amores, nem ela lhe disse dos seus. Palavras guardadas. Blamy fecha a sua timidez com a reserva dos sentimentos, tem medo de amar! Ela também. Como a julgaria ele se soubesse da história do seu filho sem pai?

Nos dias seguintes, e sem lhe dizer, alojou-se na *Casa de Casal de Loivos* por duas noites. Uma casa acolhedora, perfeita para um turismo romântico. Sentiu a tentação de ver como funciona aquele luxo só acessível a gente rica. Manteve-se discreto, sem referências ao sonho de ter uma casa como aquela, sem a ilusão de poder ser igual. O seu projecto é diferente.

Vou andar por aí, uma mensagem curta no telemóvel da Joana. A jovem reage de imediato, telefona-lhe, tem novidades para lhe dar, encobre as novidades que também quer ouvir. As dúvidas. Conversam com muita cordialidade, ele reafirma o seu interesse em avançar com a ideia que tem. Fica encantado quando Joana lhe diz que o seu vizinho, José Carlos Matos, está disponível para ajudar no que for preciso. Ele vem de uma experiência recente com a compra e recuperação da casa e deixou entender que está bem informado sobre estes negócios. Uma flor num jardim de *ses*. Blamy também já não estás tão às escuras como nos primeiros dias e, principalmente, mostra um entusiasmo redobrado. *Posso marcar com ele para hoje à noite?*, diz-lhe ela. *Não, esta noite não!*

Blamy está de partida para Vila Real, tem marcação para dois eventos culturais na *Casa de Mateus*: um concerto de flauta e piano, interpretado por dois músicos de quem não lembra os nomes; aproveitará para visitar, também nesse palácio, uma exposição de tapeçarias de Nadir Afonso

– procurou na internet informações sobre este artista plástico e ficou muito curioso para ver esta mostra das suas obras.

Joana entende o seu impedimento, sente vontade de lhe dizer que quer ir com ele, *E amanhã, tens disponibilidade?*, é surpreendida pela resposta dele, *Sim, pode ser, mas só se nos encontrarmos os dois antes da conversa com o teu vizinho.* Joana concorda e agendam um encontro para o fim da tarde, lá em casa.

Quando chega a casa de Joana, Blamy repara no asseio do espaço, há um incenso floral a perfumar o ambiente, e ela está diferente; o sorriso, o cabelo e alguma frescura nas peças que veste – uma jovem madura, mulher rejuvenescida. Blamy quebra o pragmatismo, descuida a timidez, junta um sorriso ao seu semblante habitual, *you are so beautiful...*, Joana Machorro acrescenta calor à ligeira maquilhagem do seu rosto. Talvez para lhe cortar o *espaço*, Joana diz que falta pouco para a hora do jantar em casa dos vizinhos. O pequeno Mário já lá está, na brincadeira com o seu amiguinho. Blamy não os conhece. Parece não ter entendido o que ela lhe disse, sabendo que é ainda cedo para a hora habitual de jantar.

Enquanto falam, *chegamos a acordo?* Joana e Blamy percorrem a casa mais demoradamente, as divisões do rés-do-chão, o enquadramento das escadas que levam ao primeiro andar, e aí repara que cada quarto é maior do que ele julgava, cada um com tamanho suficiente para incorporar um espaço sanitário próprio. Há, no entanto, uma característica que ele tentará alterar; quer todos os quartos virados para o rio. Joana diz-lhe que isso é impossível e ele, com um sorriso, pergunta-lhe se ela é arquitecta. Sorriem. *Talvez fique para as vindimas.* O rosto duriense enche-se de mosto, rubro como touriga, quente como um tinto chambreado. *Aceitas?* Blamy espera uma reação, e ela espera condições para falar. Sem palavras.

O inglês aproveita o tempo que falta para chegarem a casa de Clotilde e conta-lhe, com grande ênfase, a ida à *Casa de Mateus*, diz-lhe que essa visita alterou substancialmente a sua ideia para aquele empreendimento, a *Casa do Criador*, nome que quer dar àquela residência, ou seja, uma unidade muito diferente da Casa de Casal de Loivos, um solar antigo e cuja história se confunde com a aldeia, onde pernoitou as duas últimas noites. Ela fica em silêncio, incrédula, olha para ele à espera de mais palavras, quer entender a estadia dele na casa senhorial da aldeia, sem lhe dar a perceber, não que ele seja obrigado, mas porque o barco é excelente e está perto. Conforma-se com a explicação dele, e interroga-o sobre o que será a residência artística de que ele fala.

Joana nunca lhe falou do terreno que tem junto à *Fonte Santa*, uma gricha de pouca ou nenhuma água, um terreno no contorno da aldeia.

O jantar foi excelente, alheira grelhada e presunto fatiado, como entrada, vinho do Douro, posta à mirandesa, suculenta, com esparregado de grelos, depois uma excelente mousse de castanhas que surpreendeu Blamy. Para terminar, café acompanhado por cristas de galo, um doce conventual típico da região, e…um Porto Velho aberto para aquela ocasião. Blamy dispensou o café, já o rosto dele mostrava as consequências da sua satisfação.

Da cordialidade passaram às conversas menos formais, José Carlos expansivo em ajudas, Blamy cordial nos assentimentos, Joana sem largar o pêndulo da balança e Clô feliz pelos elogios ao repasto. Os pequenos mergulhados nos seus écrans. Num qualquer passo do bom vinho, Blamy tropeça, olha para Joana com um sorriso novo, *Fechamos o negócio ou começamos o compromisso?* Silêncio. Copos elevados, *à saúde de todos!*

Fernando Ventura Morgado

Dezoito

Blamy parece cada vez mais adaptado ao Douro, o clima, a paisagem, a gastronomia, os vinhos, a simpatia e o carinho de todos. Também a relação com Joana Machorro progride positivamente, sem nunca tomar qualquer decisão que não tenha em conta a opinião dela. Há duas Joanas nele; a pessoa com quem negoceia e a pessoa com quem simpatiza. A palavra infinita ainda embrulhada pelo medo. *Uma relação forte é fraca em liberdade,* um chavão muito repetido na voz de um seu ex-professor de filosofia.

Alonga a sua permanência em Portugal muito para além do que previra com os seus amigos, John Major e esposa. O casal relatou-lhe a reação e a surpresa da empregada pela sua permanência em Portugal. Blamy tem falado ao telefone com ela, sente-lhe alguma tristeza pela sua delonga, vai dizendo à governanta que a vida dela vai mudar, sem especificar a sua ideia de mudança, o que a deixa ainda mais perplexa. E ela repete mil vezes, em conversa com ela própria, *Vai mudar?, vai mudar!?...*

Pelo contexto de anteriores viagens dele, não muitas, é certo, Mary pensou que esta era mais uma viagem por terras vinhateiras, lá e cá em duas semanas, mas desta vez ele quebrou essa rotina, se é que assim pode chamar às aventuras do patrão. A governanta cogita alguns pressentimentos; a demora dele *traz água no bico*, como se diz na terra dela. Um jovem sempre muito confinado à sua casa, um solitário guardião de costumes e de valores, um solteirão que parece aceitar isso para sempre, enfim, uma criatura conformada ao seu armário - um homem em mudança? *Espero que não ande tresmalhado, ajudai-o Deus!*

John Major apareceu lá por casa e pôs-se à conversa com ela, também ele do lado do palpite da Maria do Carmo. Não falou de nada em concreto, apenas abordou a nova amizade de Blamy com uma portuguesa muito bonita, *glamorous*, também ele fascinado, mas ficou por aí o que lhe disse, sem abrir a incerteza do que ele pretende fazer no Douro. Promessa de segredo. Acrescentam a última informação, *Blamy só voltará para finais de Setembro, vai ficar para as vindimas!* A criada sente-se atraiçoada, por que não lhe disse isso? John Major e a mulher estão encantados com Joana, mencionam a jovem várias vezes, embora refiram que ela lhes pareceu uma criatura triste. Maria, até aí imprescindível para Blamy, pressente uma alteração do seu estatuto, bom ou mau logo se verá. Maria roça os de cima com os de baixo, os dentes a esmagarem a fúria.

Antes de regressar a Hull, Blamy pede uma audiência ao responsável pelo turismo da Câmara de Alijó, é recebido com muita simpatia. Ultrapassados os formalismos, a jovem senhora apercebe-se da importância e interesse do que ele se propõe fazer. Um projecto fantástico e inovador para aquele concelho. A doutora nunca foi a Casal de Loivos, mas inscreve curiosidade cedo. Uma terra então virada para os turismos; de habitação, rural, vinhateiro, e outras classificações conjunturais. Até se fala por aí em turismo religioso, turismo cemiterial, turismo hebraico, eu sei lá. O jovem inglês pronuncia *turismo artístico*, e a doutora responde em espontâneo sorriso. Guardará algumas folhas em branco para escrever as suas previsões. Casal de Loivos, quem diria! Há várias formas de aumentar o tamanho de uma terra, dar-lhe mais mapa, trazer até à aldeia gente diferente. Blamy sai da reunião com a promessa convincente de colaboração e empenhamento por parte da autarquia no processamento do *futuro feliz* para Casal de Loivos. O inglês pede-lhe rigoroso sigilo. A doutora da Câmara menciona-se para a inauguração do empreendimento. Não faltará pálio à cerimónia. Sorriem.

O inglês está de partida do Pinhão, rumo a casa, Kingdon Upon Hull, que menciona sempre com orgulho. Uma viagem solitária, a primeira dele. Ou talvez não; leva sonhos a acompanhá-lo - o corpo e a alma. Lembra-se dos barcos de pesca a saírem da barra do Douro. Nem sempre calma. Um arrepio agita os seus nervos. Mesmo assim, sente-se capaz e com vontade de vencer essa responsabilidade. Não será mais dura do que a azafama dos vindimadores, gente a quem a necessidade tira o medo e o orgulho vem depois da azáfama. Não será mais perigosa do que as marés que afundam traineiras e desgraçam as famílias vareiras. *Oh my god, help me.*

No barco, tudo está preparado para a viagem. Dentro de dias, poucos, já estará na *sua* marina, no estuário comum a dois cursos de água, o *Rio Hull* e o *Rio Humber*. O *CRUISER.DREAMS* navegará sem paragens, assim não surjam percalços imprevistos. O mar. As tempestades. Leva urgências com ele. Voltar a Portugal é uma delas. Joana.

Um dia toldado por um afogamento no Rio Douro, sem resgate atempado, até o bombeiro salvador foi em estado crítico para o hospital. O falatório inscreveu males de amor, delinquências, ajustes de contas, eu sei lá, o desconhecimento é bom pano para tecer intrigas. O barco desancorava.

No dia anterior à partida, Blamy integrou um grupo de turistas ciceronizado por Joana, ainda que ele já tenha palmilhado quase todos os lugares de interesse naquela zona, mesmo na outra margem do rio, viagens curtas até São João da Pesqueira, Provesende, Armamar, São Martinho de Anta e Sabrosa. Terras encantadoras.

A vontade de a ouvir neste desempenho foi determinante. Gostou de a ver naquelas funções, o entusiasmo na retórica e o orgulho na sua terra, espantoso!, como se em cada dia fosse o primeiro do seu trabalho. No fim da jornada, os dois jantaram no Pinhão, fora do barco. Uma conversa de acertos e pormenores. Ele olha uma tela de Leonardo Biscaya, Joana interfere, *Gostaste?* Blamy acaricia a mão dela. Inquietação, inquietação, inquietação. *Quando voltas?* As obras de recuperação e alteração têm início previsto para breve. Joana Machorro não cabe no seu próprio entusiasmo, manifesta-lhe, mais uma vez, a admiração que tem por ele. Blamy voltará em breve. Compromisso.

Quem diria, num passado recente, que dele jorraria tanto entusiasmo, tanta vontade de não estar em casa, até tamanha excitação por alguém, uma mulher, ancoragem das suas mais profundas inibições. A excepção era Clare, mas, mesmo assim, sem *click* ou sabor.

Nos dias passados, tentou tratar de tudo o que era importante e não adiável, incluindo o aluguer de uma outra

172

casa para onde Joana e o filho se mudarão durante a empreitada. Melhor era impossível. Despedem-se com um beijo na face, ambos ruborizados. Desejos castrados. Joana fica em aflição, a juventude e a falta de preparação dele não a acalmam. Os sins reprimidos. Os ses não continuados.

A barra entre o Rio Douro e o Oceano Atlântico já ficou para trás, uma barra difícil, o mar está ligeiramente encrespado, algum nevoeiro, o iate de luxo segue rumo a Inglaterra, mais de mil milhas náuticas pela frente. Blamy abre o seu *notebook* para acrescentar memória ao seu diário, tantas são as histórias e apontamentos que teve de continuar num *book* novo, numerados são acima de duas dezenas. Não falta o apontamento de ter adiado a compra de vinho do Douro para outra ocasião. Após umas largas páginas preenchidas, Blamy tem a sensação de ser *Joana* a palavra mais vezes escrita; não é verdade, mas ele junta as vezes em que a escreveu às vezes em que pensou nela. E mesmo quando escreve vinho, vindima, mosto, sabor, calor, beleza é o nome dela que está subentendido.

De entre todas, releva uma história especial. Outras relevantes não as transfere do pensamento para o papel, são histórias não acabadas. A poeira dos seus passos nos socalcos, a cor das suas pernas depois da lagarada. O encontro com a raposa na Quinta do Jalloto. Mesmo assim, realça o momento em que Joana lhe falou de um terreno junto à Capela da Nossa Senhora da Fonte Santa, logo a seguir ao Miradouro. Ela insistiu em juntar aquela parcela ao negócio, sem alterar o acordo já feito. Blamy mandou avaliar o terreno e converteu o seu valor em capital dela na sociedade que teriam de constituir. Um assunto em andamento. Como reagirá a autarquia a uma construção num terreno sem infraestruras rodoviárias e sem saneamento. Uma boa ideia vence todos os obstáculos. Assim prometeu a doutora da Câmara Municipal.

Um terreno soberbo, um prédio, como dizem os naturais da aldeia, com umas vistas deslumbrantes, o rio a unir os olhares, e uma característica fundamental; é possível construir edifício nele. Galgaram o tempo para conseguirem juntar o *Fonte Santa* ao projecto de construção já em marcha. Bom trabalho de todos, sendo o empenhamento do arquitecto fundamental para este crescimento. E a doutora do município. Desta forma, vai ser possível aumentar a oferta de alojamento aos hóspedes especiais que ele quer atrair. Hóspedes com História. E portefólio.

Blamy surfa as ondas do computador, consulta oásis iguais ao que quer fazer em Casal de Loivos, vê ofertas fantásticas, mas incomuns no terreno, na geografia e no conceito. Pesquisa, navega por outros caminhos, construções inclusivas nos espaços e nas culturas dos países e regiões em que estão inseridos. É nesse momento de procura que encontra um nome importante para a *Casa do Criador* – a arquitecta japonesa Chie Izumi.

Envia, por correio electrónico, um pedido de suspensão de projecto ao arquitecto português com quem combinou a obra, *Peço desculpa, mas quero que aceite uma partilha.* Pouco antes da saída para Inglaterra, Joana surpreendeu-o com uma conversa sobre geologia, na necessidade deste estudo para o terreno da fonte mais afastada da Rua da Calçada. Geóloga!?, os olhos suspensos pela surpresa, *Eu faço esse trabalho*, disse-lhe a sua parceira. Corpo de crostas perfeitas.

A monotonia do mar. Como nuvem que o abençoa, começa a chover com alguma intensidade, e Blamy recolhe-se na coberta do barco, mas, mesmo assim, a embarcação passa, em relativa calmaria, o Golfo da Biscaia, navega no Canal da Mancha, pouco falta para voltar a bombordo e tomar o rumo do Rio Hull, onde ancorará o seu *barquinho de banheira*, que é como quem diz, o seu brinquedo de luxo. Recebe uma chamada de John Major, preocupado com a viagem solitária de Blamy, este tranquiliza-o com o relato que faz. John enfatiza, *Não te quero assustar, mas por aqui faz muito mau tempo...* A tempestade leva-a ele na cabeça. Volta ao seu *notebook*, revê o que escreveu sobre a amiga Clare; por momentos, volta a tristeza dela e a indignação dele. Espera que a chuva se contenha.

De repente, o mar agita-se, ondas bravas, o vento açoita o barco, de sotavento, e Blamy procura um porto de abrigo ali perto para se refugiar durante a tempestade. Não é um fenómeno novo para ele, principalmente naquele mar onde, uns anos antes, executou manobras de treino com a *Royal Navy*. Amarra o barco em Plymouth, o porto de onde partiu para as Ilhas Malvinas, para o conflito no sul da Argentina. Para uma tempestade alheia. Recupera algumas memórias de guerra, boas e más, por agora o que quer é descansar na pequena cidade até poder voltar ao mar e a casa.

Visita as instalações da Marinha Britânica, tempo curto, só para pontuar o seu caderno. Dizem-lhe que só poderá voltar ao mar no dia seguinte. Tem vontade de chegar a casa, ter a prestabilidade da Maria do Carmo, voltar ao quarto de viagens, ou sala dos mapas, ficar sem horas no alpendre das traseiras, sentir a energia da mãe no jardim de Avalon, para além da energia que julga receber dela através da pedra suspensa num colar que nunca tira, uma pedra que lhe foi dada pela progenitora.

Já passaram vinte e quatro horas desde que atracou em Plymouth, o tempo, ar e mar, parece melhor, prepara o barco para zarpar. Quase pronto a embarcar, ouve gritarem o seu nome, um ex-companheiro de guerra, o homem solitário que tocava violino na orquestra das marés. Trocaram contactos e promessas de os fazerem. Como sempre acontece nos grandes momentos, beija a *sarsen stone* e olha o céu, para uma *visão* que julga protegê-lo. Em verdade, a viagem solitária mete-lhe respeito e deixa-o ligeiramente ansioso, com pressa para ter os pés em terra. Está sem rede para comunicar, falta-lhe a voz de Joana. E as ondas das serras durienses. Não tem a certeza de esta relação poder ser mais que um bom negócio e uma boa amizade.

O Inverno está perto, faz frio no Douro e em Yorkshire, Blamy recolhe-se em casa, com poucas saídas para ir à marina ou ao *club*, normalmente a convite de John Major, um entusiasta do bridge e do poker. Por vezes, não acompanha o amigo no jogo, prefere juntar-se a um grupo de boas conversas, gente com memória. Sempre convidado em memória do pai. Abre uma ou outra excepção para uma compra mais pessoal ou um apetite repentino de almoçar na cidade. Visita a biblioteca local, procura histórias de viagens, crónicas de gente das artes plásticas, e paraísos culturais espalhados pelo mundo. Tem falado com Joana sobre as obras de remodelação e sobre...ela. Sobre eles! Sente vontade de a convidar a visitar a sua cidade, e lembra-se de Joana lhe falar do medo que tem em viajar de barco, pequenas ou longas distâncias, para além dos *tours* no Douro que incluem trajectos fluviais entre Barca D'Alva e a cidade do Porto. Agora sem o pesadelo dos cachões ou das correntes furiosas, dos rochedos e dos declives fantasmagóricos.

Cuidados a ter numa viagem de barco em situação de tempestade, Blamy inscreve-se neste *workshop* a realizar na Marina de Hull. Provoca John Major a participar também, mas este e a mulher estão de partida para a Polinésia a convite do filho. Por lá ficarão durante três semanas. No evento, Blamy conhece um outro navegador solitário, um investigador apaixonado pela preservação dos oceanos, com viagens agendadas por essa causa. Embora o *workshop* seja intenso e com muito interesse, sobram tempos para conversas e aproveitam para partilhar experiências. Um ativista pela Natureza. Blamy consegue mais um visitante para o seu empreendimento no Douro. O investigador é um melomaníaco praticante e, pasme-se, com uma enorme curiosidade em conhecer o Rio Douro.

Telefona a um amigo e companheiro da guerra nos mares do Sul, um homem também sem qualquer sintonia com a beligerância, recorda-o nas horas de folga a pintar a paisagem, dizia que era a melhor forma de abstração que conhecia, e hoje Blamy compreende melhor o *hobby* dele. Enquanto o capitão-tenente Morgan captava imagens com a sua máquina fotográfica, o amigo transferia o que via para a tela. Pareceu-lhe um pintor com talento.

Na conversa, o pintor fala-lhe da sua evolução artística, exposições por todo o mundo e obras suas presentes em coleções particulares e em alguns museus em Inglaterra. Marcam um encontro para o dia seguinte no atelier do pintor, Henry Evans, HE, como assina as suas obras. Este, ouvindo o amigo Blamy falar da cidade do Porto, pergunta-lhe se conhece a *Casa de Serralves*. Blamy, estupefacto, confirma esse conhecimento e a conversa ganha mais corpo.

Henry mostra um quadro que começou a pintar em pleno mar alto, no berço da guerra, o amigo Morgan questiona-o sobre duas manchas negras, pequenas, na proa do navio, Henry encolhe os ombros sem palavras, duas manchas negras. Mais tarde, Blamy saberá a resposta.

Houve um momento da cavaqueira que entusiasmou substancialmente Blamy Morgan, quando o amigo lhe falou de refúgios artísticos, onde se esconde quando um quadro lhe requer mais introspeção e meditação. A inspiração dá muito trabalho, diz o pintor. Thomas Edison dizia que as grandes obras têm um por cento de inspiração e noventa e nove por cento de transpiração. Textualmente. Blamy não lhe disse, mas soletrou para si mesmo, *that's right*, ou seja, Henry é a pessoa certa no momento certo. Já no espaço de trabalho do amigo, e fascinado com o que vê, revela a Henry o que está a construir na zona vinhateira do Douro, em Portugal. Henry expande os olhos para melhor expressar a sua curiosidade. Essa revelação é o ponto de partida para uma dissertação mais longa, continuada no dia seguinte, com entusiasmo de ambos. Uma conversa que continuará.

Envia uma mensagem curta a Joana, *Queres conhecer a minha cidade?* A resposta não é imediata, olha o relógio e reflete não ter sido a melhor hora para o fazer, enfim, logo verá o que ela diz, ou não. Têm falado ao telefone, com regularidade, sobre a casa, as casas – a da Rua da Calçada e a da Fonte Santa -, todo o processo é conduzido por ele, sabe de alguns contratempos com a obra; as surpresas com o terreno, a captação de água para abastecimento, pequenos arroios não eram suficientes, alguns materiais mais difíceis de encontrar, mas Blamy diz-lhe dever ter paciência para que o conceito da *Casa do Criador* não se adultere. Ambos com saudade. Ela, porque gostava que ele estivesse mais presente, ele, porque queria acompanhar mais a obra e estar mais tempo com a amiga. Prende, entre os dedos, a pedra suspensa no seu pescoço, sabe que não está sozinho.

Joana fica sem norte, o peito cheio de luar, os olhos à procura de aviões no céu escuro, mas limpo, lê a mensagem e sente o impulso de uma resposta rápida, mas continua cautelosa com ele. Blamy parece-lhe uma pessoa muito reservada, guardador de sentimentos que não revela, que não pronuncia, e é difícil perceber-lhe a alma. Blamy é excessivamente cavalheiro, não arrisca atrevimentos. Nele, até as emoções podem ser descuidos. Ela também pensa testar a sua reação se ele lhe propuser inquietação. O jovem marinheiro é capaz de aguentar uma tempestade, mas não tem coragem para fazer um convite directo a Joana pela própria voz, quando se falam ao telefone. Em questões mais subjectivas, pensa no que ela pode imaginar, e retrai-se. A liberdade castrada pelas leis da consciência. Blamy tem medo de amar.

A resposta de Joana não chegou, o jovem tem dificuldade em adormecer, dá voltas na cama sempre a pensar nela e... em Clare. Relê a carta que Clare lhe enviou e que ele, depois de a ler, despachou pela sanita. Tem evitado pensar no desaforo que ela lhe fez, mencionando no texto as dúvidas existenciais que a atormentam, *Será que não sou bonita?*, ou ainda, *Será que não te desperto interesse?*, mas a que mais o profanou e ainda o perturba é, *Será que o teu género sexual não me inclui?* Quando descarregou o autoclismo para fazer desaparecer todos os fragmentos da carta foi como se sete palmos de terra caíssem sobre Clare.

Entretanto, apareceu Joana Machorro. Mais do que a descoberta do Douro, numa perspectiva nunca prevista, mais do que a excitação com o empreendimento, Blamy sentiu que Joana podia ser a pessoa certa para o resgatar destas perturbações mentais. Só não sabia, nem sabe, dos pesadelos que assombram a vida da jovem amiga, também ela atormentada com falhanços amorosos e sexuais. Joana tem medo.

Também Joana tem Miguel no seu caminho, mas ele sabe que representa o passado dela, e isso é, só por si, uma porta fechada à sua libertação. Joana pressente que Blamy pode ser a pessoa que não a conhece, que não faz julgamentos e comparações, o homem certo para *re.começar*. Gosta dele. Joana tem medo de amar.

Queres que eu vá, ou desejas que eu vá?, a mensagem aparece no telemóvel de Blamy.

Dezenove

Em que sorte vieste que eu não te esperava? Nas entrelinhas das linhas negras da minha vida não habitam raios vadios de um Sol que me abandonou, e tu abriste, com o barulho grosso das dobradiças enferrujadas, a porta vedada aos sonhos. Os meus olhos cerraram a tanta claridade, sem eu saber se era primavera pujante ou sol de inverno a enganar o frio do meu coração. Em que raio vieste, mensageiro da luz?

Alho porro com três folhas, arre bruxa, não me tolhas.

Joana fecha o seu caderno, um livreto onde escreve coisas avulso, é esta a palavra gravada na capa – coisas. Telefona ao arquitecto Eusébio Quebradinha, um luso-brasileiro seguidor da escola de arquitectura do Porto, enfatizada por Pritzker's e outros galões, e combina com ele um encontro para o dia seguinte, já com a presença da vedeta japonesa. A artista vem sozinha para, conforme o que lhe pediu Blamy Morgan, analisar tudo o que é importante em via de projecto.

Um cabelo liso e negro a emoldurar um rosto redondo onde sobressaem uns olhos pequenos, mas de grande beleza. A nipónica tem um poder encantatório admirável e não esconde o seu próprio encantamento com a região vinhateira. Expõe a decisão de não avançar com qualquer alteração ou opinião sem conhecer a área geográfica em propósito. Joana gosta da atitude, ela tão vaidosa da sua terra. Partem os três para uma jornada de contemplação. Eusébio Quebradinha sente alguma frustração por não ter feito este trabalho de campo antes de ela aparecer.

Saltitantes de miradouro em miradouro, para além dos nomeados em cartas turísticas, curiosos com o património ancestral de Alijó, a perspicácia da japonesa é formidável. Tudo a fascina. Risca a lápis a paisagem, esquissos emergentes na sua imaginação, nasceres e morreres do sol e das tradições. *Como posso intervir sem perceber os valores mais icónicos da região, a cultura guardada nas memórias ainda sobreviventes?* A relação entre os dois técnicos torna-se fácil e empática, *Somos três*, disse a geóloga, acrescentando a sua participação nas prospeções e trâmites documentais inerentes. Colhe a surpresa dos dois. E facilita-os. A nipónica fica no Douro mais tempo do que o combinado com Blamy Morgan. Por conta dela. Com mapa e GPS. Sozinha. Em alguns refúgios do Douro, ela sente-se como se estivesse num jardim zen do seu país em meditação. Acrescentou este prodígio ao espírito da Casa do Criador. Sem divulgação.

Blamy telefona, mais uma vez, com urgência para saber o parecer de Chie Izumi. Mesmo à distância, confiante na cumplicidade de Joana, que lhe parece tão entusiasmada quanto ele, não descura qualquer pormenor nem descuida o andamento do sonho que acalenta. A japonesa tem a experiência certa, concebeu e desenhou um refúgio perto do desfiladeiro do rio Kiyotsu, um *arts nest*, um ninho incubador de ideias artísticas. E artistas. Joana relata-lhe, em explosão de pormenores, a dimensão das curiosidades da arquitecta. Pelo valor que cobra…, desabafa ele. Blamy Morgan contou com a ajuda do seu amigo Henry Evans na biografia desta arquitecta.

Joana abranda a sua actividade de guia turística, muito reticenciada nos últimos dias, combina com a directora trabalhar a meio tempo, ou só com grupos específicos, por forma a estar mais presente no empreendimento em curso. Manuela Videira sabe da nova vida de Joana, não se admira com esta alteração de disponibilidade, e aceita a parcialidade da sua actividade, já persentindo que a perderá em pouco tardar. *Felicidades, Joana.*

As obras seguem a bom ritmo, mesmo que na aldeia algumas pessoas barafustem pela excessiva presença de máquinas e outros equipamentos necessários para a construção. Principalmente o barulho, com explosões e perfuradoras hidráulicas, que são o que incomoda mais. Joana vai resolvendo com sorrisos e promessas de orgulho para a aldeia. Merece a simpatia de todos.

De volta ao seu *diário*, a jovem reencontra o momento com dona Isaura, a Isaurinha de Paredes de Coura, *Quero mostrar-lhe o meu filho*, e veio-lhe ao pensamento o assunto por resolver com a família Alenquer, de Azeitão, os supostos pai e avô do seu menino. Confia no advogado, que lhe dará notícias assim que as tiver. Recorda a beleza dele, a sensibilidade dos seus gestos e palavras, jovem como ela. Sabe que é tarefa para demorar. Nunca falou deste assunto com Blamy, nem tinha de o fazer, nem ele se interessou alguma vez por saber se ela tinha namorado ou outro alguém que fosse pai do rapaz. Gosta dele. Teme essa questão.

Escreve no caderno, *Quem és tu?*, desinquieta algumas palavras e continua a escrever; *Caminho na Lua e o corpo na Terra, sou um acaso falhado da utopia sem leme, o Sol que me queima queimou-me por dentro, as águas de longe trouxeram-te à minha terra, quem és tu?, a brisa que sopra refresca-me por dentro, serás boa-nova ou cabo dos tormentos?, caminho na Lua, espero-te, quero que sejas mais que um momento. Estou aqui.* O ecrã do telemóvel interrompe a escrita. Uma mensagem.

Blamy faz horas para se deslocar até ao aeroporto, ele que nunca ali foi por via da sua fobia com aviões, mas desta vez tem mesmo de ser ele a receber quem vem naquele voo. O *old Wolsley* está estacionado à porta do restaurante, não tem dado muito uso ao seu automóvel. Sempre que sai com ele é para trajectos pequenos. Sente os olhares focados no seu popó, e isso impele-o a pensar no garboso impacto que vai criar. Ainda no restaurante, lê a agenda cultural da sua cidade para aquele mês.

Na mesa ao lado, inopinadamente, senta-se Clare, sem o cumprimentar ou sequer olhar para ele. Blamy faz o mesmo, quase de saída do estabelecimento, o restaurante onde os dois almoçaram várias vezes. A amiga Clare da carta provocatória, provoca-o novamente, pousa em cima da mesa dela, com a lombada virada para ele, um livro improvável – *Wine Science, Principles and Applications*. Blamy conta até dez, intrigado, *...a ciência do vinho!? Clare!?* Vê o anzol a bailar nos seus olhos, abandona o restaurante sem olhar para a mesa da mensageira.

Joana ficou em alvoroço quando leu a curta mensagem que Blamy lhe enviou, *Desejo,* sem mais. Guardou um sorriso especial para lhe responder pessoalmente. Os próximos dias serão de grande ansiedade, não é tão simples assim deixar a casa e o filho, *O Mário pode vir contigo*, mas esta viagem é só para ela. Afinal, sabe tão pouco do anfitrião que a aguarda. *Quem és tu?*

A obra na casa da Rua da Calçada está parada por uns dias, dependente de autorização de alteração apresentada à Câmara Municipal, e que se prende com a inclusão e alteração de uma cortelha que sempre existiu, mas que desde há muito não tem qualquer utilidade, para além de ser um espaço com interesse para a *Casa do Criador*.

É neste intervalo que Blamy propõe a Joana que aceite visitar a cidade de Hull. Talvez num ambiente mais calmo, com a jovem isenta de ocupações e sem o stress da construção, os dois encontrem um espaço *fora da caixa* para se conhecerem melhor. Nunca falaram da família de cada um, evitaram abordar os sentimentos, isolaram percursos de vida, mas sabem que precisam de saber mais de cada um. Blamy sente o turbilhão de a querer e o contrário disso; Joana vive o mesmo estado de espírito. Não se dizem naquilo que querem dizer.

Chega ao aeroporto com suficiente antecedência. Alguém o cumprimenta com efusividade e, sem precisar de procurar, já o seu colega de universidade o abraça, em manifesta atitude de saudades. É Alex, gestor de tráfego ao serviço da *British Airways*. A conversa flui com recordações e notícias. Blamy fica contente com este encontro, embora a sua expectativa maior vá para Joana, quase a chegar. Ouve a entrada de uma mensagem no seu telemóvel, *Enóloga. Gestora de turismo. Um dia vamos cruzar-nos em qualquer parte do mundo*, Clare não tinha conseguido o afrontamento desejado no restaurante. Não desarma.

Joana está encantada com a casa de Blamy, talvez usando palavras que são mais para ele do que para a mansão. Gostou de ver Blamy a esperar por ela no aeroporto, o seu semblante de alegria, uns olhos como nunca os tinha visto antes, a cortesia de um gentleman na velha tradição da coroa, e a surpresa de o ver conduzir um automóvel digno de uma noiva apaixonada. A gentileza de lhe abrir a porta do carro. *Wonderful!* Mais calor no rosto, *Quem?*, diz ela com espanto, Blamy estuga a resposta – *O futuro! Não o conheço, mesmo!*, cogita com ela própria, mas mantém o entusiasmo com tudo o que vê.

Nos primeiros minutos inquietou-a a alteração das faixas de circulação dos automóveis. Parecia que todos iam bater no carro em que ela seguia, ele percebeu e distraiu-a com algumas piadas. Um humor cuidado, muito *british*. Blamy é um anfitrião excelente, preparou aquele momento com muito requinte para que, qual pavão, Joana se deixe impressionar. Uma estadia que só está no primeiro dia, mas que promete mais alegrias para os dias seguintes. Ele tem tudo previsto, mesmo sabendo que Joana pode subverter o programa com espontaneidades imprevistas. A felicidade constrói-se com liberdade.

A jovem tem uma dúvida a bailar-lhe na cabeça; Blamy tinha-lhe falado de uma governanta portuguesa, Maria do Carmo, Carmo como a sua mãe, mas não a apresentou ainda, talvez a senhora esteja de folga, ou em férias, ou dispensada durante a sua estadia – o Blamy bom rapaz também tem malandrices? Logo verá. Agora é tempo de se instalar, *Escolhe o quarto onde queres ficar, são vários...*, disse ele. A bela Joana, sim, bela, porque mesmo sendo sempre bonita não deixou de se aparaltar melhor para a chegada a Hull e aos olhos do seu anfitrião, ouviu esta disponibilidade de escolha e questionou: *Vários? Posso escolher um qualquer?*. Blamy ruboresceu, não contava com esta provocação, atendendo a que dos quatro quartos um é só dele. *Sim, escolhe*, e ela escolheu o aposento ao lado do dele, com uma porta concomitante, mas que nunca foi usada. Qual dos dois? A inquietação instalou-se. Uma explosão quase cedo.

A noite entrecortada por pequenos sonhos e grandes pensamentos, Joana ouve barulhos na casa; passos, louças, portas, uma música para pensar, *Let it be, let it be...Let it be, yeah let it be...There will be an answer, let it be**.... Desperta desta forma, olha o relógio e com as mãos, tateando os lençóis, tenta acabar o sonho. A porta fechada, como sempre. Concomitância sem proveito. Procura uma resposta.

*Deixa estar...Haverá uma resposta. Sim, deixa estar...

Na noite anterior, os dois saíram para jantar no centro da cidade. Aproveitaram o tempo ameno, caminharam até ao restaurante, Joana pouco comeu, não porque não gostou, mas porque a fome era mais de conversa, de descoberta. Blamy explicou-lhe a escolha gastronómica, sem ela o questionar. Ambos cuidadosos nos gestos, cuidados excessivos em contraponto a vontades precipitadas. Um jogo de *bluffs* convocatórios. Um *negócio* bem mais difícil do que o das casas e dos terrenos em Casal de Loivos. Os sentimentos, os afetos, os amores – são mais valor que preço. Só valor!

Voltaram a casa em lua de sombras, sombras maiores que eles, sombras deles e do que escondem deles. Dar-lhes-ia a noite alguns raios de sol?

O serão passado a conversar, os corpos ansiosos, cada um no seu sofá, na sala de visitas. Joana evitou trazer Maria do Carmo à conversa, talvez fosse incómodo para ele, mas não faltaram temas para a cavaqueira. E sim, falaram de amores, menos do filho Mário e do pai dele. Falaram de amores iguais; os pais de cada um. Blamy abordou a morte prematura dos seus progenitores, a *gaiola* em casa de uns familiares, a guerra em que esteve envolvido, a solidão como clausura, mas não mencionou Clare. Joana escondeu-se nas histórias da sua meninice, na vida difícil de quem nasce no Douro, nos desenlaces da juventude, nos amigos que nunca foram, nos sonhos profissionais tornados impossíveis, mas não falou do amigo Miguel, do amigo Cesar, nem do Pedro Alenquer. Manteve o advogado nas palavras não ditas. Outras conversas, porque aquela não será a última.

O sono não resistiu às expectativas. *Se precisares, chama por mim ou bate à porta*, disse ele em passos finais para se deitarem, mas logo reformulou a frase – riscou precisares e repetiu, *se desejares*. Ficou acordado toda a noite, à espera que Joana acordasse primeiro ou que o pequeno-almoço fosse anunciado. Ou que algum toque inaugurasse a porta concomitante. Pequeno-almoço. Pediu que fosse servido no alpendre e que houvesse uma rosa em cima da mesa. Joana, ainda em roupa de cama, desce as escadas à procura de alguém. Estará Blamy a preparar-lhe o pequeno-almoço? Sem resposta, quase acorda de novo quando depara com uma linda senhora que se lhe dirige, *Bom dia, Joana, espero que se sinta bem nesta casa*, entre a surpresa e a urgência de lhe responder, a senhora continua, *sou a Maria do Carmo, disponha*. Sem tempo, Blamy vem recebê-la na porta para o alpendre. Ficam por ali algum tempo, disfarçados em palavras que quase davam um poema a dois.

Saem para passear, vão a pé até ao centro da cidade, Joana cautelosa com o trânsito em sentido contrário ao de Portugal, - *LOOK RIGHT* em todas as passadeiras. Blamy acrescenta uma vírgula à sua timidez, não reprime a emergente excitação, quer mostrar o que nem ele alguma vez viu, passeiam na ponte móvel, visitam a marina, Joana refere a presença ali do barco de Blamy, nunca o viu por dentro, nunca lhe sentiu os encantos que ele descreve, ele convida-a a visitá-lo. É meio-dia, e o dia ainda vai a meio. Sem que ela se aperceba, o jovem que cada vez mais a encanta põe uma bandeirinha branca na plataforma de acesso ao barco. John saberá que não deve entrar. Blamy está a ficar um tímido atrevido. Nunca sentiu nada igual a este momento.

A primeira de muitas vezes, ela está fascinada com o que vê, e o que vê não é só o barco; Blamy afasta-se dela por rápidos minutos enquanto ela se distrai a fotografar a marina. Reaparece como capitão-tenente da *Royal Navy*, a farda que a enfeitiçará. Joana vê outro homem, sedutor, não aguenta apetites e urgências e… ele provoca-a para uma viagem alucinante pelos caminhos sensoriais do desejo, e os corpos-mensageiros soltam os cabos das docas mentais em desarrumação. Enquanto se despem, ela vai vestindo as peças da farda que lhe vai tirando. Nele, só a gravata que ela lhe repôs. Um corpo sem carcela. Pequena na figura, mas plena de desejo, a farda dá-lhe capa da Playboy. Blamy rasga ali o livro cinzento e parte para novas páginas multicolores. Um corpo a corpo em campo aberto para a loucura.

E se, por fora, as águas do rio Hull estão calmas, por dentro, Blamy e Joana surfam as ondas em maré espontânea, maré cheia, em mar de felicidade. Soltam-se as palavras-rolha, abrem-se os braços e os sorrisos e as bocas - e as bocas! -, em pequenos intervalos, não resguardam pequenas frases de inquietação: *I think i love you,* uma muralha a desmoronar-se em Blamy; *Me too,* a chave que ela lhe oferece para um novo castelo. Wonderful! Onde está o homem sombrio, solitário, sonhos e sentimentos enjaulados, que ela julgava ser eterno nele? Questiona-se sobre a liberdade daquele momento, *Pois é, Blamy, a liberdade em excesso também dá inquietação*, o rumor das suas palavras com ele próprio. Blamy rompeu as amarras. Provoca-lhe curiosidade com as palavras não prescritas para descrever o seu corpo, ela não entende mas excita-se com a tradução táctil das mesmas em todos os caminhos da sua pele. Joana olha-o nu e sente que a nudez é a roupa que melhor lhe fica.

Enquanto a *Uber Eats* não entrega a refeição encomendada, os dois tentam acalmar as explosões simultâneas que viveram, o imprevisto desejado por ambos, o esplendor de duas criaturas improváveis. As réplicas continuam. Blamy sente-se como se estivesse numa cápsula do tempo, regredindo a um passado em que sonhou com um momento destes, e Joana acorda de uma escuridão onde morava uma desilusão terminal, mas a vida não deixa que a definam com exatidão. Onde estavam estes atrevimentos que agora os libertam? Joana descobre uma fraqueza nos pés dele, explode quando ela os beija. Blamy e Joana sabem voar! Tal como as gaivotas que sobrevoam o barco. Também elas pronunciam palavras sem juízo.

Estás feliz, mãe?, Mário surpreende-a com esta pergunta quando falaram ao telefone, *Estou, filho, estou feliz, porquê?* Pela voz, pela doçura da voz, pelos sorrisos que Mário *viu* na conversa, e Joana está mesmo numa felicidade em que ainda não acredita tranquilamente. Quem é Blamy? Que vida arrasta com ele e que ela não sabe? Quem será Blamy quando souber mais sobre ela? Joana carrega no *stop* das suas incertezas, o momento é mágico e há que vivê-lo. Na realidade, Blamy despe a sua normalidade e, agora, apresenta uma roupagem mais fresca, um semblante novo, e Joana renova-se numa nova esperança.

Vão a pé até ao *East Park*, um espaço verde e tranquilo, passeiam como duas crianças que correm atrás da bola, como dois adolescentes que desfolham um malmequer, como dois gulosos que se derretem ainda antes que o gelado acabe nas suas bocas. Nenhuma palavra se apresenta para falarem sobre a *Casa do Criador*, sobre amanhãs com compromissos. A liberdade já não é o que era. Amanhã não é hoje, e hoje *prometem-se*. Só. Joana sente que a vida se passeia na Rua dos Poemas. Uma rua que só ela vê. *O meu corpo semeado por ti, em cada poro uma flor, e todas elas são tuas, e todas elas são amor, delas farás um manto de pétalas, as marés e os ventos e as luas, dó-ré-mi, um-dois-três, os dois na mesma vez, e em todos os sóis nós brilharemos. Norte, Sul. O futuro será wonderful!* Blamy olha-a com bonomia, *What you said?* Deus seja louvado!

Voltam para casa, uma casa sem quartos para escolher, com um alpendre namoradeiro, e um piano... São recebidos por Maria do Carmo, mulher astuta, que imediatamente percebe o estado de alma de ambos. Os rostos nem sempre estão nus. A governanta, intuitiva e complacente, gosta da jovem, *antes esta que a lambisgoia inglesa,* murmúrio por dentro, e manifesta-lhe em bom português o que sente e o que acha dela. A mulher lembra as palavras de John Major e Elaine quando lhe falaram desta jovem. Joana ganha uma amiga. Blamy não gosta de conversas que não entende, olha-as de soslaio, Joana percebe e, em poucas palavras, explica-lhe a conversa. Maria sorri, em expressão de contentamento. Joana tem medo do cor-de-rosa intenso.

Joana recebe um telefonema. Olha o visor, faz um sinal de pouco tempo, e afasta-se para falar. Blamy olha-a, sem pensar que a empregada está presente e fala português. Talvez Joana não queira que ela ouça. Vai até ao pequeno jardim nas traseiras da casa, suficientemente afastada para se sentir segura. Blamy disfarça uma falsa neutralidade. A governanta, distraída a recolher algumas flores caídas na relva, ouve-lhe a última frase: *Sim, claro, lá estarei, tem mesmo de ser, claro, doutor, é obrigatório. Ainda falamos…espero que fique resolvido de vez*!

Vinte

A VINDIMA, de Miguel Torga.

"*De aí a nada, arregaçados, os homens iam esmagando os cachos, num movimento onde havia qualquer coisa de coito, de quente e sensual violação. Doirados, negros, roxos, amarelos, azuis, os bagos eram acenos de olhos lascivos numa cama de amor. E como falos gigantescos, as pernas dos pisadores rasgavam máscula e carinhosamente a virgindade túmida e feminina das uvas. A princípio, a pele branca das coxas, lisa e morna, deixava escorrer os salpicos de mosto sem se tingir. Mas com a continuação ia tomando a cor roxa, cada vez mais carregada, do moreto, do sousão, da tinta carvalha, da touriga e do bastardo.*

A primeira violação tirava apenas a cada cacho a flor de uma integridade fechada. Era o corte. Depois, os êmbolos iam mais fundo, rasgavam mais, esmagavam com redobrada sensualidade, e o mosto ensanguentava-se e cobria-se de uma espuma leve de volúpia. à tona, a roçá-lo como talismãs, passeavam então os volumosos e verdadeiros sexos dos pisadores, repousados, mas vivos dentro das ceroulas de tormentos."

Fernando Ventura Morgado

Vinte e um

Blamy Morgan ficou para o outono.

Ansioso por mil partos imaginados, quer ver e sentir o nascimento do néctar duriense, a grandeza da fecundação entre o sol e a terra, o sol rubor, até o sol escondido pelo nevoeiro, e os terrenos xistosos e socalcados desvirginados pela natureza; quer os cheiros dos suores e dos mostos durante as lagaradas; quer os calos da podoa e o peso dos poceiros; quer a grandeza do Douro espargida nos seus olhos, e a vindima alojada na sua alma. Blamy quer ver tudo. Não está seguro de se compor para esta zaragata de momentos, talvez o corpo lhe negue resistência e a timidez lhe recuse atrevimento. Ela maneia os seus dias.

Há um arrimo de vontade neste aconchego aos montes de Alijó, duas verdades; a complexidade do vinho, o tortuoso caminho do processo, e a construção de uma imagem forte perante Joana, ainda não segura de toda a sua pureza. Foi ela, é ela, que mais o provoca para a vindima, querendo, assim, espalhar esteios para os desejos virgens de Blamy. Tudo é cultura e para tudo há o Criador.

Os postais, fotográficos ou verbais, que lhe mostraram foram demasiado pictóricos, diziam dos esplendores e das bravuras, das tradições e das canseiras, mas também da pobreza e da fome, da riqueza e da prepotência. Uma encruzilhada de caminhos que se plasmam nas encostas do Douro, nos cardenhos esconsos e lúgubres, insalubres, nas eiras de folclores agrilhoados. Blamy pensa para além dos seus olhos, escolhas de cara ou coroa, Joana não o inscreve nas vindimas para turistas. Pacotes.

Nas andanças pela aldeia, passos sozinhos e sem desenho, percebeu que as pessoas o conheciam e o tratavam com bonomia, como se crismassem um íntimo da terra. Todos conhecem todos e acrescentam-lhes pontos e vírgulas. É este desfloramento que concede vizinhança e amizade aos que vêm e ficam. Blamy treinava os poucos vocábulos que já aprendera, ensaiava novas palavras, e é pela mímica das pessoas que ele vai. Por vezes, Joana acompanha-o nessas caminhadas, sorri quando não diz querendo dizer - o meu namorado -, tem orgulho nele, tem ajustes para vingar boatos antigos. Contas passadas, hoje todos os conterrâneos a admiram, ainda que uma ou outra tecedeira não abdique dos seus carunchosos fusos. Vidros de aumento. Ladradeiras.

A conversa flui como ribeiro cheio, o senhor Albano é um bom conversador e um ainda melhor contador de estórias, conhece a aldeia palmo a palmo, em tudo tem marcadas as suas impressões digitais, e fala com sabor a berço e a conhecimento íntimo de quem nunca abandonou Casal de Loivos, considerando como intervalo a sua ida para Timor, pela honra da Pátria, pelo catecismo dos deveres, experiência que o marcou positivamente e o ajudou a crescer. Joana conhece-o desde que se conhece, alicerçada pela admiração que os pais tinham por ele. Blamy fica encantado com o duriense dos sete costados, apega-se aos seus conhecimentos, e desenvolve com ele um sentimento de necessidade, de amizade. *Um dia vai ser um de nós, um transmontano com cheiro a mosto*, disse-lhe o contador da aldeia. Baixa a voz para que ninguém ouça, quando não há ninguém a ouvir, aproxima-se em mímica de segredo, *Vou mostrar-lhe o meu refúgio, pedra elevada na paisagem virgem, onde me encontro com Deus. Por vezes, zangamo-nos, digo-lhe em voz aquilo que me arrelia, os momentos em que nem nele confio, mas reamigamos de mãos dadas para o caminho adiante. Fazemos as pazes.* Albano dá mudez às lágrimas desobedientes.

Joana gosta da ideia, a retórica descritiva da festa do vinho, desde o desbagoar das vides até à pisa humana das uvas, e depois disso, uma quase efabulação nas palavras do vizinho trovador, tudo é romance, tudo é amor. Num à parte, o senhor Albano traz à conversa a quase escravatura em que elas e eles, os vindimadores, solteiros ou casados, velhos e novos, robustos ou enjeitados, mulheres e meninas, velhas, casais ajoujados na fome dos seus meninos, reunidos em rogas de suor alugado, se entregam aos mais duros sacrifícios pela ilusão de ganharem qualquer coisa de jeito que dê para aconchegar melhor as barrigas e as noites dos filhos. Por pouco tempo. Algumas já vão grávidas quando a roga as leva de retorno aos seus lugares. Casamentos prometidos e chacota garantida. Crueldades.

O Albano, ora essa, *tire lá o senhor que eu nem jeito tenho para pastor*, convida-o para uma vindima à antiga, para uma lagarada genuína, para o acto de nobre amor com o néctar. Claro que Blamy aceita, reprime um abraço de agradecimento, e sente-se despojado da sua habitual serenidade; quer! A conversa, a meias com o senhor Faustino e a esposa, na sua acolhedora Quinta do Jalloto, afagados por uns apetitosos acepipes e uns copos de tinto touriga, *claro que vai beber outro, ora essa, não sai sem provar o nosso generoso,* o Albano aprova e o jovem sai dali em modo de não voltar ao barco, a quase embriaguez a toldar-lhe os passos, o riso liberto do seu carcere, *pelo menos um caldo de berças vais comer,* afirma Joana com a ternura de lhe ser prestável e poder restar para uma outra embriaguez. Joana enrubesce com o seu próprio pensamento, acalma-se, ainda não o serviu em outras fomes, mesmo que haja sempre uma primeira vez.

Os amigos, Faustino e Albano, acertaram a prometida vindima, nada lhe disseram na expectativa de aumentar as surpresas, seria ele capaz de arregaçar as calças e mergulhar as duas pernas-de-leite na tinta viscosa trazida pelas uvas que ele próprio vindimaria nas varandas do abismo? Acrescentaram, só, pomposos inglesismos, palavras redondas, sem vértices ou ponteiros que não apontavam para nada em concreto. Entusiasmos rasteiros, mas convencidos do agradecimento dele após a refrega.

Mesmo que Joana insista para que ele prolongue a estadia em casa dela, ou dele?, Blamy não abdica da cronologia traçada para cada momento, e a ocasião ainda não é para o ladrão, ladrão de beijos e de suores, zorro alquimista de sonhos. Assim, durante uns dias, Blamy volta ao barco, cansado, lá e cá no mesmo táxi, ainda bem, todos os dias com graus descuidados, cartilha paterna em corrente e aloquete. Chega ao *CRUISER.DREAMS* capaz de hibernar num longo descanso que o corpo pede, mas a excitação só lhe dá pequenos sonos e muitas ideias.

O barco desarrumado, a cama desfeita para não ter de a desfazer, e a casa de banho em modo de homem sem nó. Não aproveita o telhado de Joana, contorna inquietações do pequeno Mário, ainda que aceite, uma vez ou outra, jantar na casa que já é dele. A jovem sente-lhe uma nova pulsação, uma renovada magia escrita nos seus olhos, uma firme decisão sem palavras, mas legível nos contornos do seu entusiasmo. Quem o imaginaria ougado por um caldo verde ou uns bolos de bacalhau, consolado com um naco de broa e umas tiras de presunto? Pois, este é o novo Blamy que o Douro e ela, ou vice-versa, moldaram às texturas da aldeia. Um homem novo. Um inglês ainda com muito para renovar. Blamy desenhado pelas margens de Joana.

Hoje o dia foi passado nos *meus* do amigo Albano, *isto é meu, aquilo é meu*, e todos os *meus* vestidos de vinhas, prenhes para boa colheita. Uma vindima particular, sem roga ou outros suores alugados, *feita por gente nossa*, diz o amigo, da aldeia ou da amizade, partilhas gratificantes, e, entre eles, um jovem inglês a querer mostrar passos iguais, menos os cestos alombados na resistência da cabeça. Chapéu na cabeça, tesoura na mão, vamos a isto! Pensando na extensão do terreno, uma primeira alteração, afinal a vindima é composta por pessoas de pequena roga. Quem não souber da sua aventura, depressa perceberá por onde andou o inglês às uvas. Embora as vinhas tenham sido despontadas, uma vantagem para o manuseamento do cacho e da tesoura, aproveitando mais e melhor a colheita, o rasto de Blamy fica marcado por muitas uvas caídas nos regos entre vides e não só.

A par dele, e com o propósito de tornar mais tradicional a vindima, algumas mulheres da roga, suores alugados, como diz Miguel Torga, interrompem com sorrisos o cansaço que lhes vai no rosto. Quando o sentem atrapalhado, confortam-no com adjectivos sensuais, bonito, bom, gostoso, vinho doce, que ele percebe pelos gestos labiais, e mais se atrapalha, desfazendo os elogios com os dedos apontados à asneira, *no good*! Uma delas, mais espevitada, anca e peitos roliços, ébria nos seus olhos céu, cabelos ruivos presos em amparo de suores, um lenço minhoto que lhe aumenta o rosado da pele, ensaia uma dança do folclore transmontano, desafiando-o para o vira-virou-e-volta-a-virar das noites de lagaradas e de malhadas. Ali mesmo, no espaço que resta em estreito socalco. Blamy olha para outro lado, expondo a todas a presença de Joana no socalco de cima. Acalmam-se os calores entrepernas e os pavios provocadores. Joana sorri para as que a olham, deixando em bonomia uma desculpa alargada que não confirma nem desmente coisa nenhuma.

Quando lhes contam este episódio, Albano e Faustino riem-se desbragadamente, imaginam um copo de leite a transformar-se em groselha, ou mosto a destempo em todo o corpo do rapaz. Blamy também se ri, Joana acompanha-os na pândega, quase que se esquecendo do que estão a rir. A estória saltou para a conversa quando a mesa se compunha com vinhos e acepipes, pois claro! Os dois homens, provando não ser surpresa para eles, acrescentam outras estórias do mesmo jaez, sem nomeações ou chamamentos, malícias e debochos na surdina dos vinhedos e das fragas, noites de lua corcunda ou nevoeiros pousados nos montes, coisas de outros protagonistas, sempre os outros. Uma terra de lendas e de visões insufladas. O lanche acaba com Blamy e Joana amparados um no outro, a caminho de casa, sopa e dormida como da outra vez.

Ao longe, um barulho trágico a rasgar a serenidade do vale, eco em ricochete entre fragões, saber-se-á que aquele carro levava só o condutor, ali carbonizado, indefeso ao submundo do contrabando entre classes de vinho e aguardentes vínicas, um fiscal inconveniente que teimou em fazer cumprir a lei, que repetiu o zelo de anos anteriores, que passava para os filhos, ainda pequenos, esses valores. Bem lhe disseram que se ia arrepender, mas não teve tempo para isso. Os restos do que foi um carro, agora metal sem préstimo, não deixará descobrir que uma das rodas fora sabotada com a subtração de alguns parafusos.

Blamy ficou perturbado com a notícia e o detalhe dos factos, quis saber mais sobre isso da candonga, dos benefícios, das misturas ilegais, vinhos transvasados em noites às escondidas com os homens da guarda, saber mais das mentiras de alguns rótulos. Joana apazigua a intranquilidade dele referindo serem raros estes ajustes de contas, sempre existiram e continuarão, *Uma andorinha não faz a primavera*, refere ela, ele encolhe os ombros, mas o sorriso dela acalma-o, *One swallow does not make the Spring*.

Já lá vão uns largos dias de maneio nestas andanças. A par da alegria que sente, do entusiasmo que o envolve, uma mão cheia de improváveis excessos, uma primeira vez adiada para momentos mais sóbrios, há também um sadio cansaço e uma vontade sem voz de algum descanso. Nem notícias de e para Inglaterra ele se lembra, deverá estar tudo bem, menos a habitual aflição de Maria do Carmo com a sua demora. Quanto mais dias passam, mais ela suspeita de aquela casa poder voltar aos tempos em que o menino morava com os familiares de acolhimento após o acidente aéreo que vitimou Mister Jeremy e Miss Maggie. Enquanto isso, Blamy sonha acordado com os pais, certo de que se sentiriam felizes nesta oitava, ou primeira, ou terceira, maravilha do Mundo. Ex-áqueo com Joana Machorro. Talvez eles apressem Morgan a este nome.

No último dia de vindima, e como é da memória popular, a eira do Jalloto enche-se de músicas ao desafio e danças do folclore rural. Terreiro de folias mascaradas.

Rapazes e raparigas solteiras, homens e mulheres cansados de casados, mesmo derreados por tanta azáfama, cortelhos esconjurados e moscários nas redondezas, vestem máscaras de alegria, e rebuscam agilidades resilientes; dançam com dores invisíveis, mas não deixam arredada a tradição. A presença do inglês, de quem se vão sabendo algumas coisas, mesmo que as bocas do povo acrescentem um ponto àquilo que contam, dá mais primor ao baile das tradições.

Blamy cruza o olhar com a espevitada que o incendiou no meio das vinhas, um piscar de olho desafia-o para o rebuliço, ela dança sem par como se estivesse abandonada por ele, ele lhe dirá *good* várias vezes e ela lhe conjugará *Love* em sotaque dos montes. Joana liberta-o, mas não o desaflige da timidez e do pé-de-chumbo. Tem um assomo de afirmação, afinal ele é o principal convidado do baile rodado. A noite é uma negação de todos os impossíveis.

Partirá dentro de dias para Inglaterra. Uma aventura mais arriscada do que a vindima, o álcool e o folclore, uma vontade de ir já voltando, ou não ir, mas, enfim, há compromissos para cumprir, e há a necessidade de serenar, preparar e programar tudo para o seu retorno. A Casa do Criador vai requerer o seu pleno empenhamento. Recebe uma chamada da doutora da Câmara.

Vindo da festa de fim de vindima, já com a barriga bem aconchegada, aceita ficar mais uma noite em casa da amiga. Esboçou uma ideia para a primeira vez, um sonho. E é um sonho que lhe ocupa o sono naquela noite; vê a mãe aparecer entre os vinhedos, cabelos resplandecentes na transparência dourada que lhe dá o sol de fim de tarde, um vestido túnica em godés, branco imaculado, ao lado dela está Joana em traje medieval, avança vagarosa para ele após o sinal de oferecimento que a mãe lhe faz. Uma druidisa!

Acorda atarantado, Joana não está ali. Na outra margem, os pirilampos azuis dos carros da polícia assinalam a investigação. No terraço, sozinha, olha o caixilho policial.

Um homem que bem conhece vai a enterrar hoje. Procissão de choros.

Fernando Ventura Morgado

Vinte e dois

UM CÁLICE DE PORTO,

um poema de António Cabral, insigne poeta duriense.

"*É esta a pipa e prefiro que sejas tu a encher os cálices. Assim.*

O vinho sobe na fina mangueira sorvido pela tua boca: o horror ao vácuo.

Lei da física, a lei do amor.

Pouca, a luz da loja começa a juntar-se à dócil turbulência e leva as sombras para o tecto onde ficam suspensas como seda.

Ouves o sol da vinha velha ressoar nas palavras, o pai e a mãe, há tantos anos, aqui ao pé de nós?

O vinho é uma ausência de pássaros incógnitos que, um a um, começam a pousar-te no cabelo."

Fernando Ventura Morgado

Vinte e três

Joana Machorro vê-se perante uma nova aventura, quase radical; desde há muitos anos que não conduz um automóvel. Dirige-se ao balcão do *rent-a-car*, afasta uma melena de cabelo, olha o jovem que a atenderá, por hora está ocupado, este repara nela e despacha-se em simpatias, *a menina é uma flor, ficava bem no meu jardim,* disso percebe ela, nem a aliança, que não tem, a salvaria desta gente insolente. Os óculos escuros esconderam o seu desdém. A perturbação e a urgência não lhe soltam o tempo para artimanhas. Recebe as instruções e as chaves do carro que vai usar nos próximos dias. Disfarça a tremedeira, cala as dúvidas sobre isto e aquilo, demonstra firmeza. *Conhece o caminho?*, sotaque de além-mar, Joana olha o homem com um sorriso, *Obrigada, tenho GPS.*

Os dias anteriores foram fantásticos, quase mágicos, na companhia de Blamy Morgan. Conheceu os locais mais extraordinários da cidade de Kingston Upon Hull, deslumbrou-se na visita ao *The Deep*, um aquário fabuloso onde se mostram espécies marinhas que ela não julgava existirem, voltou à adolescência das visitas de estudo, e até teve a companhia de um jovem, cada dia mais jovem, em exuberâncias juvenis; Blamy é um homem remoçado. Joana Machorro recordará para sempre aquele barco, *CRUISER.DREAMS*, um esplendoroso cruzador de sonhos. Berço de fantasias e loucuras. Repetirá, se puder. Com bandeira cor-de-rosa. Capitã-tenente de barcos em cio.

Tem consigo as palavras amigas de Maria do Carmo, um quase roteiro, ou livro de instruções, para melhor interpretação de Blamy Morgan, o seu Amy, como diz. Na noite anterior, a governanta presenteou os jovens com um jantar requintado, mesmo que Blamy tenha insistido que não jantariam em casa. Aceitaram a felicidade de Maria do Carmo, a deles também, e, mesmo assim, saíram após a refeição para um pequeno passeio pelo casco histórico da cidade velha. Pela primeira vez, Blamy manteve sempre a mão abraçada na dela. Quentes, na noite fria. Partilharam ideias, construíram. Não se questionaram. *Estás feliz, mãe?*, parece-lhe ouvir a voz do filho.

Are you happy, druid priestess?

Joana manifestou gosto em algumas peças de mobiliário e decoração da casa dos Morgan, mas não abdicou de dizer que a *Casa do Criador* deve ser preenchida com várias leituras decorativas; o clássico, o moderno, o minimalista, o floral, dependendo do hóspede-alvo e do tema que o leva a Casal de Loivos. Quer diferentes texturas visuais para a casa do Douro. Blamy, cativado por esta agradável surpresa, alivia a questão dizendo que daquela casa, onde ainda *moram* os seus pais, nada sairá para o empreendimento do Douro. Joana sublinha com uma nova ideia; em todos os aposentos deve haver uma alusão aos socalcos e ao vinho, como elemento emblemático daquela incubadora artística. Na zona comum, deverão replicar o Jardim de Avalon. Blamy mostra um sorriso como ponto final, mas Joana é mais de vírgulas.

Senta-se ao volante do *4x4*, um todo-o-terreno de luxo, faz do momento uma autêntica cerimónia, cuida de todos os pormenores, visualiza o tablier, acomoda os espelhos, experimenta luzes, prepara o GPS. Fala sozinha. Espera-a um dia muito denso. Está tensa. Em nada igual ao fim-de-semana anterior, em que viajou ao lado do motorista, o parceiro Morgan, e saboreou a tranquilidade de um passeio até *York*, antiga cidade medieval, contrastando com Hull pela beleza verde, pela arquitectura e urbanismo mais atractivos, recordável, almoçaram no *Valhalla York*, em ambiente viking, passearam por algumas ruas do centro, e prolongaram a passeata por *Robin Hood's Bay*, uma pequena vila de pescadores, enternecedora, com recantos maravilhosos. O mesmo vento de Hull e de York não incentivou uma caminhada pela praia da vila, mas Blamy, um abraço como resposta, insistiu para o fazerem, e, contra ventos e marés, desceram ao areal para semearem um ardente beijo, corpos aquecidos num forte abraço. Em breves segundos, o livro das suas vidas ganhou mais uma página dourada. Será sempre de ouro a caminhada?

Joana volta ao asfalto. O trânsito é intenso àquela hora do dia, talvez a qualquer hora, ela não conhece o caminho, mas continua muito concentrada na condução, *a 500 metros, mantenha-se à direita e saia para A2, sentido Setúbal*. Não faltará muito para chegar. Todos os seus pensamentos vão para o filho, hoje é o dia de viragem na vida dele. E dela, porque. Mesmo assim, a *Casa do Criador* abre caminhos próprios.

Joana está entusiasmada com o empreendimento, ficou feliz com a boa anuência de Blamy às suas ideias sobre decoração, novas ideias ganham lugar para novas conversas. A estrada parece infindável, embora ela esteja mais tranquila na condução, e o GPS tem ajudado totalmente. Onde iria ela sem estas instruções? *A trezentos metros, tome a via da direita e saia para a Avenida Antero de Quental.* A voz metálica do cuidador de itinerários. Ufa, a distância entre o Aeroporto de Lisboa e o Tribunal de Setúbal não é grande, mas para ela pareceu muito longínqua. *Chegou ao seu destino.*

Contacta o advogado para confirmar o que combinaram alguns dias antes, quando ele lhe telefonou a dar conhecimento do julgamento do caso do seu filho. Apressa a chegada para poderem, ainda, conversar um pouco antes da audiência. O causídico conta-lhe as ameaças anónimas que tem recebido no seu telemóvel, diz-lhe que a família Alenquer está representada por um advogado muito conhecido e com histórico de vitórias em questões semelhantes, mas também a entusiasma dizendo-lhe da sua convicção em ganhar esta causa.

E assim é, com o preciosismo de uma recomendação de cultura cívica a Jaime Alenquer e ao seu defensor. Talvez o juiz seja novo naquele tribunal. A justiça contra o escárnio. A sentença foi demolidora para os Alenquer, quer pelo direito ao nome por parte de Mário, filho legítimo de Pedro Alenquer, quer pelo direito a todos os valores em dívida desde o seu nascimento até durante mais alguns anos. Joana e o seu advogado, até ali a trabalhar *pro bono*, sentem os olhares ameaçadores de algumas pessoas presentes. Não se intimidam.

Saem do tribunal e encaminham-se para uma esplanada ali perto. Joana quer acertar alguns pormenores com o jovem advogado, incluindo o pagamento dos seus honorários, conforme combinaram fazer em caso de uma sentença favorável. Na mesa ao lado, sentam-se dois homens. Falam de forma audível em *acertos de contas*, usam expressões intimidatórias, intrometem-se na conversa deles, fazem perguntas provocadoras. Joana e o seu defensor, sem combinarem, continuam a conversa na língua de sua majestade, deixam os outros ainda mais empertigados. O ambiente fica muito condicionado. Falam de banalidades, o tempo, a viagem, ela e a condução do 4X4, e, por mensagens, na cara dos capangas, combinam outro encontro na área de serviço de Santarém. Joana, prevenida, tem o carro estacionado na Avenida Luísa Todi, junto a uma esquadra da Polícia, e ainda bem que o fez, pois, lá chegada, uma travagem forte e o chiar de uns pneus deram-lhe a justificação para esse cuidado.

Um momento de paz resgata-a daquele stress, como se uma nave espacial em acção de socorro a levasse. As mãos delicadas procuram na partitura as teclas pretas e bancas que reproduzem Frédéric Chopin na música *Valsa Minuto*. Joana repõe o sorriso e o prazer que aquelas mãos lhe deram quando a teclaram em prodígios de amor. Blamy Morgan responde assim ao desassossego dela, depois de confidenciar toda a história do filho Mário. Ele ouviu atentamente, não se ouviu em qualquer comentário ou pergunta, e foi em silêncio e em paz que tocou aquela música. Convidou Joana a sentar-se junto a ele e a pousar as mãos sobre as dele. Repetiram a mesma partitura. Como foi possível este desfecho para uma narrativa de traições, de desgostos, de dificuldades? Sim, digo traições, traições dela para com ela, submersa no nunca. Só Blamy Morgan para conseguir isso.

A viagem até à área de serviço onde se encontrará com o advogado é feita com dupla preocupação; a estrada e o retrovisor. Surpreende-se com a sua agilidade a conduzir o automóvel, quando desde há muitos anos não o faz. Depois de passar a Ponte 25 de Abril, estabiliza um pouco a sua emotividade e medo, parece-lhe que as perseguições, se aconteceram, já se dissiparam, sente-se mais tranquila, mas não é o julgamento que lhe ocupa o pensamento; é a grandeza de Blamy Morgan - seu namorado?, seu companheiro? -, o novo hóspede do seu coração.

Contou-lhe todos os pormenores; o festival de Paredes de Coura, o seu amigo Miguel, a desorientação com desconhecidos, a Isaurinha, e acrescentou outros passos da sua vida, como torneira aberta em descuido de alagamento. Blamy ouviu com muita atenção toda a narrativa, impávido e sereno, por entender que Joana precisava daquela purgação. Nem mesmo quando Joana parava a narrativa, para novo fôlego ou à espera de eco, Blamy se pronunciou. Aquele era um momento só dela. Tinha de o exorcizar. Só mais três dias para partilhar em terras de sua majestade. Era preciso tratar de toda a logística para o regresso dela a Portugal; as viagens, o *rent-a-car*, por exemplo, e, então, Blamy tomou as rédeas do problema; programou tudo com a mesma agência de viagem que promoveu as férias dos seus pais no Brasil, a viagem que lhe definiu o futuro.

Joana chega ao encontro com o seu advogado e tem choro nos olhos, embora com um sorriso bonito. *Fizeram-lhe mal? Perseguiram-na? O que aconteceu?*, uma cascata de dúvidas que assustam o causídico, mas a jovem não confirma esses receios, *Estou feliz! São lágrimas de felicidade*, e o homem fica mais calmo, sem saber que a felicidade lhe vem das recordações, já saudades, do seu amigo Blamy Morgan. E do seu filho. Enquanto saboreiam o café, duas de letra, alguns acertos de datas e de cumprimentos, coisas das leis, Joana recebe um beijo nas mãos após lhe dizer qual o montante da recompensa pelos serviços *pro bono* do jovem defensor de Direito. Nota-se nele um entusiasmo excitado, uma vontade de beijar mais que as mãos. Em resposta, é Joana que beija as mãos dele. Descuidada, como já lhe acontecera em Paredes de Coura. E partem. Pronunciou um agradecimento como se o abraçasse. Sentiu-o. Inquieto.

Joana faz o resto da viagem até Casal de Loivos, bendito GPS, com múltiplos pensamentos. O gesto do advogado, e a réplica dela, deixaram algum restolho desarrumado. Um gesto que provoca várias reticências, como que em estorvo, na lembrança da troca de ideias que ela e Blamy tiveram sobre a *Casa do Criador*. Sai da autoestrada A1 para a A25 e continua com muito à-vontade na condução, quase esquecendo o receio depois de muito tempo sem conduzir.

Fala com ela própria, estranhamente, em voz alta, como se estivesse numa tribuna a apresentar o seu sonho. Alguns famosos, como *Shakespeare, Camões, Rembrandt, Vivaldi, Pessoa, Homero, Picasso* e outros, ou a sala *Moritz Oppenheim*, sugestão de Blamy, darão nome aos aposentos da *Casa do Criador*, e nas portas se mencionarão os nomes dos hóspedes que os vão habitando. Entretanto, ela e Blamy acertaram que o quarto deles se chamará *Arthur e Morgana*, e na porta se escreverá *Reino da Fantasia*. Porque o amor não vive sem fantasia, mas…*a fantasia para ser segura tem de trazer à mistura qualquer coisa de verdade*. E em verdade se diga que Blamy e Joana desacorrentaram o amor.

José Carlos Matos e a esposa, Clotilde Matos, enviam-lhe uma mensagem a convidá-la para jantar na casa deles, assim que ela chegue à aldeia. O filho também a espera com muita ansiedade. Falta pouco. Tem de entregar o carro numa *rent-a-car* de Alijó e dali seguir, em táxi, até à *terra mais bonita do Mundo*, para se encontrar com o seu maior amor, o filho, Mário Machorro Alenquer.

Já na estrada nacional N322, uma dúzia de quilómetros cumpridos, num local mais ermo, depara-se com um automóvel a ocupar quase toda a largura da estrada, possivelmente avariado, e dois homens em desespero a pedirem ajuda. De repente, voltou a Setúbal e ao homem que lhe disse saber *como resolver estas coisas*, Jaime Alenquer. Aqueles homens ali na estrada não têm nada de pacífico, parece-lhe já os ter visto em Azeitão, perto da capela funerária onde decorreu o velório do pai do seu filho. Não tem coragem, nem perspicácia, para recuar em marcha-atrás acelerada, nem a estrada o permite, desenhada em curvas sucessivas.

Enquanto espera pelo telefonema de Joana, combinado entre ambos para quando ela chegasse a casa, Blamy Morgan volta ao piano, coisa inédita, quase desabituado das pautas e das escalas musicais. Toca a música *The Mists Of Avalon*, da cantora-compositora Enya, que muito admira. Sente-se entre dois chamamentos; a sua mãe, Maggie Smith Morgan, que paira constantemente nos seus pensamentos, e a Joana, que ocupa todas as assoalhadas do seu coração, sua namorada?, sua companheira?, e olha o relógio implorando. Não toma a iniciativa de ser ele a ligar, receia que ela ainda esteja a conduzir e qualquer distração pode ser imprudente. Espera.

Durante a tarde, Blamy aproveitou para telefonar ao empreiteiro e ao arquitecto Eusébio Quebradinha. Falou com ele sobre a ideia-vontade de, em todos os aposentos, e junto às sancas, haver, em contorno contínuo, um ramo de videira com parra em tons de outono. Eusébio Quebradinha mostrou o seu acordo com este pormenor sugerido pelo dono da obra, e assim será. Em peça real e não em pintura.

Miguel telefona a Joana, esta não atende, insiste sem sucesso. Tem necessidade de falar com ela. Quer perceber o imprevisto entusiasmo do seu amigo advogado ao falar dela. Esta é a segunda chave que ele usa para tentar abrir o coração da amiga; primeiro, João Maria de Deus, o escritor, depois, João Castro, o advogado. Miguel não valoriza a conversa que tiveram sobre Blamy Morgan, para ele, um simples investidor, um homem de vinhos. O desconhecimento não gera dúvidas.

O telefone toca. É já madrugada, mas é sempre tempo de falar com Joana, ansioso por isso desde há horas. Pensamentos rápidos que se evaporam quando Blamy vê o nome de Henry no visor do aparelho, Henry Evans, o seu amigo pintor, um homem de noites longas e manhãs desperdiçadas. Parece-lhe, pela voz, que está ligeiramente alcoolizado, nem se desculpa por querer saber, àquela hora, como vai o empreendimento. Respostas curtas para precipitar despedida. Chie Izumi, a referência a este nome exaltou o entusiasmo de Henry Evans, a arquitecta que ele mesmo lhe recomendaria se o tivesse solicitado.

Blamy reduz as respostas a poucas palavras, tentando travar o alongamento da conversa. Henry Evans diz-lhe que já tem gente apalavrada para ocuparem a *Casa do Criador*, gente de portfólio e de nome reconhecidos. E não só pintores. Continuarão a conversa no dia seguinte. Blamy convidou-o para jantar em sua casa.

Deitou-se sem notícias de Joana.

Quando acordou, mal dormido, semblante triste, logo observado e dito por Maria do Carmo, Blamy pediu que lhe servisse só um chá. A governanta manifestou-lhe preocupação e curiosidade sobre o que ele estava a sentir. Respondeu-lhe com um sorriso postiço, sem palavras. Blamy levou o chá para o seu laboratório de viagens, fechou a porta e por lá ficou toda a manhã, sem saber o que estava a acontecer. Prepara-se para voltar ao Pinhão no seu barco. Na última viagem, a ocorrência de tempestade no Canal da Mancha deixou-o em cuidados para repetir o mesmo trajecto. Pensa pedir a John Major, o melhor marinheiro que ele conhece, para fazer com ele a viagem de ida, garantindo-lhe o regresso imediato por avião. Não sabe se John Major se mantém ainda em casa do filho, na longínqua *Polinésia*, ou se já regressou e se aceitará este pedido.

Sinal de entrada de mensagem no seu telemóvel. Joana. *I'll explain later*. Depois explico? O quê? Prestes a rebentar com tanta ansiedade, telefona-lhe.

Vinte e quatro

John Major e Elaine passeiam pelo Vale do Côa no caminho das gravuras rupestres, encontram um café na berma da estrada que lhes servirá para urgentes micções, desconhecendo a tradição popular portuguesa de o fazer junto a uma árvore ou atrás de uma silveira. A dona, uma jovem ainda em idade de donzela, dá-lhes o prazer de falar em inglês, alguns anos em terras de Gales, e, por entre a lengalenga das gravuras rupestres e outras *coisas do mesmo género*, lhes fala de outros achados arqueológicos, *Havemos de ir a Pegarinhos*, dizem em remate de conversa.

O sol a pique é desencorajador de muitos passos. Melhor seria terem-se mantido à sombra das oliveiras, a ver o rio, onde passaram uma boa parte da manhã, divagando sobre a exuberância da natureza e sobre as conversas que tiveram com Blamy Morgan durante a viagem marítima desde Hull até ao Pinhão. Dias de calmaria, sem surpresas de mar, para além da agitação emocional do jovem Morgan que retornava a uma felicidade incerta. *Para que queres o barco aqui?*, curiosidade de John, esperando que o amigo lhe fale de viagens, mas Blamy remata essa curiosidade com uma nova intriga: *pelo baloiço do rio, e pela cama!*

O casal aceitou o desafio de Blamy em ficarem pelo Douro para estrearem um dos aposentos mesmo antes da inauguração, coisa breve, uma a duas semanas, mais ou menos, calendário e relógio banidos dos compromissos, o tempo não os importunava muito, pela disponibilidade descomprometida de ambos. E o Douro...! Elaine ancorou ali uma nova paixão. As exclamações com tudo o que via provavam esse apego.

Se ela não vier, venho eu!, foi esta a reação de Elaine à continuada resistência da portuguesa em aceitar ser governanta da casa no Douro. John, disfarçando a sua tentação, também ele apaixonado pelas *ondas* gigantes dos montes, ondas em quebradas assustadoras, ventos que fortalecem os vagos, John, dizia eu, contrariava a mulher com os argumentos costumeiros da incerteza, da casa em Inglaterra, mas não dos filhos, os dois bem arrumados e muito distantes. Nem os netos, por enquanto.

Durante a viagem, Blamy contou-lhes o incidente na estrada N322, em que Joana se viu envolvida numa explícita manifestação de acerto de contas, com a suspeita de estar perante uma vingança do avô de Mário Alenquer, o filho sem pai. Contou-lhes o que ela relatara; perante o perigo e a impotência em se defender, Joana entrou em pânico e foi então que os automobilistas, já parados, saíram em sua defesa. Perante o medo dela e a suspeita que manifestou, os dois *capangas* saíram dali directos para o posto da guarda, a caminho do hospital para avaliação de algumas *avarias* nos rostos e nos vizinhos abaixo do umbigo. *Nada de mais, sem urgência ou gravidade,* diz Blamy, porque não foi nele. Joana teve receio de que o telemóvel dela estivesse sob escuta e não o contactou nas horas seguintes.

Blamy Morgan anda na lua. Literalmente. Distraído da situação dos seus proveitos bancários, normalmente acrescidos pelos juros favoráveis, e de outros rendimentos permanentes que resultam de ações cotadas em bolsa, e levianamente tranquilo pelo que julga ter, como quem assobia para o lado. Outros assobios de perigo podem surgir. Nos dias de ausência de Joana, regressada a Portugal inesperadamente, aproveitou para se inteirar desses assuntos.

Sabia que ia estar fora de *Hull* durante muito tempo, e até essa mudança devia ser conversada com o seu banco. Mister Jeremy Morgan, seu pai, sempre teve o cuidado de não ter relações bancárias em Hull. Por isso, Blamy deslocou-se a *York*, ali perto, para uma reunião com o gerente de conta e...ficou surpreendido. No final da reunião, o seu semblante era esclarecedor. Tinha ainda dois quadros a óleo de um discípulo de Van Gogh, que levaria para o Douro ou para a leiloeira *Christie's*.

Henry Evans foi jantar a sua casa, conforme combinado e, provocado pela manhosa curiosidade do amigo, abordaram o capital envolvido no empreendimento do Douro. Blamy foi habilidoso em conduzir a conversa sem respostas conclusivas. Falaram de outros temas, mais em contexto das artes. Enquanto Maria do Carmo se ufanava com a refeição e seus complementos, gentilmente elogiada pelo amigo Henry, sorriso arregaçado em rosto feliz, Blamy convidou o pintor a ser o primeiro ocupante da *Casa do Criador*, sem custos nas primeiras duas semanas, e este não só aceitou a oferta como o interpelou sobre mais contactos e marcações de outros artistas. Blamy, olhando-o nos olhos, petrificou o rosto. Ainda não avançara nada nesse processo. Já em despedida, e no hall de entrada, Henry olha-o com um sorriso, *Estou ansioso por conhecer a tua Joana.*

Elaine telefona a Maria. Conta-lhe o que sente e disse admirada pela resistência dela em aceitar o regresso. A governanta argumenta com a sua fragilidade em falar inglês, principalmente com pessoas muito importantes, conforme lhe disse o patrão. Conta a Elaine os contactos que tem tido com Joana, todos os dias, não a quer desgastar em trabalhos de quartos ou de lavandaria, mas alega confiar e gostar de a ter na cozinha e na orientação geral da casa. Maria do Carmo sente a pressão, mas resiste. Tentativa sem glória de não deixar escapar o seu menino, de o manter preferencialmente na casa de Hull. Já é tarde, Blamy não tem retorno.

É evidente o prazer que Joana sentiu em conduzir um automóvel, após longos anos sem o fazer. É também explícita em elogiar o veículo do *rent-a-car* que usou para isso. Daí até Blamy lhe oferecer um carro igual foi um instante. Quer vê-la feliz, sabendo que o transporte próprio lhe dará mais mobilidade e liberdade, até alguma conveniência para assuntos da casa. Joana rejubila. Está feliz. Não sabe se esta felicidade durará para sempre, ou durante muito tempo, mas, até lá, é feliz!

O jovem enófi continua a colaborar com a *Decanter, the world's best wine magazine*, publicação que se habituou a ler por ser a preferida do seu pai, Jeremy Morgan. Tem agora um vasto campo de informação e inspiração para escrever sobre este tema. Talvez se torne uma referência na literatura sobre os vinhos do Douro, também ele com vontade de comprar terreno fértil para esta cultura; virado para o rio, por que, como dizem no Douro, *vinha que não vê o rio, não dá bom vinho.* E por isso se entende que as uvas sejam segmentadas por letras, as da letra A, as da letra B, e por aí adiante até ao F. As primeiras melhores que as segundas, nem todas servem para o Vinho do Porto. Outros assuntos, histórias de quem tem ou não tem benefícios. Há um livro, ainda rascunho, que tem sido adiado: *Sea, wine and love – the wine cat.* Assim que puder.

Independentemente dos seus compromissos, das suas ocupações, dos seus espaços de meditação - o seu mundo único -, Blamy sente necessidade de escrever; um hábito que ganhou para vencer a forma solitária de estar na vida. E também pelos prazeres do vinho. Mesmo na *Decanter*, Blamy Morgan escreve sob pseudónimo. Tal como o nome que dará a um vinho, quando for da sua produção – LOIVINHA, Douro, D.O.C.

De uma forma explicita, Elaine diz a Blamy que, para ela, será um privilégio poder tomar conta da governação da *Casa do Criador*, ultrapassando, assim, as reticências continuadas de Maria do Carmo em assumir esse desafio. Blamy, que se habituou ao longo do tempo, e pela ausência dos seus pais, ao conforto destes seus amigos, John e a esposa, mostra uma clara satisfação com a disponibilidade da amiga inglesa, não é rápido na resposta, beija-a no rosto, dá-lhe um abraço, e reage, *Quem sabe? Tudo é possível!* Fala sobre isto com Joana, como o faz sobre todos os assuntos relacionados com o empreendimento. Afinal, Joana é sua sócia! Também.

O pequeno Mário Alenquer adoptou muito bem a felicidade da mãe, a sua cumplicidade com o inglês, também porque Blamy o trata com muito carinho, ensina-o a falar inglês, leva-o a passear no barco, passeios de meia milha para lá e para cá, por vezes mais longe, num jeito suave, carinhoso, de não lhe dizer que pode tornar-se em bom pai.

Adoptar é amar, e Blamy já sente esse sentimento indomável - amor. A relação pessoal com Joana, para além da sócia, reflete a cumplicidade entre os dois, pensa ela que a tranquilidade desta ligação vem do facto de o seu filho nunca ter tido um pai presente. O pequeno rapaz sente-se melhor com a identidade completa – Mário Alenquer. Não confunde Blamy, mas aceita-o. Feliz.

Mário já não estranha que a mãe o tenha substituído no quarto de dormir; Blamy tinha a intenção de pernoitar, todas as noites, no *CRUISER.DREAMS*, mas, perante a possibilidade de o fazer com Joana, deixou o aposento do barco disponível para John e Elaine, vadios pelo Douro.

Retorna à conversa com Henry Evans durante o jantar em sua casa, pouco antes da partida para Portugal. Lembra as observações que este lhe fez sobre a divulgação e a dinamização da residência artística, percebeu-lhe os conhecimentos e a capacidade para isso, e ficou na expectativa das notícias que o amigo lhe possa dar. Henry Evans é, reconhecidamente, uma referência importante no mundo da arte. Par entre pares entre os *marchands*. Joana não conhece Henry, mas aumenta a sua curiosidade em relação ao pintor.

Estão quase concluídas as obras de remodelação. Blamy não as define assim, consciente de se tratar de obras para implantação de uma casa de cultura, quase feita de raiz, salvaguardando as paredes da Rua da Calçada e algum mobiliário da casa, quer para uso, quer para decoração. A mesa grande da sala será um objecto de culto, é lá que ele idealiza conversas bem amesendadas, intercâmbios, diálogos com os produtos locais. O entusiasmo é evidente, ambos desejosos de começar uma nova vida... de novo. Ou novas vidas. Na sala grande, o Jardim de Avalon.

Entretanto, é notificado de que o Juiz da comarca aceitou uma providência cautelar contra a construção no terreno da Fonte Santa. Contratempo.

Os dias têm sido ocupados com vindas ao Porto para tratar de vários assuntos, mas também para passear. Fizeram isso com os amigos ingleses convidados. Joana exibiu o seu à-vontade na cidade das *francesinhas*, mostrou-lhes alguns locais incomuns aos catálogos, levou-os ao berço do calão brejeiro, Mercado do Bolhão, Rua Escura, os arcos de Miragaia, e, claro, almoçaram na Ribeira. O casal inglês parecia querer mudar de nacionalidade, ou só transferir a residência fixa. Encantados. Talvez a coincidência, ou a sorte, o que quer se seja, deu-lhes a oportunidade de assistirem a uma missa na Igreja Inglesa do Porto, cemitério contíguo, autêntico. *British pride.*

Blamy Morgan recupera a pequena conversa que teve com Elaine Major sobre a governação da casa de Casal de Loivos. Diz-lhe que tem o sonho de crescer para além daquele empreendimento. Talvez aborde o turismo rural, talvez consiga ter produção vinícola, talvez ela venha a ser importante nesse crescimento. *Fantástico*, diz ela. Mas, por agora, há uma condição que o prende aos serviços de Maria do Carmo; a sua mestria em cozinha portuguesa, sendo esse um dos prazeres que quer disponibilizar aos futuros hóspedes. Informa-a, também, do mérito de Joana em ter convencido a sua compatriota a aceitar o regresso ao Douro. Consegue, mesmo assim, que o casal de amigos se comprometa com a vigilância da casa de família, em Hull. Amigos.

Dias loucos. Blamy e Joana. A relação entre os dois tem evoluído maravilhosamente, embora nenhum deles tenha escorregado ainda na magia da palavra *Amo-te.*

Pensam que sim. Ambos com medo do amor, mas submissos a ele. Ainda evitam dar as mãos perante as outras pessoas, como o fizeram nas ruas de Hull, querendo guardar aquele segredo só para eles, ainda que as pessoas da aldeia já os tivessem

como casados. Numa das noites, Blamy assustou-se ao ver Joana muito pálida, com tonturas, interrompendo abruptamente o momento libidinal entre os dois. Joana recuperou e distraiu a necessidade de ajuda médica ou hospitalar com um sorriso vazio, *Está tudo bem, já passou.* Blamy ficou sem sono, Joana disfarçou-o.

Dias loucos. A azáfama é muita, a multiplicação de pormenores é imensa, a aglomeração de gente, de conversas, de decisões afectas à obra é sufocante. A providência cautelar segue os seus trâmites. E há ainda os contactos com as entidades oficiais, Câmara Municipal e Junta de Freguesia incluídas, na ultimação de legalismos e na preparação da inauguração. Blamy esquece-se de falar com o amigo Henry, mas este, quase a explodir com algumas novidades, telefona a Blamy. Quem atende é Joana, Blamy Morgan esqueceu o telemóvel enquanto foi à obra da Fonte Santa e à vila de Alijó. Henry quase emudece quando ouve uma voz feminina, *Joana Morgan!?*, é agora a vez de ser ela a ficar sem voz, sem resposta, *Sim, Joana Machorro*, um segundo vazio, *Muito prazer, Joana, pela sua voz vejo que é muito bonita.* A jovem pareceu ter maquilhado o rosto com tons quentes, como se fosse posar para um quadro de Henry, saída de um desenho nu. Assim ela quisesse! Volta a ligar mais tarde.

Repentinamente, a nuvem que parecia longe, vestida de negro, desaba em água sobre Casal de Loivos, e outros lugares que ela, a chuva, não deixa ver. Distante dali, Blamy abriga-se no Café da Paz, pede um café expresso, não que lhe apeteça, mas para consumir qualquer coisa. Está a dois passos da sede da autarquia. Há um presságio de desconforto no seu ânimo.

Henry Evans quer saber a data certa da inauguração para poder informar os artistas que ele já cativou para o Douro. Blamy ouve-o com perplexidade, *Como assim?, queres dizer que já há hóspedes à espera?* Henry dá uma gargalhada, e provoca mais estupefacção no amigo, *Três deles são artistas bem relacionados com a Fundação de Serralves, onde já expuseram.* Boas parcerias. Gente que corre o Mundo pelo trilho das residências artísticas e das galerias de topo. Henry aborda uma falha ao navegador de vinhos, *Foste embora precipitadamente sem visitares uma dessas residências perto de York, como combinámos.* Blamy aceita este reparo, consciente do interesse que essa visita podia ter. Terminam a chamada com boa disposição. *Vou levar comigo o quadro pintado no alto mar, lembras-te?, com duas manchas negras na proa, quero oferecê-lo à tua namorada! Os meus gatos e os peixes, titulei-o assim.* Blamy nem um obrigado pronunciou.

O jovem inglês está na Câmara Municipal em reunião com a responsável pela Cultura daquele concelho. Abordam a possibilidade de haver alguns intercâmbios e parcerias do empreendimento com a autarquia, a responsável pela cultura tem consciência da importância de um refúgio deste quilate para a região. A perspectiva de ter grandes artistas, com passagens noticiadas por Nova Iorque, Paris, Edimburgo, Florença, Tóquio, e também na *terra dos Távora*, é francamente tentadora. Sublinharam a possibilidade de uma exposição colectiva no Museu do Pão e do Vinho, em Favaios. Uma lebre. Alijó no itinerário das Artes. A providência cautelar perde efeito naquela reunião.

Wiii-wooo-wiii-wooo, os trabalhadores da construção param de imediato, *wiii-wooo-wiii-wooo,* ouve-se uma sirene aflita em Casal de Loivos. Até os pássaros se escondem em silêncio incomum, *wiii-wooo-wiii-wooo,* uma urgência vital.

Blamy não tem o telemóvel com ele.

Vinte e cinco

Manu, o pequeno rapaz de Bordéus, ressurgiu. Quem diria que o miúdo reguila que adora barcos e que gostou muito de Blamy e de John, o pequeno angariador de turistas para os *wine cab*, o miúdo cuja magia fez brotar algumas lágrimas em Blamy, esse mesmo, o *Manu*, está a passar férias junto da família, a pequena distância de Casal de Loivos – na vizinha freguesia de Favaios, terra de origem dos seus pais. Blamy lembrar-se-á de *monsieur* Amadeu que o recebeu muito bem na visita que fez a *Chateau Lafite-Rothschild*, a casa vinícola, em Mèloc, onde o português trabalha. Foi um dia maravilhoso.

Numa conversa informal, veio à baila o José do Castedo, taxista junto à estação do Pinhão, irmão do Carlos, o homem do *wine cab* em Bordéus. Como por acaso, Carlos contara ao seu amigo Amadeu aquilo que o seu irmão Zé lhe dissera sobre uns ingleses que ajudou na procura de uma propriedade para se estabelecerem em Casal de Loivos. O taxista mostrou uma foto guardada no seu telemóvel, *CRUISER.DREAMS*, um belo barco.

Manu ouviu a conversa e nunca mais sossegou. Uma vez que estavam muito perto de lá, convenceu o seu pai a irem ao Pinhão falar com o taxista em questão. É fácil saber o que aconteceu a seguir; o José do Castedo, salamurdo fingido, levou-os até à casa da Joana Machorro e o primeiro espanto foi dele próprio, incrédulo com toda a transformação da casa. Por cuidado, não tinha voltado a passar por Casal de Loivos. Blamy não estava e Joana não o quis receber. No entanto, a jovem, ao perceber a presença de um garoto muito bonito, e querendo saber o que o trazia a sua casa, acabou por cumprimentar o taxista. Soube, então, uma pequena parte da história de Bordéus e que, por isso, o pequeno *Manu* quer abraçar Blamy Morgan. *És a namorada do senhor Blamy?*, Joana surpreende-se com esta curiosidade, *Por que perguntas isso?*, ele sorri, mão no peito e na boca, gesto de beijo, *Porque és muito bonita!* Abraçam-se.

Blamy não tardaria a chegar, disse Joana aos homens, mas estes optaram por regressar mais tarde. Entretanto, aproveitariam para ver alguns locais ali perto; todavia, *Manu* foi irredutível em querer esperar ali pelo amigo inglês. Os dois foram passear. Joana aceitou que o adolescente ficasse com ela. Blamy não tardaria a chegar. Já eles iam na estrada nacional EN214 quando Joana deu conta de não ter ficado com o contacto deles.

John Major e Elaine passeiam por Carrazeda de Ansiães, visitam o miradouro para verem o Rio Tua, a Fraga da Ola, impressionante, o cachão da Rapa, e o centro da vila. Almoçaram no *Calça Curta*, junto à estação ferroviária do Tua, deixaram um louvor no livro que não é de reclamações.

Agradados com tudo o que veem, o património, a gastronomia comum daquela região, e as pessoas, todas prestáveis quando solicitada qualquer ajuda ou informação, mesmo que não saibam falar inglês. Basta o casal mostrar uma fotografia ou um mapa de qualquer lugar e logo os ajudam em *gestualês* acompanhado de palavras estranhas. Enfim, lá se vão safando, também porque já conhecem algumas palavras e expressões dos portugueses. Depressa alguém ensina a um forasteiro uma ou outra palavra não dicionarizadas, e também eles não as pronunciam por excesso de rima com orvalho. Por cuidado. Aqui e ali vão encontrando jovens para pequenas conversas em inglês. Jovens atrapalhados, mas desenrascados. Portugueses.

Estão no alto do Santuário de Nossa Senhora da Assunção, em Vila Flor. Deleitam-se com a paisagem, com a lonjura do olhar, alcançando terras de Sanábria, em Espanha, com o silêncio ocupado pela natureza, a pequenez humana em confronto directo.

John Major olha, volta a olhar, distância curta, há um flash que o remete para bem longe dali. Poucos segundos; o homem da adega na região de Pauillac, em Bordéus. Daí a um abraço, foi um gesto imediato, comum aos dois. Como podia esquecer aquele bigode *estaliniano* do homem dos vinhos? Elaine espera que John lhe explique aquele momento, mas a conversa entre os dois alonga-se mais um pouco, falam também de *Manu* e Amadeu dá-lhe a notícia de o ter deixado em Casal de Loivos à espera de Mister Blamy. John Major apresenta a esposa, e também ele se apressa para chegar a tempo de ver o pequeno reguila. O rapaz de Bordéus que o emocionou.

Joana volta a ter tonturas. Os seios ligeiramente inchados lembram uma menstruação que, este mês, tarda em chegar, quase dois meses, sem suspeitas para além das amiudadas vezes em que lhe apetece urinar. Afasta pensamentos que lhe advêm dos dias que se seguiram ao

Festival de Paredes de Coura. Contudo, a visível agitação que sente contraria qualquer disfarce de normalidade. Feliz? Não tem falado sobre isso com o amigo - namorado? companheiro? Blamy está sem telemóvel. Logo agora, que é muito urgente falar com ele.

O seu estado remete-a para uma memória recente, a visita ao barco ainda na Marina de Hull, uma encruzilhada de sentimentos e de emoções, mas, principalmente, a erupção de uma aventura não prevenida, um hiato preenchido pela inconsciência do acto. Não falaram sobre isso, cada um num silêncio cúmplice e expectante quanto ao consequente. Mesmo assim, a sua experiência anterior não trazia semelhança na recordação da jovem. Blamy demora.

Um contacto estranho põe o casal Major em aflição. Um telefonema de longe, da Polinésia, precipita a partida deles de avião até àquelas paragens. Depois de não explicarem a Blamy Morgan qual a razão de tanta urgência, nem eles tinham certezas, partiram no dia seguinte sem transbordo em Inglaterra. O jovem amigo e Joana mostram preocupação e tristeza pela infelicidade do casal e apoiam qualquer solução que os Major venham a precisar. A vida é uma vírgula.

O novel empreendedor de Casal de Loivos sai da reunião na autarquia com motivos de satisfação. O acolhimento foi excelente, ficaram ideias e esboços de procedimentos e eventos para breve e para o futuro. Afinal, há presságios que não passam disso, infundados. Se não tivesse esquecido o telemóvel, ligaria de imediato para Joana a dar-lhe conta das novidades. E que novidades!

Quando chega à aldeia, é surpreendido com a presença de um táxi junto à obra, alguns homens em conversa com Joana, nota algum alvoroço, o presságio de novo, logo seguido de outro táxi que traz o casal amigo, John e a mulher em regresso da jornada vadia. Joana requisita primazia com o relato do acidente na obra, o lapantim, qual gato emplouricado, aventurou-se em diabruras equilibristas e correu-lhe mal a tolice, foi na ambulância para o hospital e não se sabe como está. Blamy também se desequilibra no turbilhão daquele momento; *Manu?*, olha para o lado e reconhece o senhor Amadeu, pai do pequenote. Está de abalada para o hospital. Depois lhe dará notícias e lhe contará a obstinação do filho. Blamy, cabeça cheia com a *Casa do Criador*, não tem muito espaço para tanta intriga. *Fico à espera de notícias!*

Logo de seguida, e sem repor o ar que lhe falta no peito, ainda aturdido com a aventura e consequência do pequenote, recebe o ar de tristeza que anoita os rostos do casal inglês. Apetece-lhe gritar. Parem! Stop, please! Ouve de John a triste notícia que os leva com urgência até aos antípodas dali. Entrecorta a conversa com repetidos *Não!*, como que não querendo acreditar na má sorte dos amigos. Disponibiliza-se para o que for preciso, ficam os três num abraço de lágrimas. *Como é possível!?*, soluça.

Joana tem uma enorme vontade de o abraçar, de lhe resgatar a força e a afirmação, de lhe dizer que nem tudo são más notícias, de lhe dizer a palavra reprimida – amo-te -, mas guarda-a ainda para rematar, agora ou depois, a suspeita que tem de felicidade próxima. *Guardo em mim a natureza tua!* Nem tão pouco lhe diz os sintomas que sente no seu corpo, talvez a necessidade de apoio médico, entende que o copo já está cheio e não deve precipitar a avalanche do dia dele. Protegido por um dique positivo - a reunião na Câmara Municipal -, Blamy constata que até os mais potentes diques podem abrir brechas. É como se sente. Recuperará a segurança da represa?

No dia seguinte, ainda a alvorada não tem sol, escondido nos montes, Blamy e Joana descem até ao Pinhão, despedem-se de John e Elaine, em esforço para esconder as lágrimas, um abraço forte no amigo, um beijo falado em Elaine, *estarei sempre onde me precisarem*, fica a ver o táxi desaparecer. Até ao Aeroporto Francisco Sá Carneiro, voo marcado para o fim da manhã. Joana presente, mas ligeiramente afastada, a cerimónia deve ser entre os três. Ela sim, com lágrimas. Passaram uma noite de pouco dormir, assoberbados pela conversa sem adiamento possível: as novidades quanto à *Casa do Criador*, o pequeno mundo que estão a construir. Blamy sentiu flocos de ansiedade nas palavras da namorada. Namorada, pois claro! Assim que o nevoeiro levante.

Talvez o táxi não tenha ainda chegado a Favaios e já o telemóvel de Blamy anuncia uma conversa com o pai de *Manu*. Uma narração calma, palavras pequenas de Blamy, Joana fica com curiosidade sobre o que é dito pelo pai do estouvado rapazote, em idade pubertária, gostou do menino, um pouco mais velho que o seu Mário, mas bem mais expedito. *Porque és muito bonita!*, palavras ainda desarrumadas. Faz gosto em acompanhar Blamy na visita ao garoto *francês*.

O acidentado rapaz parece esperar pela visita deles a qualquer instante, está de olhos na porta da enfermaria. Assim que eles chegam, mistura um sorriso com lágrimas, Joana demora o seu beijo nas palavras de ânimo que lhe diz, Blamy sela os cumprimentos com um simples beijo na testa do pequeno rebelde. Da carteira dela tira um livro que oferece ao rapaz, *Os cinco no castelo da bela-vista*. *Não gosto de ler*, sorri, e sim, pisca-lhe o olho, *vou tentar*, só por que foi ela a dar. Vai ler e gostar. Blamy senta-se na cama de frente para ele; *agora vais ser tu a contar-me tudo!*

Manu tem uma fratura no braço esquerdo, quase no cotovelo, o prejuízo mais evidente da queda que deu quando não reparou que a varanda não estava gradeada. Vai ser submetido a uma cirurgia, prevista para o dia seguinte. Ou pela inconsciência, ou pela travessura, não se mostra preocupado ou com medo, *ainda vou ver-te antes de regressar à Bélgica, nem que vá a pé até à tua aldeia! Casal de quê?* Riem-se.

Almoçaram em Vila Real. Embora o dia esteja agradável, não é o momento ideal para visitarem o Palácio de Mateus, conforme lhe prometera Blamy depois de saber que ela nunca tinha lá entrado. Um dia. Recebe um telefonema de Eusébio Quebradinha, o arquitecto está na obra, tem necessidade de acertar alguns pormenores, acabamentos, decoração, pavimentação, e principalmente harmonizar o exterior das casas com a imagem tradicional da aldeia. Orientações da japonesa Chie Izumi. Blamy insiste no uso do xisto para o exterior das casas, para além das telhas antigas já escurecidas, das janelas, varandas e portas em madeira, sendo que em cada uma das casas a varanda será tipicamente transmontana, já não para secar a roupa ou os cereais, nem tão pouco para conversas ao fiar do linho, mas como elemento distintivo da região.

Blamy Morgan sente-se já, seriamente, um filho da terra. Por adopção, por integração e, claro, por paixão. Outras razões virão. A sua Inglaterra, o seu reduto mais íntimo – *Kingdon Upon Hull* – guarda a boa memória dos pais e a má memória da sua vida sem eles. Voltará à casa grande de Albion Street várias vezes. Só apaga o passado quem descuida o futuro, e uma casa sem gente não é casa. Joana semelhou-o ao pai Jeremy, porque da mãe só há fotografias do corpo. A alma é invisível.

Henry Evans telefona amiúde. Quando é Joana a atender, a conversa é um pouco mais longa da que é habitual com o amigo. Joana justifica a curiosidade do pintor com temas da região, com todas as circunstâncias à volta do empreendimento, até curiosidades sobre ela. Blamy não desmonta o semblante. A ele, o amigo diz para não se comprometer com marcações, pois pensa ter já artistas residentes para os primeiros meses. Hóspedes, como diz a Joana. Silêncio. *Não te admires, estou ansioso, já devia estar aí*, acrescenta Henry Evans. Silêncio.

Blamy aproveita a pequena pausa na conversa com um determinante: *tem em atenção que um dos aposentos estará sempre disponível para surpresas ou necessidades momentâneas, ou seja, não deve estar incluído nas marcações.* Henry claro que não fica surpreendido, lembra-se que Blamy lhe falou em doze aposentos, mas, mais tarde, sem já se lembrar do que havia dito, frisou-lhe que eram só onze disponibilidades. Assunto encerrado. Acha bem que o dono tenha alguma autonomia no dia-a-dia do alojamento.

Fica decidido que o amigo pintor virá para a *Casa do Criador* uma semana antes da inauguração. Bem preciso. Afinal ele é que é o entendido nesta dinâmica das Artes. *Tempo suficiente*, diz ela perante a interrogação nos olhos do namorado, *Sim, ainda não te disse, mas Henry já por duas vezes me perguntou se eu aceito posar para um quadro dele, para exposição permanente da residência artística. Uma ideia interessante, não achas?*

Qual interessante, qual carapuça, sabe lá ela quem é Henry Evans, um finório com os negócios e com as mulheres, assim lhe confessou numa noite de *scotch*, um homem sem telha certa, um habilidoso que Blamy pensa aproveitar para o lançamento da *Casa do Criador* no mundo das artes plásticas. Só. Depois lhe aprenderá a arte de despachar, como que antecipando o seu afastamento de Casal de Loivos. Joana fica boquiaberta com tal desabafo. Por ser verdade? Ou por ser ciúmes? Não põe mais achas naquela quentura.

Muda a conversa para o pequeno luso-francês, *ele é tão querido*, resgata sorrisos em Blamy, *promete-me*, diz-lhe ele num abraço apaziguador. E é em promessas que o deixa a pensar. Blamy vê em segundos o filme da sua vida enquanto criança, junta imagens das promessas que os pais lhe fizeram, embala os sonhos do pai para ele, recorda a puríssima sensibilidade da mãe, e sente um impulso improvável dentro dos olhos fechados como que em meditação, as palavras desobedientes ao seu pragmatismo – *gostava de ter um filho espevitado como o Manu*. Entre o sorriso e a estupefação, o seu rosto continua o desabafo esculpido pelo silêncio da sua boca.

Joana abraça-o com ternura redobrada, enriquece o momento: *e terás!*

Vinte e seis

Tudo se conjuga para que o dia transborde de agitação, também de alegria e de realização. A noite foi passada em grande conversa com Henry Evans, pormenores mais pormenores, nada pode falhar, o pintor sente a responsabilidade do entusiasmo com que cativou os primeiros artistas que residirão na Casa do Criador nas próximas semanas.

Henry, mesmo sendo também artista, logo passível de alguma marginalidade, é um homem de códigos, de compromissos. Já tem bom nome no meio e quer respeitar-se. O seu amigo irlandês, Elvis, que chegou com ele, também pintor, acompanhou a conversa em silêncio activo, os três a disputarem os sorrisos de Joana, com atenção e curiosidade, e só recolheu ao seu aposento na companhia de Henry. Os ponteiros em quase aurora.

O dia chegou já eles estavam na sala grande, em preparativos. Joana Machorro impacienta-se com o telefonema de Maria do Carmo a dar notícia de uma indisposição que a impede de estar presente naquele dia,

Blamy não se amoesta, o almoço será ligeiro e o jantar será em casa cheia, no Restaurante Cepa Torta, ali perto, tudo a expensas do britânico, para surpresa da autarquia, disponível para esse desperdiço. Os dois amigos pintores devem ter continuado a conversa por mais tempo, tão pouco dormir, o que justifica a demora deles em descerem para o pequeno-almoço. Gente crescida que se sabe desenrascar, um portuguesismo que aprenderão. Nos próximos dias receberão a vedeta maior, um pintor galardoado com o *Praemium Imperiale, atribuído pela* Associação Japonesa de Arte. Homem à solta no mundo, em trote de chegar a novas ideias. Um autêntico Nobel. Será locomotiva para outros hóspedes.

Mais dois locatários chegarão durante a manhã, e depois há a preparação do local em que vai decorrer o evento, junto ao afamado Miradouro, entre este e o cemitério, o passado e o futuro ali representados pelo campo santo e pelo rio sempre renovado. Um dia ameno, com o sol menos intenso do que o calor que lhes vai por dentro. Uma ligeira brisa, traz o vento a poesia, dá-lhe a terra em acolhimento, uma suave flutuação das roupas e dos cabelos, em bom aportamento para o bem-estar dos convidados, gente de nome, mais fina que terreira, em cada cadeira uma pequena brochura de apresentação da Casa do Criador, imagens que enaltecem a aldeia de Casal de Loivos. Alguns canais de televisão portugueses, um outro em reportagem para Inglaterra, os autarcas e os bombeiros e o padre por tradição empolgam-se com este mediatismo. Sem água-benta ou sinais da cruz.

Nenhuma evidência para Henry Evans. Uma disputa de paixões, uma aposta de sangue, uma loucura irremediável, fizeram com que não estivesse presente na cerimónia da inauguração. Blamy e Joana estranham a sua ausência. Sem uma palavra, *o número para o qual ligou não se encontra em funcionamento.* O seu bom amigo irlandês, segundo residente oficial na Casa do Criador, Elvis, de má pinta aos olhos de Joana, aparece de mansinho no local, monta o cavalete de frente para o rio e de costas para a plateia. Discretamente, executa uma pintura. Mostrará no fim da cerimónia. Blamy aproxima-se para cumprir a curiosidade, ou a intriga, *Não, não sei, saiu antes de mim, só me disse que não lhe apetecia estar presente. Why? He didn't explain it to me,* resposta standard.

Blamy, mais intrigado, volta-se para a cerimónia, já a música se espalha pelos montes. Um momento arrebatador: de sítios diferentes surgem acordes musicais em progressão, as cabeças agitam-se na procura dos músicos, dois ou três no cemitério, mais alguns à paisana em cadeiras distantes, a concertina desce da Fonte Santa, outros aparecem do lado do parque infantil e os restantes sobem em cesta dos bombeiros vindos da Rua da Calçada. Um verdadeiro Hino à Alegria na interpretação mágica da Banda Filarmónica de São Mamede de Ribatua, a banda dos chapéus. A magia quase sobrenatural da 9ª sinfonia.

Os homens da música dão pouco tempo às palmas, organizados pela agenda e pela sequência programada. Agora reunidos nas escadas redondas que servem de entrada para a sagrada morada, qual anfiteatro, repetem Beethoven em surdina para acompanhar a leitura de um poema de Miguel Torga - Sísifo

"Recomeça....

Se puderes

Sem angústia

E sem pressa.

E os passos que deres,

Nesse caminho duro

Do futuro

Dá-os em liberdade.

Enquanto não alcances

Não descanses.

De nenhum fruto queiras só metade.

E, nunca saciado,

Vai colhendo ilusões sucessivas no pomar.

Sempre a sonhar e vendo

O logro da aventura.

És homem, não te esqueças!

Só é tua a loucura

Onde, com lucidez, te reconheças..."

As palmas que se repetirão por toda a solenidade. Outras mais, muitas, virão com os discursos, retóricas com sublinhados políticos nas palavras das autoridades presentes. Mais circunstância que obediência. Blamy não contem o seu desconforto com a ausência de Henry Evans, ele que tanto se empenhou neste acontecimento, ele que moldou a estrutura da ideia, ele que, embora lhe despertasse alguns ciúmes, sempre foi seu amigo. E de Joana. Blamy sabe que se deve manter no evento, ainda que a sua vontade fosse correr até à Casa do Criador para se inteirar das razões. Porque Henry Evans tem o telemóvel desligado.

Seguiu-se o discurso do Presidente da Câmara, um toque na franja, um ajuste na gravata, *Minhas senhoras e meus senhores, ilustres autoridades aqui presentes...*um pequeno compasso de tempo para conseguir tirar o discurso do bolso de dentro do casaco...ok...*graciosa alijoense Joana Machorro e o digníssimo súbdito da coroa Blamy Morgan*...afinação de voz..., ilustres também,...*mas não há Arte sem artistas, embora, de todas as formas, todos sejamos artistas, porque a Arte não se cinge a nenhuma bíblia, por isso não tem acólitos pré-definidos...enfim,* O presidente da autarquia fez uma retórica de exaltação, de orgulho...*hoje a nossa terra é maior, ganhou mundo, tornou-se referência para a cultura, um emblema mátrio para os vindouros*...Aplausos, claro! O Doutor tira um coelho da cartola, e termina de varandim o seu discurso: *hoje, posso anunciar que, impulsionado por esta realidade que se chama Casa do Criador, provocado pelos mentores deste empreendimento, o Município de Alijó, no futuro próximo, terá um prémio, com caracter bianual, destinado a todos os artistas que se candidatem nas áreas da pintura, do desenho, da escrita, da escultura e da música, segundo regras que irão ser criadas. Prémio Fraga D'Ouro.* Palmas, ora então! Joana não as retarda. Blamy chega-se ao ouvido dela, com a curiosidade das palmas demoradas, *Yes, a grand prize for the arts.* Abraçam as mãos por este primeiro conseguimento.

Mesmo assim, e enquanto decorrem as vénias ao senhor presidente, Joana, de testa franzida, pergunta por Henry a Blamy, este, já em passo de discurso seguinte, encolhe os ombros e enruga o rosto todo. Joana desassossega-se. Premonições ou mau-arejo. Chie Izumi, o traço e o rigor da obra, a artista asiática que comandou a construção, precipita-se, julgando que é a vez dela para falar, toma a dianteira, e começa com um poema haiku,

desenho primaveras

arte e natureza

silêncio

junta o indicador aos lábios, emudece mais os sons da assembleia, e…

A Arte não está nos objectos expostos, não se mostra na dimensão nem no tamanho, não é corpo nem forma; アートは目の中で生まれる光であり, *a Arte é luz que nasce no olhar, a Arte é aquilo que vemos e como vemos, a Arte é aquilo que nos agrada e que guardamos dentro do mais íntimo.* (Joana vai traduzindo). *A Arte aqui celebrada chegou em vaivém de vinho, de Vinho do Porto, pelos olhos de um homem solitário – Blamy Morgan -, pelo aconchego de uma mulher que aceitou o recomeço – Joana Machorro.* (Joana sorri). *Um vaivém de amores.* 愛は愛. *Para eles, o meu aplauso.* A assembleia acompanha. Ela continua, *A Arte hoje semeada nada me deve, e eu, sim, eu fico a dever ao Douro e às suas gentes e culturas. Arigatō, obrigada por me guardarem no sucesso desta aventura… Arigatō, obrigada aos dois por terem confiado…*já as palmas irrompiam espontaneamente, precipitando o fim do discurso. *Arigatō.* A banda enobrece o fim do discurso.

Joana sente uma presença incómoda e próxima. Sensitiva. Discretamente, olha em círculo no jeito de quem vê mal, ou não quer ver, talvez ela não veja despropósito em alguns rostos, mas há um rosto desfocado pelo cipreste em que se mistura, só os olhos, ou os olhos e a alma, aquele rosto…claro!, Miguel! Os olhos dela não param, seguem com a grilheta do coração a prendê-los, agora não, já basta as ausências que incomodam, onde está Henry?, talvez no outro cipreste à entrada do cemitério, não volta atrás, Blamy olha para ela, e são estes olhos que mais contam.

Porquê? Que faz ali Miguel sem que ela lhe tenha anunciado o evento? Mais do que outra inquietação, é o desconforto que sobra daquele olhar. Saberá depois o que levou Miguel a estar presente. Talvez Henry Evans lhe explique o que aconteceu de transcendente. É estranho saber que Elvis, o irlandês, veio sem o amigo. Socorro!, um solilóquio mudo.

E é por socorro que ela se foca em Blamy, quer ouvir o que ele vai dizer, discurso não combinado, os fragmentos soltos e em desarrumação, Henry tinha de estar ali. Mesmo assim, dirige-se aos presentes, rosto em espera de lágrimas, algum descontrolo na firmeza das mãos, e diz o maior discurso possível naquele momento – Thank you. Obrigado, rodando o rosto para abarcar todos os presentes. Palmas, por que a emoção assim ensina. Os convidados perceberam as quase lágrimas prontas para esborratar o discurso longo. Thank you! Retira-se para olhar o pintor irlandês, mas ele não está. Só um cavalete e uma tela. Abandonados.

Joana, com subtileza, faz um sinal com os olhos para o maestro da banda e logo se ouvem os acordes de uma chula rabela popular em todo o Douro. Ganha algum tempo para serenar Blamy, viu o seu semblante pasmado a olhar para a tela ali abandonada, uma imagem perturbadora. Joana, sem olhar para o quadro, pede-lhe que esteja ao seu lado quando ela falar.

É então que ela toma o centro do pequeno palanque onde estão as cadeiras e as flores e os senhores. Expectantes. Cabelo preso em cachos desiguais, cara maquilhada pela natureza, a mesma tee-shirt que levou para o encontro no hotel do Pinhão, quando se apresentou como guia turística, um cacho de uvas a espreitar pelas mesmas calças jardineiras desse mesmo dia, umas alpargatas em corda e tecido, a tremura vinha-lhe da aragem, ou desse disfarce. Abre o seu pequeno diário, até agora fechado a todos os olhos, os *excelentíssimos* riscados no princípio da cábula, olhos abraçados aos olhos dele, e lê:

Em que sorte vieste que eu não te esperava? Nas entrelinhas das linhas negras da minha vida não habitam raios vadios de um Sol que me abandonou, e tu abriste, com o barulho grosso das dobradiças enferrujadas, a porta vedada aos sonhos. Os meus olhos cerraram a tanta claridade, sem eu saber se era primavera pujante ou sol de inverno a enganar o frio do meu coração. Em que raio vieste, mensageiro da luz?

Silêncio absoluto. A jovem abraça Blamy demoradamente e, entre aplausos, volta ao discurso depois de o beijar. Põe o dedo nos lábios, precisa de serenidade para continuar, mas não consegue repor a rolha na garrafa que jorra em palmas o entusiasmo dos presentes. Quando o sossego…, sossego?, o silêncio, isso sim, é reposto, Joana olha bem de frente para Blamy Morgan, aplaudindo-o. O sorriso dela, a alegria toda num eloquente improviso de uma só palavra: Obrigada! Tal como Blamy o fizera.

Mas, sentindo as palavras em comunhão com os seus conterrâneos, excluídas dos formatos cerimoniais, concluiu; *por favor, deixem que eu continue a ser a Joana de Casal de Loivos.* Aclamação jubilosa.

Extasiada com o momento, e voltando-se de novo para Blamy Morgan, acrescenta, *Não foi só a arte que fecundaste nesta terra,* (acaricia a sua própria barriga) *foi também a tua maior obra de arte fecundada em mim. Amo-te.*

No chão, Joana rasgada em pedaços de tela. O que se seguiu não é relatável, o futuro ficou ali prometido em amor. No meio da gente que se dispersa para se reencontrar no restaurante, o senhor Pereira, homem de saberes sobre a aldeia e amigo da Joana desde que ela existe, deixou um segredo para eu não revelar; Joana Morgan quer escrever o livro da sua vida - OS MEUS HÓSPEDES.

Fernando Ventura Morgado

Vinte e sete

TRANSFIGURAÇÃO - Miguel Torga

"Tens agora
outro rosto, outra beleza:
Um rosto que é preciso imaginar,
E uma beleza mais furtiva ainda…
Assim te modelaram caprichosas,
Mãos irreais que tornam irreal
O barro que nos foge da retina.
Barro que em ti passou de luz carnal
A bruma feminina…
Mas nesse novo encanto
Te conjuro
Que permaneças.
Distante e preservada na distância.

Fernando Ventura Morgado

Olímpica recusa, disfarçada

De terrena promessa

Feita aos olhos tentados e descrentes.

Nenhum mito regressa....

Todas as deusas são mulheres ausentes..."

Do Autor e do Livro

Biografia

Nasci no sítio certo para ser feliz, nasci na "minha" cidade do Porto. No Porto das ruas estreitas, pátios de vizinhança, vielas esconsas onde o amor se vive às escondidas e a dor se cura pelo silêncio. Seis dezenas não chegam para contar a minha idade. Nasci e vivi no "meu" bairro, Miragaia.

Escrevo como quem fala, como quem conta estórias de amor e de amar. Dispo a pieguice quando escrevo o Amor, porque amor também é a revolta e a luta, a conquista e o luto, todos os meus textos se vestem assim. Os meus pais viveram uma pobreza envergonhada, procurando parecer classe média. Pela média deles nasci eu e os meus irmãos. Pela boca dos meus pais sempre ouvi o estigma de ter sempre resposta para tudo. Também escrevo com voz.

A escrita é uma expressão de prazer — gosto de escrever. Escrevo sempre, mesmo quando só estou a olhar. Escrevo fotografias invisíveis. Sou bordador de palavras.

Escrevi, e já publiquei, outros dois livros:

PORTO COR-DE-ROXO, texturas de amor – 2021

OS PINGUINS NÃO MORAM AQUI, sombras e claridades – 2021

Tenho participado em alguns desafios de escrita, pelo desafio, e vou merecendo a simpatia de algumas distinções. Gosto de poetar. Ganhei um prémio que rejeitei por cuidado com a minha personalidade. Gosto de rasgar regras, desconstruir normalidades, inventar palavras, escrever sem rede. Encontrarão nos meus textos palavras não dicionarizadas.

Não sou escritor. Não me estorva o conceito, mas sinto-me mais contador de estórias, as que eu vivi e as que conheci. O Porto é o meu baú.

Este livro - OS MEUS HÓSPEDES, amores eternos – é o terceiro que escrevo. O livro de um homem do Porto, do Rio Douro – um homem do Douro. Espero acrescentar outros mais.

Agradecimentos

Quero mencionar dois pilares muito fortes da minha loucura narrativa:

Suzete Fraga – Revisão e análise, obrigado

Manuel Amaro Mendonça – "Produções Debaixo dos Céus", obrigado

Capa, paginação e processamento de publicação

Por fim, o meu mais elevado manifesto de agradecimento à Doutora Helena Gonçalves Costa Padrão, insigne actora no palco da literatura, que assina o prefácio deste livro, o que me enche de orgulho. Sentido abraço, **Doutora Helena Padrão.** Obrigado.

Bibliografia

(vidas e palavras que partilho neste livro)

A Vindima – Miguel Torga

Contos de Montanha – Miguel Torga

Novos Contos de Montanha – Miguel Torga

Bichos – Miguel Torga

A Fúria das Vinhas – Francisco Moita Flores

No Poisar do Silêncio – Jorge Laiginhas

Poemas durienses – António Cabral

A Noiva de Caná – António Cabral

Lágrimas no Rio – Manuel Amaro Mendonça

Vale Abraão – Agustina Bessa-Luís

Produções debaixo dos céus

Printed in Great Britain
by Amazon

21625830R00161